소설의 곡예사

—토마스 만, 그의 문학과 세계

헬무트 코프만

류은희 편역

소설의 곡예사
—— 토마스 만, 그의 문학과 세계

펴낸날/ 2000년 1월 6일

지은이/ 헬무트 코프만
편역자/ 류은희
펴낸이/ 김병익
펴낸곳/ ㈜**문학과지성사**
등록번호/ 제10-918호(1993. 12. 16)

서울 마포구 서교동 363-12호 무원빌딩(121-210)
편집/ 338)7224~5 · 7266~7 FAX 323)4180
영업/ 338)7222~3 · 7245 FAX 338)7221
유니텔 · 천리안 · 하이텔/ mjline
인터넷/ www. moonji. com

ⓒ 류은희, 2000. Printed in Seoul, Korea
ISBN 89-320-1140-0

값 9,000원

소설의 곡예사

헬무트 코프만
류은희 편역

문학과지성사
1999

책머리에

 '세계 문학'이란 개념은 요한 볼프강 폰 괴테에게서 유래된 말이다. 그러나 20세기에 들어 이 개념의 실현을 위해 평생을 바친 작가는 다름아닌 토마스 만이다. 세계 문학이 있다 한다면, 그것은 그의 작품들이다. 그의 작품은 문명화된 세계의 모든 언어들로 번역되어 있다. 독일 문화가 제시할 수 있는 최고의 것이라는 이유 외에도, 그의 문학에는 모든 국가에 적용되는 메시지가 담겨 있기 때문이다. 그가 고지하는 메시지는 시대를 초월한 그런 것은 아니다——토마스 만은 이제 19세기가 알고 있었던 세상을 등진 시인이 아니었고, 더 이상 18세기의 천재 사상도 구현하지 않았다. 그는 당세기의 정치적이고 문화적인 논쟁에 동참하였다: 『부덴브로크 일가』에서 그는 세기말경 시민 계급의 몰락을 서술하였고, 『마의 산』에서는 제1차 세계대전 전의 정신적인 분위기를 그렸으며, 20년대에는 그의 형 하인리히와 나란히 새로운 공화국 독일을 대표하는 작가였고, 망명 시기 동안은 『바이마르의 로테』와 요셉 소설로써 나치의 독재가 시작되었을 때 그가 도피하였던 독일보다도 더 나은 다른 독일의 대변인이 되었다. 『파우스트 박사』에서 그는 독일의 비극을 기술하였고, 그의 후기 작품은 휴머니티를 설파하는 메시지이다.

 이 모든 것은 민족주의적인 의미와 나아가 초민족주의적인 의미를 지닌다. 노년에 그가 하였던 말은 모두 파괴적인 광신주의에 현혹되어선 안 되며, 그 자신이 언제나 변호하였던 정신적인 것을 지탱하기 위해 불가결한 비판적 자세를 지켜야 한다는 문명화된 세계에 대한 경고였다. 그는 특히 이런 자세에 인간의 자유가 바탕해 있다고 보았다.

토마스 만은 현대적 특징을 지닌 곡예사였다. 이 말은 곧 그가 자기 작품의 소재와 테마, 모티프를 대개 창안해내지 않고, 다른 곳에서 차용하고 독서를 통해 습득한 것을 그의 작품에 편입시켰으며, 몽타주 기법을 사용하고, 그가 다른 사람의 학술적인 연구에서 차용할 수 있었던 것을 그의 에세이에 엮어 넣었다는 뜻이다. 그러나 이로 인해 그의 시적 품격이 감소되는 것은 아니다. 이것은 오히려 토마스 만의 소설과 산문, 에세이에 그의 글쓰기에서 전형적인 세계 함의성을 준다. 오직 이런 방식에서 그는 그의 세대의 대변자가 될 수 있었고, 오직 이런 방식에서 이성적인 경계를 인정하지 않는 문학 사회의 대표자가 될 수 있었다. 이런 의미에서도 역시 그의 작품은 '세계 문학'인 것이다.

토마스 만의 메시지와 통찰, 그가 취한 자세와 그가 보여주는 범례는 국제적이라기보다 오히려 초국가적이다. 이것들이 한국에서도 소개되고 읽혀지고자 한다. 류은희 선생님이 이를 위해 적절한 나의 논문들을 편집하고 번역한 이 책은 한국의 독자들이 토마스 만의 작품을 이해하는 데 도움이 될 것이다. 20세기 독일 문학에서 가장 중요한 이 작가가 지닌 정신의 일부를 전하게 되리라 생각한다.

1999년 12월
헬무트 코프만

소설의 곡예사 │ **차례**

제1장

우리 형제의 비극을 종결짓자

—토마스 만과 하인리히 만의 형제 콤플렉스

1931년 『시인의 믿음. 종교적 체험의 소리들』이란 책에 토마스 만의 한 텍스트가 출판되었다. 작가에 의해 이름 붙여지지 않은 이 텍스트는 토마스 만 전집에 '종교적인 것에 관한 단상'이란 제목으로 실려 있다. 세 페이지 분량의 자서전적-철학적인 이 산문은 첫 대목에서 그의 아버지의 임종을 이야기하고 있고, 임종시 상트 마리엔 교회 목사의 기도에 관한 내용으로 이어진다. 기도문을 탐탁지 않게 여긴 목사가 기도 중간중간에 힘차게 외친 '아멘'은 교회 사람들의 귀에는 거슬릴 것이 없었지만, 아들 토마스에겐 그 의미가 너무도 확연했다. '아멘'은 '끝!'이란 말과 진배없었던 것이다.

이야기로 기록된 이 장면은 또 한번 전해지고 있는데, 이번에는 글로 쓴 것이 아니다. 과거에 즐겨 그림을 그렸던 하인리히 만은 망명했던 미국에서 노년을 보내면서 그의 유년기와 청년기의 "첫 이십 년"에 대한 회상을 모두 꼼꼼히 날짜까지 기록하여 서른한 장의 화폭에 옮겨놓았다. 대부분 뤼벡 친가에서의 장면들인데, 우리는 왜 그가 이런 그림들을 그렸는지 생각해보아야 할 것이다. 세간에서 거의 잊혀진 채, 망명의 깊은 고독감을 느끼며 궁핍한 삶을 꾸려나갔던 그는 살아생전에는 결코 이 망명지를 떠나지 못하리란 확신에서 뤼벡에서 있었던 장면들을 재구성한 것이다. 매우 정확하고 꾸밈이 없으며 디테일에까지 세심하게 손을 본 그의 그림은 어떻게 보면 게오르게 그로스츠를 연상하게 하고 또 에곤 쉬일러의 스케치를 떠올리게도 하며, 이런 그의 그림들은 이미 오래 전에 잊혀진 한 세계를 그리고 있었다. 뤼벡 거리의 풍경들, 그러나 또 『부덴브로크 일가』에서 따온 장면들인 어머니와 나란히 피아노 앞에 앉은 소년, 소설 『부덴브로크 일가』에서는 정확히 묘사되어 있지 않은 학교 그림, 분명 부덴브로크 일가의 연회실에서 열리고 있는 듯 보이는 파티, 한 아이와 식탁에 앉아 있는 양친의 모습, 정원 의자에 앉은 채 아버지에게 뭔가를 읽어주고 있는 아들도 있다. 우리는 하인리히 만이 왜 이런 장면들을 그렸는지 짐작할 수 있다. 이 스케치들을 그린 때는 그의 자서전인 『한 시대를 둘러본다』가 집필되던 무렵으로 추측되는데, 그 이유는 스케치에서 그가 옛날의 뤼벡을 다시 한번 회고하고 있기 때문이다. 1942년 그는 돌연히 『부덴브로크 일가』를 다시 한번 읽게 된다. 스케치들에는 모두 연도가 적혀 있으며, 마지막 그림에는 그 날짜까지 정확히 기재되어 있다. 이날은 1892년 10월 30일. 스케치는 임종하는 아버지 앞에 무릎을 꿇고 왼손에 입맞추고 있는 하인리히 만을 그리고 있다. 청년 시절을 담은 몇 안 되는 그림 중 하나로 토마스와 하인리히 만 두 사람에 의해 함께 전해지는 이야기이다.

아버지 상이 토마스 만의 「종교적인 것에 관한 단상」의 서두에 오는 까닭은 무엇일까? 이 텍스트에서 종교적인 것의 의미에 대한 그의 숙고는 그냥 넘겨버릴 수 있을진 모르나, 그러나 아버지 임종의 묘사 동기는 그럴 수 없다. 이 묘사는 분명 토마스 만에게 있어 세상에 대한 그의 태도를 순수하게 보여주는 결정적인 한 장면으로, 그 자신의 말로 덧붙이자면, "나의 삶은 예전부터 내 아버지의 삶을

지표로 삼아왔던 것이기” 때문이다(XI, 423).[1]

아버지를 잃은 자의 특이한 고백으로, 아버지가 죽은 지 사십 년이 지난 후의 진술이다. 토마스 만의 진술은 아버지에 대한 또 다른 고백이 없었던들 우연적이거나 즉흥적인 말로서 그냥 지나칠 수 있을지도 모른다. 「종교적인 것에 관한 단상」이 나오기 육 년 전, 그의 저서들 중 매우 비중 있는 『정신적 삶의 형식인 뤼벡』에서 이미 분명하게 고백한 바 있다. 여기서 우리는, “살아오면서 나는 얼마나 자주 나의 행위와 방임을 결정지은 숨은 본보기가 다름아닌 돌아가신 내 아버지였음을 확인하고, 그런 가운데 바로 나 자신을 발견하였던가”(XI, 386) 하는 구절을 읽게 된다. 그리고는 토마스 만의 아버지에 대한 이야기로 이어져 그와 그의 형이 아버지의 덕으로 돌리는 “시민적인 것과 거의 같은 의미인 윤리적인 것”(XI, 387)에 대하여 이야기된다. 윤리적인 것이란 “단순히 미학적인 것, 미와 향유의 희열과는 대립되며, 또한 허무주의나 죽음의 유랑과도 다르다. 윤리적인 것이란 진정 삶의 시민성을 뜻하는 말로 삶의 의무들에 대한 감각인데, 이 감각이 없이는 업적을 쌓고 생산적인 기여를 하려는 충동이 삶과 발전에 결여된다. 한 예술가를 지탱하는 것은 인간적인 것으로부터의 절대적인 사면을 뜻하는 예술이 아니다. 〔……〕이 형태로 행위하고 살지 않는 자에게 나의 아버지의 실례가 결정적으로 작용할 것임은 전혀 의심할 여지가 없다”(XI, 387). 이 말은 토마스 만이 그 후 오 년 뒤에 하였던 종교적인 것에 관한 이야기보다 더한 중요성을 띤다. 왜냐하면 이 말은 토마스 만의 전기가 매우 밀도 있게 응축되어 있고 그의 전 정신적 실존에 대한 핵심 텍스트

---

1) Thomas Mann: Gesammelte Werke in dreizehn Bänden, Frankfurt am Main, 1974, Bd. XI. 이하부터는 인용된 작품의 출처를 로마 숫자(전집 권수)와 아라비아 숫자(쪽수)로 표기한다.

와 같은 연설에서 이루어진 것이기 때문이다.

그러나 우리가 애당초 다루고자 한 것은 두 형제에 관한 것이 아니었던가? 그렇다. 그렇지만 아버지와의 관계는, 세상 버린 지가 오래건만 아들의 내면과 기억 속에 여전히 살아 있는 이 아버지와의 관계는 형제 관계를 이해하는 결정적인 단서와 같다. 우리는 아마 추어처럼 갖가지 자의적인 해석들과 그리고 잘해야 추측일 뿐인 거 추장스러운 정신분석학의 분야와는 관련짓지 않을 것이다. 하지만 적어도 토마스 만 작품에서 아버지의 자취들은 또한 형에게로 이어지는 자취들이며, 하인리히 만 쪽에서 보면, 늦어도 미국 망명 시절 그가 세간에서 잊혀진 채 뤼벡과 아버지, 그리고 이로써 동생과 그의 첫 소설을 다시 회상하던 때, 옛날로 거슬러올라가 다시 동생에게로 이어지는 자취들이기도 하다.

아버지와의 관계는 토마스 만의 작품에서 은폐된 것처럼 보이나, 그러나 보이지 않게 그의 전작품에 관류하며——작가처럼 아버지 없이 자란 것이 결코 우연적이 아닌, 자신의 대리부를 찾는 마지막 소설의 주인공 펠릭스 크룰에 이르기까지——샴페인 회사 사장인 쉼멜프레스터에서 쿡쿡 교수에 이르는 인물들의 저변에 깔려 있다. 자신이 예술가인지 아니면 속인인지를 모르는 토니오 크뢰거는 예술 속에서 길을 잃은 속인이자 동시에 잘못된 길에 들어선 시민이거나 혹은 시민성의 껍질을 벗어버리지 못하는 예술가이다. 뤼벡에 돌아왔을 때 토니오 크뢰거는 어떤 환영에 사로잡히게 된다: "지금 그가 지나가고 있는 일층의 방들 가운데 어딘가에서 문을 열고 나와서 그의 아버지가, 평상시처럼 사무복을 입고 귀 뒤에 펜을 꽂은 채, 그를 불러 세우고 무절제한 생활을 엄히 꾸짖을 것만 같았다. 그런 꾸짖음을 그는 아주 당연한 것으로 받아들였을 것이다. 그러나 실제로는 아무 일도 일어나지 않았고, 그는 그대로 복도를 지나왔다." 다른 그 어떤 것도 문학하는 아들의 불안 속에 나타나는 아버지 상의 영향력을 이보다 더 강하게 보여주진 못할 것이다. 아들은 아버지의, 아버지들의 기대를 만족시키지 못한다. 그는 햄릿의 자취를 찾으러 덴마크로 가려고 한다. 물론 아버지를 찾기 위함이다. 만약 이 때문이 아니라면, 우리가 알기로 토마스 만이 실제로도 가본 적이 있는, 그 황량한 해변에는 왜 갔겠는가. 『베니스에서의 죽음』에서는 아버지와 아들 인물이 없다. 그러나 아쉔바하가 어린 타치오를 뒤쫓는 것은 가상의 아버지가 가상의 사랑하는 아들을 찾는 역할이 전도된 유희이며, 타치오에 대한 아쉔바하의 관계는 시의원 토마스 부덴브로크가 그렇듯 겁먹고 그리고 그렇듯 아름다운 그의 아들 한노에게 갖는 이상적이면서도 위험스럽기까지 한 그런 관계가 아닐까? 디오니소스와 십자가에 매달린 그리스도의 신화적인 혼화인 페어퍼코른은 『마의 산』의 주인공인 한스 카스토르프를 종국엔 그의 아들로 여기게 된다. 두 사람이 그들의 관계를 사실 처음부터 규정하는 의형제를 맺었을 때 페어퍼코른은 작별 인사로 다음과 같은 말을 한다: "자 이젠 가게, 젊은이! 나를 떠나라, 아들아! 어두워졌어, 날이 완전히 저물었어"(Ⅲ, 850). 언뜻 대수롭지 않은 문구로 보일지 모르나, 이는 결코 공연한 소리가 아니라 우울한 뜻이 담긴 말이다. 어둠이 내린 저녁, 이것은 페어퍼코른을 엄습하는 삶의 종말에 대한 예감으로, 깜깜한 밤이 되기 전 그가 아들에게 하는 고백인 것이다. 멀찌감치 떨어져서 보면 괴테의 작품과 비교되는 게 분명한 것이, 꽤 오랫동안 친가와 발을 끊은 빌헬름 마이스터가 소설의 다섯째 권에서 마찬가지로 그의 아들 펠릭스에게 고백하는 장면이 있다. 그리고는 『요셉과 그의 형제들』에서 다시 부자 관계가 나타난다. 이 작품은 부자 관계의 종말을 시사하는 듯하나, 그러나 그 제목만을 보고서 착각해서는 안 된다. 결정적인 관계는 요셉이 그의 아버지 야콥에게 갖는 관계이며, 막내를 제외한 형제들은 오히려 적대적인 무리로서 등장한다. 중요한 것은 누가 아버지와 가장 가까운 사람인지 증명할 수 있는가 하는 것이다. 이를 할 수 있는 인물은 의심스런 형상의 무리인 형들이 아니라 바로 요셉이었다. 『바이마르에서의 로테』에서 나이 든 괴테가 아들을 대하는 비뚤어진 관계는 표면적인 것이 아니라 저변에 깔린 부주제로, 우리는 아버지 괴테가 아들의 삶을 얼마나 그늘지게 하였는지 알고 있다. 이럴 경우 아버지가 아들 속에서 계속 살아 있을 수 없고 아들을 통하여 노년의 삶을 회생할 수 없는 것은, 아들이 아버지가 시작해놓은 일을 그르치게 되고 그의 나약함으로 인해, 즉 소설에서 일컫는 "출생의 잡종 무질서성"이란 인자로 인하여 아버지를 배겨내지 못하기 때문이다. 아우구스트 폰 괴테는 "사랑의 자식"이긴 하나, 나중에 가서야 비로소 합법적인 인정을 받은 하녀의 아들로, 불편하고 어둡고도 성마른 성격에다 대의 끊어짐을 의미하는 정신적 결함의 소유자로서 아버지 삶의 반복이나 계승을 기대할 수 없는 인물이다. 중요한 것은 아들이 편안한 비서직을 잘해낼 수 있고 잘해낼 것이라는 기대가 아니라, 아버지와 아들이 서로 의존해 있다는 점이다. 강한 아버지가 약한 아들과 갖는 관계에서 『부덴브로크 일가』의 토마스 부덴브로크와 그의 아들 한노 사이를 각인하는 그 관계가 글자 그대로 반복되고 있는 듯하다. 아버지와 아들의 관계가 미치는 힘은 과대 평가해선 안 되겠지만, 그러나 이 관계가 비뚤어진 것이고 그렇게 남아 있을 것은 분명하다. 그리고 나면 우리는 『파우스트 박사』에서 다시 한번 누이의 자식이지만 레버퀸이 세상에서 그 무엇보다 소중히 여기는 어린 에호에 대한 그의 사랑에서 아버지-아들 테마의 흔적을 보게 된다. 『선택된 인간』에서는 마침내 신화적-생물학적 혼란이 일어난다. 근친상간의 결실인 아들은 사실을 모른 채 그의 어머니를 사랑하고, 이야기는 부조리로 흘러 아버지, 어머니와 아들간의 악마적인 유희로 얽혀든다. 그레고리우스가 마침내 속죄자로서 자신의 죄를 참회하려 할 때, "나는 내 가련한 아버지의 길을 간다"고 말한다. 한가족 안에서 일어나는 이 악마적인 착종 관계에서 아버지, 아들과 형간의 사고 유희는 끝이 난다. 아니 이보다는 부조리적인 것으로 빠지고 만다는 편이 옳다 할 것이, 보는 각도에 따라 아버지가 형이 되고 또한 형이 아버지가 되어버리기 때문이다. 어떻든 한가지 분명한 점은 아버지와 그렇듯 강하게 끈이 닿은 자에게는 형을 받아들일 여지가 없다는 사실이다. 설령 이런 여지가 나타난다 하더라도, 형의 인물은 부정적으로 보여진다.

이것은 이미 토마스 만의 첫 소설에서 증명된다. 『부덴브로크 일가』에는 토마스와 하인리히의 관계가 너무도 분명하게 밑그림되어 있는 듯하다. 적대적인 형제의 테마가 주 모티프로서 소설 전체에 관류하고 있기 때문이다. 편견이 없고 실제적인 형제간의 삶의 소재를 잘 모르는 독자한테는 토마스와 크리스티안 부덴브로크와의 관계가 애초부터 사실상 화근이 되었던 토마스와 하인리히 형제간의 갈등이 소설에서 다듬어지지 않은 채 극단화되어 돌출된 표현으로 보일 것이다. 토마스 부덴브로크는, 기도하고 일하며 그리고 밤이면 편안히 잠들 수 있을 만큼 사업을 하라는 가훈을 받들고 사는, 겉보기엔 성공한 듯 보이나 실제로는 갈수록 편협해져가는 상인이며 존경받는 시의원인 반면, 동생 크리스티안은 배우들과 교제하며 자주 카바레에 출입하고, 가문에 엇나가는 결혼을 하고 규율된 일이라면 도무지 하기를 꺼려하는 태평스런 인물이다. 형제간의 갈등이 이 두 인물에서보다 더 심각하게 묘사될 수도 없을 것이다. 이 갈등이 비이성적인 것임은 자명한 이치이고, 또한 그렇기 때문에 돌이킬 수 없는 것이 된다. 토마스 부덴브로크가 아버지의 원칙을 성실하게 고수할수록, 그만큼 더 강하게 크리스티안은 빗나가게 되며, 그 결과 남는 것은 오직 증오뿐이다. 제6부 2장에 보면, "크리스티안이 속 깊은 냉담함으로 참아내는 토마스의 증오에 찬 경멸은 서로 의존해 사는 식구들 사이에 일어날 수 있을 지극히 사소한 일 하나하나에서 모두 나타난다. 예컨대 부덴브로크 일가의 내력에 대한 이야기가 나오면 크리스티안은 물론 썩 좋지 않은 인상으로 마지못해 진지함과 사랑, 경탄을 내보이며 고향의 도시와 선친들을 이야기하는 자리에 앉아 있었다. 그러면 영사는 당장에 차가운 몇 마디 말로 이야기를 끝냈다. 그는 동생을 너무나 경멸한 나머지 그 자신이 사랑하는 곳에서 동생이 사랑하는 것을 허용치 않았던 것이다"(I, 315). 그러고 나면 우리는 눈에 띄는 한 대목에 씌어진 다음의 구절을 읽게 된다: "난 내가 생겨먹은 대로 살았어, 〔……〕 너 같은 인간은 되지 않으려고 말이야. 만약 내가 내심으로 널 피하였다면, 그건 너로부터 나 자신을 보호해야만 했기 때문이었어. 너의 존재와 본질은 나한텐 위험스런 것이거든…… 난 지금 진실을 말하는 거야"(I, 580).

소설에서 다른 어떤 구절도 두 형제의 관계를, 그들의 상대적인 의존성을 이처럼 정확하게 규정짓지는 못할 것이다. 그러나 그들을 정작 갈라서게 하는 것은 그들 자신이 만든 상이함이 아니라, 오히려 아버지에 대한 그들의 관계인 것이다. 소설 서두에서 벌써 도시의 시인인 호프슈테데는 아직 어렸을 때 두 형제의 다른 점을 옳게 간파하고 있었다: "토마스는 견실하고 진지하게 생각하는 아이요. 상인이 될 겁니다. 틀림없어요. 그에 반해 크리스티안은 좀 말썽꾸러기죠. 그렇지 않은가요? 좀 믿을 수 없거든요"(I, 17). 하지만 상인에는 직업을 표시하는 말 이상의 뜻이 담겨 있다. 토마스에게서 아버지의 대가, 아버지의 윤리가 계승될 것이며, 크리스티안이 거의 우스꽝스럽게 아버지의 모습을 닮고 있다면 토마스의 눈과 얼굴형은 할아버지의 것을 그대로 빼닮았다(I, 18). 이 점은 단순히 유전적으로 제약된 특성이 아니라, 토마스야말로 아버지의 대를 잇는 적격자이며, 크리스티안은 아니라는 암시가 된다. 토마스의 행동거지는 점점 더 아버지를, 선친들을 닮아갔고, 크리스티안은 점점 더 강하게 이 아버지의 원상에서 탈피해간다. 그의 고통에서뿐 아니라 그가 생각하고 행동하는 모든 점에 있어서 그러하다. 나중에 소설 속에서 불확실한 사업 문제가 대두될 때 토마스는 "증조부, 조부, 아버지"의 예를 들고, 그리고는 자기 자신을 언급한다. 아버지에 대한 관계보다 더 심각하게 두 형제를 갈라놓는 것도 없다. 토마스가 아버지의 대를 계승하는 일에 있어 한치의 어긋남도 없다면, 크리스티안의 경우 모순은 마침내 극도에 달한다. 이 말은, 아들 토마스와 크리스티안 부덴브로크의 관계는 직접적으로가 아니라 아버지를 통하여 정의된다는 뜻이다. 중요한 것은 형제끼리의 관계보다 누가 더 나은 아들인가 하는 점에 있는 것이다.

우리는 물론 이 경우 문학적인 현실이 실제적인 현실과는 무관함을 알고 있다. 토마스 부덴브로크는 토마스 만이 아니며, 크리스티안 부덴브로크가 하인리히 만은 아닌 것이다. 그러나 놀랍게도 현실은 종종 문학을 따라잡는다. 그리고 이제 우리가 토마스와 하인리히 만간의 관계를 실제적인 삶에서 일어났던 관계로서 어느 정도 분석하고 나면, 토마스 만이 소설에서 쓴 것은 이후에 그 자신이 갖는 하인리히 만과의 실제적인 관계를 결정짓게 될 것을 일그러뜨리고 고조시키고 과장시켜 때때로 부조리로 빠지고 마는 어떤 환영과 같은 것이 아닌가 하는 느낌을 갖게 한다. 언뜻 보기에 소설은 하인리히 만과는 전혀 무관한 듯 보인다. 실제로 형제간의 사이는 이미 일찍부터 모든 공통점에도 불구하고 긴장감이 돌았고, 때로는 파멸적인 지경에 이르기도 하였다. 이 형제 관계에서는 또한 아버지, 아버지의 것이 중요한 역할을 한다.

*

우리는 형제 관계가 어떤 양상을 띠었는지 매우 정확히 알고 있다. 하인리히 만은 일찍이 단편소설을 썼고, 1890년에 발표된 처녀작 「불안정」을 필두로 한 그의 작품들은 성공을 거두었다. 그 당시 그의 나이는 열아홉이었다. 열여덟살 때 이미 하인리히는 「나의 고향 L.에 관한 환상들」과 가장 초기적 단편소설의 시도로서 「매혹」이라 제목 붙인 글을 쓴 적이 있었다. 하인리히 하이네는 젊은 하인리히 만이 좋아한 시인이었으며, 그는 자신을 상회의 후계자로 결정하려 한 그의 아버지를 무한히 실망시키면서까지 조기에 가족의 영향권에서 벗어났다. 그러나 문학에서의 성공은 하인리히의 결정이 옳았음을 말해준다. 그는 비평을 쓰고, 1894년에는 소설 『어떤 가족』을 썼으며, 이탈리아에 체류하는 동안 『게으름뱅이의 천국』을 집필하기 시작한다. 1897년에 이미 『놀라운 것과 다른 노벨레들』이란 제목을 단 책이 발표되고, 1898년에는 그 다음 단편소설집인 『한 범죄와 다른 사건들』이 출간된다. 1900년에 『게으름뱅이의 천국』, 1903년 『여신들 혹은 아씨 공작 부인의 세 소설』, 1903년에는 또한 『사랑 사냥』, 1905년 단편소설집 『피리와 비수』, 같은 시기에 『운라트 교수』와 그리고 구스타프 플로베르와 게오르게 잔트에 관한 긴 에세이가 발표된다. 하인리히 만의 저작은 이처럼 계속되어 거의 매년마다 단편소설과 장편소설, 문화 정치적인 에세이 같은 문학 작품이 발표되었다. 이것은 단시일 내에 빨리 씌어진 작품들이었다. 그 당시는 단편소설이 각광을 받을 시대로, 하인리히 만은 이런 시류에 부응한 작품들을 내놓았던 것이다. 그의 사회 비판적 경향은 일찍부터 나타났는데, 그는 빌헬름 2세 시대의 대도시와 창업 시대의 기질, 보다 나은 사회를 선동하는 부패한 마술을 매우 예리하게 분석했고, 예컨대 『게으름뱅이의 천국』에서처럼 맹수의 행동과, 가장 많이 물어뜯는 자만이 살아 남는 밀림과 같은 대도시를 분명하게 보여주었다. 하인리히 만의 소설과 노벨레의 주제는 세계와 자신이 살고 있는 시대이며, 토마스 만의 작품에서처럼 자신의 자아가 아니다. 그렇지만 가족 연대기는 두 사람의 작품에서 공통적으로 다루어지고 있는 것으로, 토마스는 『부덴브로크 일가』에서, 하인리히는 『종족들 가운데에서』에서 이를 쓰고 있다. 토마스에 있어 현실은 그가 자료로서 넘겨받은 그대로 이야기의 표층에서 직접적으로 느낄 수 있으며, 하인리히 만에 있어서는 모든 것이 허구적인 것으로 꾸며져 현실을 제것으로 습득하는 것보다 창작성이 더 높은 것으로 평가된다. 세계는 토마스에겐 의문과 허상 속에서 그 모습을 드러낸다. 그는 쇼펜하우어를 읽었고, 적어도 한동안은 이 철학자가 주장하는 세계 경멸과 세계 폭로의 사상에 따르고 있다. 하인리히는 폭로를 위한 그로테스크와 풍자, 그리고 과장을 좋아한다. 그럼에도 불구하고 두 사람에겐 공통적인 것이 충분히 있다. 삶의 주변 세계를 지배하였던 데카당스, 몽상가와 삶의 의욕을 상실한 인간, 삶에 무능한 인간에 대한 묘사, 예술가-시민의 테마, 그리고 특히 다른 사람들과는 구분되는 자신의 특성과 자신이 서 있는 특별한 위치에 대한 인식이 공통적이다. 토마스 또한 단편소설로써 시작하여 1893년 그의 첫 스케치인 「환영」을 썼고, 이듬해인 1894년 「호감」과 같은 산문들과, 1896년에는 「행복에의 의지」, 역시 같은 해에 「실망」을 발표하였고, 1897년에는 세 편의 단편소설과 그 후

1900년까지 모두 세 편의 작품을 썼다. 그리고 나서 첫번째 소설이 완성된다. 그의 경우 '단편소설'이란 표제어 아래 수집된 것들은 매우 상이한 글들이다. 스케치와 자기 성찰, 심적 상태의 재고 정리, 삶 전체의 이력서, 이야기로 풀어 쓴 삶의 철학과 인상주의적인 것, 일화, 쇼트 스토리, 자전적인 자기 탐구와 심리학적인 연구가 그 예이다. 명확한 저술 방향은 알아낼 수 없다. 하인리히의 경우, 테마와 형식 그리고 시도 면에서 이보다 더 큰 다양성이 보여진다. 그럼에도 언제나 한가지 사실은 분명하다. 즉, 하인리히는 연장자였을 뿐 아니라 경험이 더 풍부하였고, 수년 동안이긴 하였지만 어쨌든 토마스보다 낫고 더 성공적이었으며 더 대가다운 작가였다. 토마스만이 가는 곳이면 언제나 다른 사람, 하인리히가 먼저 도착해 있었다. 토마스는 형의 작업 속도와 우월감, 그리고 그의 가벼움 때문에 무척 고통스러워한 것 같다. 토마스가 완만하고 참을성 있게 한 단편소설을 어렵게 진척시키고 있을 시간에, 하인리히는 이 네 배의 성과를 거둘 수 있었다. 한 사람이, 토마스가 신경 과민의 낭만주의에 관한 기고들을 가지고 문학 시장에 나타났을 때면, 다른 사람은, 하인리히는 이미 오래 전에 풍자를 발견하고 난 후였고, 그리고 토마스 만이 여전히 데카당스적인 유미주의에 열중하고 있을 때, 하인리히 만은 벌써 인용과 문학적 비꼼의 높은 기교를 익히고 있었다. 하인리히는 바그너의 악곡「환락의 산 Venusbergmusik」에서「탄호이저」에 이르기까지, 아이헨도르프의『대리석상』에서 니체의『비극의 탄생』, 플로베르의『성 안토니우스의 시험』에서 E. T. A. 호프만의 기이한 아라베스크에 이르기까지 시적인 연상들을 탁월하게 피아노로 연주하였다. 하인리히의 테마들은 부르제, 니체, 하이네, 플로베르와 발자크, 후고, 그리고 졸라에 의해 제시받은 것들이다. 토마스 만은 처음에는 좀 소심하게 접근했지만, 그러다가 나름의 독자성을 가지고 형의 영향에서 탈피하여 스칸디나비아 작가들과 스칸디나비아의 상인소설, 가족소설에 관심을 기울이게 되며, 또한 러시아 작가들, 특히 톨스토이를 발견하게 된다. 그렇지만 하인리히는 언제나 토마스 만의 독자적인 문학적 비유 영역인 신화와 전설, 성담과 옛날 이야기의 인용에 있어서도 그보다 한발 앞서 있었다. 토마스는 형한테서 실제적인 학교를 떠난 후 진짜 학교인 문학 수업을 받게 된다. 네 살 위인 하인리히는 처음엔 토마스에게 문학의 안내자이자 길을 터준 사람으로, 동생을 이탈리아로 데려가서 세계 문학을 가까이서 접할 수 있는 기회를 마련해준다. 그 무렵 하인리히가 동생의 문학적인 대부였다고 한다면, 좀 과장되긴 해도 전혀 틀린 말은 아닐 것이다. 토마스 만은 아버지한테서 지표로서 구할 수 없었던 것을 형한테서 찾았던 것이며, 하인리히는 그를 삶에, 적어도 문학적 삶에로 입문시켰다. 토마스 만이 그의 형 하인리히에게 보낸 첫 편지는 축하 편지로, 1900년 『게으름뱅이의 천국』이 발표되고 같은 해 제2판이 발간되었을 때이다. 토마스 만이 그때까지 완성한 것은 짧은 단편소설 한 편뿐이었다. 그는 쓰기를, "요즈음 나도 덩달아 좀 유명해졌어. 그렇게 기분이 나쁘진 않은데." "나는 찬사의 글과 면식을 구하는 편지들을 받았고, 편집부에서는 심지어 각광받는 작가들이 보낸 책들이 나를 기다리고 있더군. 영향력을 가졌다는 의식은 얼마나 달콤한지"(Br. 3).[2] 이렇게 쓰고 있는 그는 유명해진 형 하인리히를 약간 추켜세운다. 이 말은 모두 두텁게 덧칠한 자화자찬이지만, 그러나 우리는 유명한 형과 나란히 무명의 인물로 서 있고 싶지 않은 그를 본다. 형은 이미 이름이 나 있고 무엇보다 문학 방면에서 성공한 데 반해, 토마스는 여전히 피셔

---

2) (Br.) Thomas Mann-Heinrich Mann. Briefwechsel 1900~1949, hg. von H. Wysling, erweiterte Neuausgabe, Frankfurt am Main, 1984.

출판사에 보낸 그의 작품『부덴브로크 일가』의 성패를 예측할 수 없는 상황에서 다음과 같이 쓴다: "좋은 거래자라면 당장 나에게 아주 좋은 대우를 할 것이다. 피셔 출판사가 씌어진 그대로 작품을 받아들여야 할 텐데. 문학적인 성공은 내가 장담한다. 그러나 어쩌면 출판업자의 성공은 곧바로 제로가 될지도 모르고, 그러면 나의 재정도 마찬가지겠지"(Br. 5). 그 후 얼마 안 되어 출판된『부덴브로크 일가』는 이내 성공을 안겨주는 대신, 걱정거리를 만든다. 그러나 하인리히는 거듭 성공을 거두는데, 토마스 만은 이에 대해, "게으름뱅이의 천국을 선전하기 위해 정말 대단한 문구의 광고가 나가고 있다"(Br. 9)고 쓰고 있다. 여기서는 문학적 시기심이 매우 적나라하게 드러난다. 이 시기심은『부덴브로크 일가』가 하인리히 만이 그때까지 쓴 모든 작품들을 급속하게 따라잡을 때까지 계속된다. 그때에 이르면 토마스는, "이제야 드디어 때가 왔고, 삼 년간의 고통으로 빚어진 이 작품이 나에게 조금씩 성취감과 만족, 기쁨을 주기 시작하는구나"(Br. 24)라고 말한다. 그리고 마침내 그는 늘 희망하여 온 것, 곧 '위대성'을 평가받게 된다. 정확히 말해, "작업하는 동안 줄곧 나의 은밀하고 고통스러운 명예욕은 위대성을 평가받길 원했다. 책이 양적으로 무성하게 팽창함과 더불어 위대성에 대한 나의 경의는 지속적으로 높아져갔고, 그리하여 나는 나 자신에게 보다 고양된 문체를 요구하게 되었다. 이렇게 제 분수에 맞게 소박하게 시작하여 여느 소설과 같은 것이 아닌, 완전히 다른 것을, 어쩌면 정말 흔치 않을 것을 이루어낸 결과는 기분 좋은 일이다. 때때로 이런 생각을 하면 정말 가슴이 뛴다"(Br. 24f.).

우리는 그의 예견이 적중하였음을 알고 있다. 보다 중요하고 괄목할 점은 토마스 만이 "보다 고양된 문체"를 쓰겠다는, 적어도 이를 시도하겠다고 한 말이다. 이로써 그는 아버지의 위치에 있는 것과 진배없는 형에게서부터 서서히 독립하려 한 것일까? 아니면 그 자신의 열등감에서 해방되려 한 걸까? 그는 자기 해방 이상의 뜻을 지닌 한 놀라운 편지에서 이를 이행하고 있다. 이 편지는 하나의 혁명이며, 형에 대한 반기이다. 혁명이 일어난 날은 1903년 12월 5일. 편지는 처음엔 여느 때와 같은 투로 쾨니히스베르크로 떠날 강연 여행에 대한 이야기로 시작되다가 돌연 화산 폭발 때처럼 엄청난 에너지로 정작 그가 하고 싶었던 하인리히 만의 저술 활동에 대한 말로 뒤바뀐다: "내가 형의 문학적 발전을 못마땅하게 생각하고 있다는 것을 한번쯤 밝힐 필요가 있다고 생각했어. 그것도 내가 알고 있기론 형이 새로운 작품을 구상하고 있지 않은 지금이 가장 적절할 것 같아. 그렇지 않으면 형을 혼란시키기가 거의 어려울 테니까" (Br. 31). 이렇게 시작되는 격렬한 공격은 인사치레인 가벼운 몇 마디 말에 뒤이어 곧바로 단도직입적으로 형에 관한 이야기로 들어간다. 서두에 형제간의 공통점을 돌이켜보는 글이 온다: "십 년, 팔 년, 오 년 전 일을 돌이켜보면! 그때 나한테 비춰진 형은 어떤 모습이었는 줄 알아? 어떤 모습이었을 것 같아? 곁에 있으면 나 자신이 평생 천박하고 야만적이며 농담이나 지껄여대는 사람처럼 느껴질 정도로 형은 고상한 애호가 기질의 소유자였고, 현대성에 있어서는 분별력과 문화와 신중함으로 꽉차 있었으며, 역사적인 맥락의 파악에 있어서 탁월한 재능을 가졌고, 사람들의 갈채를 받고 싶은 욕망에서 자유로웠으며, 문학적 표현들에 있어서는 지금 독일에서의 민감하고 정선된 독자들의 마음을 사로잡을 만큼 섬세하고 자부심에 찬 작가였지." 편지의 글은 계속된다. "그러면 지금은 어떤지 알아? 과거와 달리 지금 형이 보여주는 것은 진실과 인류에 대한 비뚤어진 농담과 황량하고 현란하고 성급하고 경련적인 모독, 위엄 없이 인상이나 찌푸리는 모습과 공중제비, 독자의 흥미를 끌려는 절망적인 공격들뿐이야!" 이런 어투의 글이 몇 페이지에 걸쳐 계속된다. 무의미하고 점잖지 못한 거짓된 이야기들——"나는 이런 것을 읽고 형을 다시 알아볼 수가 없더군" 하고 토마스는 덧붙인다(Br. 32). 그리고는, "모든 것이 왜곡되고, 악을 쓰며, 과장되고, 허풍이며, 희가극에서의 광대짓거리야. 물론 역겨운 뜻에서 낭만적이며, 여신들에서 따온 기독교 대변인들의 그릇된 몸짓과 이에 걸맞게 두텁게 덧칠한 통속소설의 심리학이 다시 자리잡고 있어." "사랑 사냥"이라 이름하기보다는 차라리 "효과 사냥"이라(Br. 32) 하는 편이 더 어울리지 않았을까, 라고 그는 썼다. 과거에 하인리히는 그렇지 않았다고 한다. 하인리히는 자기 자신에게 엄격한 실력 있는 작가로서 기록을 세울 만큼 많은 양의 작품을 썼다. 그러나 지금은? 격한 흥분의 혐오스런 세계를 보여줄 뿐이다. 토마스 만은 이전의 하인리히만 작품에서 보여준 엄격함과 완결성, 언어적 자세를 찾아볼 수 없다고 하며 근본적인 것인 형의 문학적 스타일을 비판한다. 그러나 그의 비판은 이것으로 그치지 않는다. 그는 『사랑 사냥』에서 나타나는 하인리히 만의 에로틱, 그의 섹스주의에 관해 이야기하다가 마침내 매우 심한 말을 내뱉게 된다: "항상 축 늘어져 있는 발기 상태와 계속되는 살 냄새가 권태롭고 역겨워. 너무 지나쳐. 허벅지와 젖가슴, 아랫도리, 장딴지, 살덩이의 묘사가 너무 지나쳐. 어떻게 전날 정상적인 남녀간의 행사, 여성간의 동성애, 소년과의 동성애 행사가 있었는데, 다음날 오전이면 매번 형이 다시 그것에 관해 글을 쓸 수 있는지 정말 이해하지 못하겠어. 나는 수도사 지로라모에 대해 쓰면서 그와 유희하진 않아. 도덕주의자는 도덕 설교자와는 전혀 다르지. 난 이 점에서 완전히 니체 추종자야. 그러나 전적으로 도덕을 무시할 수 있는 자는 원숭이와 다른 남국 사람들뿐이겠지"(Br. 37). 베데킨트, "현대 독일 문학에서 어쩌면 가장 대담한 섹스주의자일" 이 작가는 그래도 그의 형에 비해서 공감을 준다고 한다. 토마스는 마지못해 단순한 것은 경멸해도 좋다고 믿는 사람들에 대해 형의 작품을 변호할 것을 약속하지만, 별다른 확신에서 나온 말은 아닌 듯하다. 토마스 만의 편지는 마지막으로 "편안한 성탄절과 결실의 새해를" 바라는 인사말로 끝맺고 있다(Br. 38).

이것은 형의 파멸을 예고하는 전쟁이며, 그를 철저하게 그리고 일격에 그의 권좌로부터 축출하려는 시도이다. 그러나 그 이상의 무엇은 없었을까? 토마스가 엄격성과 자기 규율, 올곧음과 실력 그리고 마지막으로 시민적-보수적인 점잖함의 상당 부분을 논거로 내세울 때 토마스의 내부에서 울리는 소리는 바로 아버지, 아버지의 것이 내는 것은 아닐까? 이 순간 은밀한 역할 교체가 일어나고, 하인리히는 더 이상 아버지의 권위를 대표할 수 없게 된다. 토마스는 작가의 윤리를 논거로 삼고 있는데, 이것은 동시에 형에게 대항하여 아버지의 것을 이용하려는 요구이다. 하인리히의 반응은 어떠했겠는가? 그는 전혀 반응을 보이지 않았다. 그럴 수가 없었다. 하인리히는 그 당시 속수무책이었던 자신의 심정을 한 편지의 초안에서 털어놓았다: "우리는 우리 속에 완전히 동일한 이상들을 지니고 있다. 너는 북쪽의, 나는 남쪽의 건강함을 동경하고 있다. 나는 이미 토니오 크뢰거의 예에서 푸른 눈의 평범함만이 전부가 아님을 너에게 상기시켜주었다." 또, "명성은 나 개인이 갖고 있다고 생각하는 많은 사람들의 착각일 뿐이라는 사실을 나는 너무도 잘 알고 있다." 그리고 마지막으로 그는, "나는 불안하다. 만약 여기서 그만둔다면 난 끝장일 테니까"(Br. 40). 이것은 서투른 자기 방어로서 자기 확신을 보여주기보다는 극도로 상처받은 속내를 드러내준다. 하인리히는 자신이 양보하고 화해하려 하였고, 또한 토마스 만도, "우리 두 사람에게 가장 좋은 것은 우리가 친구일 때라고 확신해. 내가 형을

적대적으로 생각할 때는 정말 아주 기분 나쁜 시간들이야"(Br. 41)
라고 썼다. 그리고 그 이후의 한 편지에서 그는 자신의 결정을 다음
과 같이 알리고 있다: "인간적인 고상함과 영혼의 순수성, 투명성에
있어서 나보다 훨씬 높은 경지에 있는 형에게 모든 오류와 혼란을
벗어나 힘찬 악수를 청한다"(Br. 41). 감동에 사로잡힌 아우는 마치
아버지의 자리를 대행하는 듯 보이지만, 이 말은 사실 약하고 상처
받기 쉬운 그 자신의 고백인 것이다. 그리고는 형에 관하여서가 아
닌 자기 자신에 관한 많은 이야기들이 잇따르는데, 우리는 형에 대
한 공격이 거추장스러워진 전범으로부터 해방되어 이젠 스스로가
말하자면 아버지의 역할을 차지하려는 시도일 뿐 아니라, 또한 그
자신의 문제를 분명히 알게 되는 계기를 주는 것임을 알게 된다. 토
마스 만은 여타의 세상사보다는 자기 자신에 대하여 열심히 적용하
고 있던 아이러니를 언급하며, "이 아이러니는 이따금씩 나라는 의
심스러운 인간에 대한 공허하고 동시에 압도적인 기쁨으로 전이된
다"(Br. 46)고 덧붙였다. 토마스 만은 하인리히처럼 되지 않기 위하
여 그 자신인 그대로 되기를 원하였다. 이 점에서 소설의 두 형상은
현실과 맞닿아 있으며, 허구적인 두 형제는 결국 실제적인 형제와
몇 가지 공통적인 점을 나누게 된다. 하인리히 만은 겉으로는 이 대
결에 초연한 것처럼 보였지만, 그러나 내심 상처받고 있었다. 첫 공
격을 가한 토마스 만이 한동안 명백한 승리자였기 때문이다. 토마
스는 자신에게서 "밖으로 드러내는 군주다운 재능을," 즉 본래 형의
작품을 뛰어나게 만들었던 것을 자신한테서 발견하였고, 부와 명성
을 지닌 뮌헨의 수학자 집안에 데릴사위로 들어갔을 때는 이제 영
원히 형을 앞질렀다고 생각하였다.

  싸움은 중재된 듯 보이고 한동안 평화가 계속된다. 그러나 사실
은 그렇지 않았음이 토마스 만의 노트에 의해 반증된다. 1905년 기

록된 노트 제7권에는 "반하인리히"라는 제목의 긴 절이 있다. 여기서 그는 말하기를, "나는 하릴없는 자가 고통이 두려워서 나쁜 책을 계속 쓴다는 것은 비도덕적이라고 본다. '예술적인 오락 서적.' 다 좋다. 단지 의미상의 모순만 아니라면. 이것은 전부 오래 전부터 독일에서 씌어진 너절한 글들 가운데서도 가장 오락적이고 가장 경박한 것이다. 온통 뒤죽박죽이다. 에르춤 학생이 글을 쓰기 전에 골방으로 쫓겨난 후 작문을 제출한다. 담뱃가게 주인과 카페의 주인은 김나지움 선생의 제자들이다. 이와 같은 묘사는 예술가의 모자란 생각에서 나온 것이기보다는 그 이상의 무엇에, 즉 이 글 속에 깔려 있는 통속적인 것에 근거한 것이다. 이 책은 문학 작품의 지속성을 염두에 둔 것 같지는 않다. 〔……〕 사람들이 자기 눈을 의심할 정도로 있을 수 없는 일들. 운라트는 음악실에서 '골방으로 꺼져!' 하고 외친다. 이는 신에게 버림받은 인상주의의 한 양식이 아니고 달리 무엇이겠는가!"[3] 토마스 만은 자신의 이러한 견해를 철회하지 않았고, 이것은 이제 그가 받은 하인리히의 상이 되었다.

하인리히 만에게 있어서도, 토마스 만의 경우처럼 분명하게 명명되진 않았지만, 반토마스적인 것이 있다. 1915년말, 하인리히 만의 에세이 『졸라』가 발표되었다. 약간 완곡하게 표현된 자화상인 이 에세이는 무엇보다 루이스 보나파르트의 프랑스를 본보기로 한 빌헬름 2세 시대의 정치에 대한 비판이다. 하인리히 만은 토마스 만이 빌헬름 2세 때의 침략 정치를 변호한 "전쟁 속에서의 생각"으로 인하여 선동된 느낌을 받았다. 그러나 그는 이런 감정을 넘어서서 형제간의 작가적 실존에 대해 비판적 태도를 취하였으며, 이 책을 구입하여 읽은 토마스 만은 (하인리히는 이 책을 그에게 부치지 않았

---

3) Thomas Mann: Notizbücher 7~14, hg. von H. Wysling und Y. Schmidlin, Frankfurt am Main, 1992, S. 115.

다) 비판적으로 혹독하게 묘사된 한 인물에서 자신을 알아보았다.

하인리히 만의 기본 논제는 정신과 행동, 정치와 문학간의 분리가 있을 수 없다는 것이었다. 이것은 동생의 때늦은 유미주의에 반한 진술이었다. 그러나 비판은 계속된다. 『졸라』 에세이에서 읽을 수 있는 것은, "무엇보다 현실의 가장 큰 척도를 포괄해야 할 과제를 가진 작가가 오랫동안 단지 꿈만 꾸고 몽상해왔다. 일찍 바닥을 드러내는 자들의 문제는 이미 20대 초반에 의식적이고 세상의 요구에 부응하며 나선다는 것이다. 창조자는 늦게 남자가 된다."[4] 이것은 토마스 만의 허를 찌르는 말인데, 그는 청년 때부터 창작력의 고갈을 두려워한 나머지 노년에 이르도록 가능한 한 많은 소재와 자료들을 수집하였다. 그의 몽타주 기법은 대담한 구성 기법이나, 실은 앞으로 아무것도 쓰지 못할 것이라는 그의 불안에서 비롯된 것이었다. 토마스 만은 형이 쓴 글의 취지를 곧바로 이해하였다. 1916년 에른스트 베르트람에게 보낸 편지에서 그는, "읽고 나서 나는 이 글이 독일에 반한 것이기보다는 오히려 나 개인에게 반한 것이라는 사실을 알고, 나 스스로 놀랐습니다"[5]라고 썼다.

그때 터진 일은 지엽적인 마찰이 아니라 핵심을 찌른 것이었다. 형과의 분쟁이 예고된 것은 이보다 시간적으로 조금 앞선, 그러니까 1913년 하인리히 만의 작품 『마담 레그로스』가 출판되었을 때이다. 1917년에 씌어진 한 편지에서 우리는 이 작품의 무엇이 토마스 만에게 그토록 거슬렸는지 알게 된다: "나는 이 작품의 뛰어남과 수

---

4) Heinrich Mann: Zola(1915), in: Macht und Mensch. Mit einem Nachwort von R. Werner und einem Materialienanhang zusammengestellt von P.-P, Schneider, Frankfurt am Main, 1989, S. 43(=Heinrich Mann. Studienausgabe in Einzelbänden, hg. von P.-P. Schneider).

5) Thomas Mann an Ernst Bertram. Brief aus den Jahren 1910~1955, hg., kommentiert und mit einem Nachwort versehen von I. Jens, Pfullingen, 1960, S. 28.

사학적인 인간성의 요구에 경탄한다. 그러나 그것이 나의 진심에서 우러나온 말이라고 한다면, 거짓말일 것이다. 프랑크푸르트 신문은 '곡예적인 형식적 민주주의'에 대해 거론하며 너무도 정확하게 핵심을 찔렀다. 이 작품에서 다루어지는 것은 유미주의와 정치에서 나온 혼합 혹은 교차로서 참을 수 없을 정도로 나의 신경을 돋우었으며, 그리고 뤼벡 사람들이 호의를 갖고 혹은 호의를 갖고 있다고 믿었던 그 '친절'은 매우 지적이고 공리공론적인 것이다. 인간적으로 이 친절은 경악을 자아내는 독선과 공격적인 자기 정당성, 상상을 초월하는 고집불통의 편협스러움을 드러내는 자코뱅의 인간성 원리원칙주의와 같은 것이다."[6]

토마스 만의 이 말에는 문제의 요점이 함축되어 있다. 그것이 어느 정도인가는 다음과 같이 쓰고 있는 그의 열번째 노트에서도 볼 수 있다: "나를 격앙시키고 나를 역겹게 하는 것은 고정된 덕성과, 민주주의를 위해 전력을 다하지 않는 모든 재능은 생장하지 못하고 사라져야만 한다고 떠들어대는 문명 문인의 공론적이고 독선적이며 억압적인 엄격주의이다. 나는 정치적 편협성으로 전성기를 누리며 행복해지기보다는 차라리 자유와 멜랑콜리 속에 죽어가겠다."[7]

토마스 만은 적어도 형의 공격들이 자신을 겨냥한 것으로 받아들였던만큼 날카롭게 반응하였다. 열번째 노트는 여러 면에 걸쳐 하인리히에 적대적인 진술들을 보여주고, 이 진술들은 동시에 전쟁 당시에 씌어진 대작인 『한 비정치인의 고찰』을 위한 자료로서 활용된다. 토마스 만은 자신이 압도당한 유미주의에 저항했다. 정치에

---

6) Brief vom 24. 2. 1917 an Ida Boy-Ed, in: Thomas Mann, Briefe an Otto Grautoff(1894~1901) und Ida Boy-Ed(1903~1928), hg. von P. de Mendelssohn, Frankfurt am Main, 1975, S. 183.

7) Th. Mann: Notizbücher 7~14, a. a. O., S. 239.

대한 그의 완전한 거부는, "정치는 이런 의미에서 정신과 대립된 것이다"[8]라는 한 문장에 집약되어 있다. 『한 비정치인의 고찰』은 하인리히에 반대한 견해들로서 반하인리히의 부활이며, 그리고 토마스 만의 반정치적 입장은 정치가를 저열하고 부패한 존재의 유형이라 일컫은 니체와 리스트를 인증으로 뒷받침된다. 토마스 만은 정치가의 유형을 정의하는 이 말을 무척 즐겼다. 반면, 그의 형 하인리히는 "문명 문인"이란 별명을 하나 얻은 셈이 되고 말았다. 『한 비정치인의 고찰』에서는 이 문명 문인의 유형에 대하여 한 장이 할애되고 있다. 그러나 여기서는 상상으로 꾸며낸 환영에 대해서뿐 아니라 하인리히에 적대적인 이야기가 전개된다. "문학적 문명을 신봉하는 이 독일 추종자의 유형이 바로 내가 종종 문명 문인이라 불러온 급진적인 문인이다. 이는 급진적 문인이 정치적 급진주의자들과 정치화된 자들, 간단히 말해 민주적인 정신의 대표자이며 혁명의 아들로서 그들의 영역과 그들의 땅에 정신적으로 뿌리박고 있기 때문에 지당한 말이다"(XII, 56). 이 진술은 프랑스어를 모국어처럼 말하던 하인리히 만에 반한 말이었다. 그리고 여기서, "독일의 급진적 문인은 따라서 국가간의 동맹, 문명 제국에 몸과 영혼을 바친 일원이며 〔……〕 항거하는 제국의 적들에게 보여주는 그의 공감은 정신적인 연대감에서 나온 것이다. 그가 쏟는 사랑과 정열의 대상은 서방 동맹국들의 군대이다"(XII, 57)라고 말함으로써 하인리히 만을 바로 국민과 조국의 배신자로 일컬었다. 이것은 더욱이 전시 상황에서는 위험한 범법 행위로 간주되는 조국 배신에 대한 질책이었다. 이에 대항하여 토마스 만은 아버지로부터 물려받은 유산, 즉 자신의 고유한 시민성을 새로이 다져나갔다. 시민성, 이 단어는 『한 비

---

8) 같은 곳.

정치인의 고찰』에서의 한 장을 지칭하는 제목이기도 하다.

　이런 일이 있은 후 형제간의 단절은 불가피해졌다. 1914년에서 1917년 사이, 두 형제는 전혀 편지 교환을 하지 않았다. 편지와 같은 형제의 증오를 담은 증거들은 양쪽에서 볼 때 더 이상 허용될 수 없었던 때문이며, 두 사람 사이에 팬 증오의 골이 그토록 깊었던 것이다. 그 당시 형 때문에 받은 심적 갈등이 얼마나 컸었는지는 토마스 만의 노트들이 잘 보여준다. 이 노트들은『한 비정치인의 고찰』의 행간 번역과 같은 것이며, 이 에세이에서 문학적으로 약간 은닉된 형에 관한 이야기가 노트에서는 극단적으로 표현되어 있다. 싸움은 근본적인 문제에서 비롯된 것이다. 그러나 어쩌면 이보다도 형제간의 분쟁이 근본적인 대립을 안고 있다 보는 편이 옳겠다. 토마스 만은, "사람이 정치화되고 의지주의 Voluntarismus를 신봉하게 되면 곧바로 예술의 영역을 떠나게 되며 스스로가 예술의 대상이 안 되면 '전형'으로 된다"고[9] 쓰고 있다. 이 말의 속뜻은, 토마스 만이 생각하기에 하인리히는 정치화되고 이로써 예술가로서의 죽음을 자초하고 있다는 것이다. 토마스 만의 비판은 이에 반한 이견을 허용치 않는 날카롭기 그지없는 것으로서, 그는 "정치는 이러한 의미에서 정신과 대립된다"고[10] 말했다. 그리고 그는, "일찍 바닥을 드러내는 자들의 문제는 이미 20대 초반에 의식적이고 세상의 요구에 부응하며 나선다는 것이다"라며 동생에게 반한 발언을 하였던 하인리히 만을 매우 불쾌하게 여겼다. 이 말에 대한 응답으로 토마스 만은 그의 노트에서 쓰기를, "나를 격앙시키고 나를 역겹게 만드는 것은 고정된 덕성과 〔……〕 문명 문인의 억압적인 독선이다. 문명 문인은 영원히 그의 닻을 내릴 지반을 발견하고서 민주주의를 위해

---

9) Th. Mann: Notizbücher 7~14, a.a.O., S. 235.
10) 같은 책, S. 239.

전력을 다하지 않는 모든 재능은 메말라갈 수밖에 없음을 천명하고
있다. 그렇다면 나는 정치적인 편협성으로 전성기를 누리고 행복해
지기보다는 차라리 자유와 멜랑콜리 속에서 죽어가겠다"고[11] 하였
다. 이런 식의 글이 몇 페이지에 걸쳐 계속된다. 그 후 1917년 12월
30일, 화해의 시도를 해온 쪽은 하인리히였다. 이때 손으로 썼던 편
지의 초안이 보존되어 있는데, 이 초안에서 그는 동생의 증오에 찬
질책에 대하여 자신을 변호하며 동생이 얼마나 부당한가를 말해주
고 있다. 하인리히는 토마스 만의 작품에 대한 비판을 숨기지 않았
으나 덧붙여서, "이 사실을 안다고 해서 내가 너의 작품을 여러 번
되풀이해서 사랑하고, 이보다 더 자주 너의 작품 속에 깊이 빠져들
고, 공개 석상에서 거듭 칭찬하며 변론하는 일을 그만두지 않았다.
그리고 네가 너 자신에게 의혹을 가질 때면 난 너를 어린 동생처럼
위로하기도 하였다. 이 모든 것에 대한 대가로 난 아무것도 되돌려
받지 못했지만, 언짢게 여기지 않는다"(Br. 135).

1918년 1월 3일, 토마스 만은 이 편지에 대한 답장을 보내었는데,
이 글에서 민주주의와 정치, 문인의 태도를 둘러싼 논의는 다시 그에
의해 개인적인 것으로 환원된다: "형이 나 때문에 힘들었다면, 난 형
이 나 때문에 겪었던 것보다 훨씬 더한 고통을 당해왔어. 일의 이치가
그렇잖아. 그리고 나는 내가 응당 해야 할 일을 했을 뿐이야"(Br.
136). 그러고 나서 그는 "형제의 세계 체험"(Br. 136)에 대하여 이야기
하지만, 원칙적으로 그의 입장을 양보하진 않았다. 하인리히는 두번
째로 화해를 시도하기 위해 편지를 썼으나 발송하지 않았다. 이 편지
에는 동생에게 쓴 주목할 만한 글귀가 담겨 있다: "내가 그간 보아온
바에 의하면 너는 자연스런 감정에 관한 한 나의 삶에서 너의 의미를

---

11) 같은 곳.

과소 평가하였고, 그리고 정신적인 영향에선 과대 평가하고 있다"(Br. 140). 그러나 토마스는 1918년 1월 3일자 편지에서 "우리 형제의 비극을 종결짓자"며 변함없는 태도를 보인다. 그리고는: "사람은 독해지고 무감각해지게 마련이야. 칼라가 자살하고 형이 룰라와의 삶을 즐길 때부터 이미 우리의 유대 관계가 영원히 결렬된 것은 새삼스런 일이 아니었어. 이런 삶을 자초한 사람은 내가 아니야. 난 이 삶을 혐오해. 그러나 목숨이 붙어 있는 동안은 살 수밖에 없어"(Br. 138). 토마스 만의 이 말은 다시 한번 형에 대한 적대적인 자립의 표명으로, 그는 이제 다시는 하인리히와 관계하지 않으려고 마음먹었던 것이다.

사람들은 토마스 만이 『한 비정치인의 고찰』을 끝맺기 위하여 하인리히와의 싸움을 필요로 하였다는 의견에 동조하였다. 이 고찰은 자기 각성이며 퇴각전이자 자기 방어였고, 늦어도 전쟁이 끝날 즈음에 와서 토마스 만은 독일인과 문화, 그리고 처음에 전쟁을 변호하였던 그의 입장이 의문스러워진 상황에 이르렀음을 감지하였던 것이 분명하다. 그가 공화국을 변호한 것보다 형이 선택한 정치적 행로가 더 옳았음을 깨달았기 때문일까? 어쩌면 그럴는지도 모른다. 그러나 그는 결코 이를 시인하지 않았을 것이다. 『고찰』에서 토마스 만은 그가 생긴 대로 된 것임을 정당화하며, 그 배후에 형과 같은 인간이 되지 않으려 했다는 사실을 암시적으로 깔고 있다. 일기책들은 토마스 만측에서 볼 때 경쟁적인 감정이 형과의 싸움에서 결정적인 동인이 됨을 보여준다. 1918년 9월 30일 그는, "나는 매우 다정하게 하인리히와 함께 자리하여 그에게 내 몫을 주며 케이크 전부와 작은 크림빵들, 제과점 케이크 두 조각을 혼자 먹게 한 꿈을 꾸었다"[12]고 적고 있다. 소망하던 꿈이자 동시에 악몽이기도 하다.

---

12) Thomas Mann: Tagebücher 1918~1921, hg. von P. de Mendelssohn, Frankfurt am

전쟁이 끝났을 무렵 일기는 좋지 않은 일들을 계속 기록하고 있다. 그 가운데는 "하인리히와 그의 정치적 문외한에 대하여"라고[13] 쓴 것이 있다. 한 신문에서 "하인리히가 '핵심적인 인물'로서 활동하는 정신 노동자들을 위한 정치위원회의 존속에 관한" 기사를 읽었을 때 그는 그 위에다 느낌표를 찍고는, "핵심적인 인물이 위원회 의장 직을 넘겨받아야 옳을 때 이 인사는 '나에게 그 일을 맡겨서는 안 됩니다!' 하고 간청하였던 것이다"[14]라고 덧붙여 썼다. 이런 유의 메모를 토마스 만은 너무나 즐겨하였다. 일기의 기록은 시간이 흐를수록 더욱 과격하게 표현된다. 1918년 12월 1일자 일기에서 우리 는, "하인리히가 '위원회'에서 행한 대담한 연설. 프랑스와 윌슨! 공화주의자의 덕성에 대한 찬사. 제국. 우리는 패배한 아들. 공화 국. 정의. 언제쯤이면 그가 이런 말들에 신물을 낼까?"[15] 하는 구절 을 읽게 된다. 그런 다음 며칠 후, 그는 사람들이 하인리히의 위원 회 연설을 "모든 독일적인 교양을 갖추었음에도 끔찍스럽고 격분하 게 만드는 지리멸렬한 것"이라고 한다고 언급하였다. 이에 대한 토 마스 만의 주석은, "참을 수 없다. 〔……〕 뻔뻔스럽고, 어리석고, 유 희적이고, 참을 수 없는 것이다. 그러나 이것은 '상징'과 '지도적인 인격'으로서 공포된다." 하인리히는 곧이어 다시 한번 "유럽 문인의 전형"으로서[16] 나타나는데, 이는 토마스가 기꺼운 동조에서 의미한 말이 아니라 비판에서 나온 것이었다. 하인리히의 한 에세이 작품 이 성공을 거두자, 토마스 만은(1920년) "반감이 생긴다"고[17] 적었

Main, 1979, S. 19.

13) 같은 책, S. 83.

14) 같은 책, S. 85.

15) 같은 책, S. 99.

16) 같은 책, S. 203.

17) 같은 책, S. 365.

다. 하인리히 만의 『신민』이 발표되었을 때 사태는 더욱 심각해졌다. 토마스 만은 다음과 같이 기록한다: "재능이 넘치는 한 작가가 민주적인 사회 소설가가 되려는 욕망에서 독일을 재밌고 공화적인 것으로 변조하고 있으며, 공화주의자들은 이 풍자를 그들의 입지를 뒷받침하는 인증으로 삼고 있다…… 이런 식으로 계속하면 독일은 혼란스럽게 된다."[18] 1920년 3월에 내린 잠정적인 결론은, "하인리히의 위치는 현시점에서는 매우 빛나 보이지만, 실은 이미 사건들과 체험들로 인하여 그 기반이 허물어지고 있는 중이다. 그의 서구적인 방향 감각과 프랑스인의 숭배, 윌슨주의 따위는 낡고 시들었다. 정말이지 이를 시기하여 소화 불량으로 고생할 가치가 없는 것이다."[19]

하인리히에 대한 공격은 그리고 나서 누그러졌고, 1923년에는 외면적인 화해가 이루어졌다. 토마스가 그 당시 얼마 지나지 않아 독일 문학의 대표 작가로서 프랑스에 초청되어 갔고, 1926년 이에 관해 「파리의 해명」에서 보고하였을 때에도 더 이상 싸울 일은 없었다. 대표성의 물음이 다시 한번 결정적인 시점이었는데, 이번에는 토마스가 유리한 쪽에 서 있었던 것이었다. 1929년 토마스 만이 노벨상을 받았을 때 형제간의 싸움은 아직 끝나지 않은 상태였지만, 그에게는 실상 대수롭지 않은 일이 되어 있었다.

토마스 만에게 형제간의 관계가 지루하고 비생산적이며 더 이상 자극제가 되지 않은 바로 그 순간, 하인리히 만은 전보다 더 깊이 이 관계에 대해 생각하게 된다. 이로써 형제 관계에는 다시 변화가 일기 시작한다. 토마스 만은 동생으로서 하인리히 만과 자신의 관계를 어떤 소설이나 이야기에서도 묘사하지 않았다. 『마의 산』에서

---

18) 같은 책, S. 388.
19) 같은 책, S. 391.

사촌은 이 관계를 내포하는 바가 적으며, 『요셉과 그의 형제들』에서는 요셉과 그의 형들을 구분하는 경계선이 너무나 분명하게 그어져 있다. 『바이마르에서의 로테』『파우스트 박사』『선택된 인간』『펠릭스 크룰』에서는 형제 관계를 찾아볼 수 없을 만큼 인물들은 모두 개별적인 외톨박이들이다. 이는 모두 토마스와 그의 형간의 반목이 내면적으로 좁혀졌다기보다는 오히려 더 커졌다는 사실을 여실히 드러낸다. 형에 대해 이야기할 게재가 될 때면 형이 아니라 아버지가 이야기된다. 그러나 하인리히는 그렇지 않았다. 1925년 발표된 그의 소설 『머리』는 형제 소설이며, 테라와 만골프란 두 친구는 하인리히와 토마스를 빗대는 인물이다. 하인리히 만은 여기서 다시한번 자신이 보는 관점에서 형제 관계를 정의하고 있으며, 그런 그의 정의는 매우 예리한 것이었다. 소설의 서두에 일컫기를, "우리를 각기 다른 사람으로 갈라놓은 것은, 한마디로 말해서, 그가—토마스를 의미한다—숭배하는 성공이다." 그리고 테라는—하인리히를 말한다—만골프, 즉 토마스에게 말하기를, "너가 고통받는 것은 너무도 당연하다. 넌 네가 가진 그 좋은 지식을 거스르는 대단한 노력가이기 때문이지. 〔……〕 너는 너무도 많은 것을 경멸하고, 이 때문에 너 자신을 해칠 것이야. 난 차라리 증오한다. 〔……〕 네가 너의 양심을 접어두고 매달리는 그 성공을 나는 증오한다."

1930년, 토마스 만은 하인리히 만의 작품 「대단한 일」에 대한 서평에서 이에 응답하였다. 서평은 부분적으로 1903년 12월 5일자 편지에서의 입장을 재수용하고 있는 것처럼 보인다. 토마스 만은 여기서 쓰기를, "벌써 이 소설의 템포부터가 무자비하고 도대체 숨통을 트이게 하는 것이라곤 없다 〔……〕 고상한 활력을 주는 것에 있어선 타의 추종을 불허하는, 격식 없는 행동과 미관, 일상 은어, 지적으로 긴장된 분위기가 뒤섞인 문체에 자극받고 사로잡혀 사람들

은 소용돌이 속을 헤매면서 정열적-익살스런 모험과 극단적인 트라
베스티로 뒤죽박죽된 혼돈에 정신이 멍해진 채 육지에 닿아서는,
그 고상한 황당무계함에 배꼽을 뺄 정도로 웃으며 자비심에 감동
받아 눈물을 쏟는다.” 이것은 모두 알려진 이야기로 이미 “반하인리
히”의 노트에 기록된 것이다. 그러나 우리는 또한, “위험한 고비,
계층 구조의 변화, 사회적인 모험, 골수에 사무친 정치화——이 작
은 책에는 삶에 필요한 것이 모두 들어 있으며, 사회 소설가는 자신
의 기량을 잘 보여주고 있다”는 구절을 읽게 된다. 이 구절에서는
세기 전환기 시대에 나온 비판에 『한 비정치인의 고찰』의 시대에서
나온 비판이 덧붙여진다.

*

　이처럼 서로 닮았으면서 닮지 않은 형제는 끝에 가서는 같은 운
명인 망명의 길에 오르게 된다. 하인리히는 프로이센 예술 아카데
미의 시분과 위원장직에서 쫓겨나 곧장 외국으로 향했고, 1933년 2
월 21일 그의 일정표에는 “출발했다”는 단 한마디의 말로 당시의 정
황을 표시하고 있다. 나중에 그는 독일이 아닌 외국에서의 삶의 의
미에 대하여 다음과 같이 추가적인 기록을 하였다: “내가 선택한 저
숙명적인 강 뒤편에 망명지가 있다. 〔……〕 그 땅을 밟기 전에는 어
느 누구도 망명 기간과 그곳의 가변적인 정황을 측정할 수 없었다.
추방된 많은 작가들이 인기 있는 여행객으로서 다른 나라에 도착했
다. 그들의 체류는 다소 길어질 테지만 그러나 그들은 언제나 지금
현재는 그렇지 않지만 자신들을 기다리고 있을 고향을 마음속에 간
직하고 있다. 친구들은 이 말에서 위안을 얻었다. 망명지에 대해서
그들이 아는 것이라고는 이름뿐이다.” 그러나 망명이 끝날 즈음 그

는 이러한 실존 형식이 얼마나 회의적인 것인지를 깨달으며, "망명자는 언제나 망명자로 남을 수밖에 없다"고 기술한다. 그의 첫 망명국은 잘 알려져 있듯이 프랑스였다. 프랑스는 그가 이미 신문지상을 통하여 수많은 글을 발표하였고, 그가 일컬은 바 있듯이, 독일인의 정신적 고양과 같은 무엇을 고취시키려는 의도에서 정치적인 자기 고백들과 성명서들을 발표했던 나라였다. 토마스 만은 독일에서 자신의 책이 출판될 가능성에 해가 되지 않도록 처음에는 조심스런 태도를 취했다. 그러나 하인리히는 프랑스 망명 시기에 자주 동생을 찾았고, 1935년에는 토마스 만의 회갑 축하연에서 긴 기념 연설을 했다. 연설은 다음과 같은 서두로 시작된다: "우리는 같은 집에서 시작하였습니다. 〔……〕 우리는 긴 여정을 함께해왔고, 한동안 서로 반목해 있었던 적도 있습니다. 최근 우리는 매우 동질적인 운명으로 인하여 다시 만났습니다. 물론 이 운명은 우리 자신에 의해 자초된 것으로, 각자 제 나름대로 은밀한 합일에서 이루어진 것입니다. 이렇게 말하는 것은 우리가 그간의 이탈을 전적으로 심각하게 받아들여야 할 이유가 결코 없다는 뜻입니다." 두 사람은 계속하여 대작을 써나갔다. 토마스 만은 『요셉』 소설을, 하인리히 만은 『헨리 4세』를 집필하였다. 하인리히가 그의 동생에게 보낸 『헨리 4세』의 증정본에 쓴 헌사인, "나와 가까운 유일한 사람에게"라는 말은 상징적으로 들린다. 나중에 그는 또 한번 이 헌사와 유사한, "파우스트 박사를 쓴 나의 위대한 동생에게"라는 말을 썼다. 위대한 형, 그것은 언제나 하인리히였다. 그러나 하인리히는 인생의 말기에 와서 진정으로 토마스를 더 위대하다고 인정하고 있었던 것이다.

　대외적으로 하인리히는 이미 오래 전부터 잊혀진 것이나 진배없었다. 그가 미국으로 피신하였을 때, 신문은 유명한 토마스 만의 아들 골로 만이 도착하였는데 그의 동행으로 삼촌 하인리히 만이 함께 왔다고 보도했다. 하인리히 만은 리스본을 떠날 때 유럽이 그처럼 아름답게 여겨진 적이 없었다는 감동적인 말을 적었다: "잃어버린 연인보다 더 아름다운 것은 없다. 나에게 주어졌던 모든 것을 나는 유럽에서 체험하였다. 유럽의 한 시대, 나의 것인 이 시대의 욕망과 고통을. 그러나 앞으로 닥쳐올 다른 여러 가지 삶에도 난 의무감을 지고 있다. 이 작별은 너무도 가슴 아팠다." 그리고 그는 뉴욕에 도착했을 때, "별의미 없는 인상"이라고만 기록하였다. 이 인상은 그가 그 후 캘리포니아에서 체류하는 동안 내내 죽을 때까지 그대로 남아 있었다. 노년의 지혜로 대하였던 동생과의 관계는 무난하고 마음에 거리낄 것 없었으며, 이전에 형제 관계를 심연의 밑바닥까지 몰고 갔던 극단적인 감정 역시 이제는 수그러진 채, 약간의 표면적인 거리감만 남아 있을 뿐이었다. 토마스 만은 하인리히가 정치적으로 더 나은 혜안을 지녔음을 인정하였던 것 같다. 그것이 이따금씩 두 사람의 위치를 이상하게 뒤바꾸어놓았다. 언젠가 하인리히 만은 에리카 만에게, "너의 아버지와 나는 지금 정치적으로 정말 잘 이해하고 있다. 너의 아버지가 나보다 좀더 극단적이긴 하지만 말이다"라고 말했다고 한다. 토마스 만은 이에 주석을 붙이기를, "그 말은 정말 너무나 우습게 들린다. 그러나 그가 의미한 것은 독일에 대한 우리의 관계이며, 이 관계에 대해서 그는 나보다 덜 격분하고 있다. 이유는 단순하다. 과거에 그는 정통하여 실망한 일이 없었기 때문이다." 이로써 토마스 만은 하인리히 만의 혜안을 전적으로 인정하는 셈이다. 때때로 숨겨진 어두운 뒷면과도 같은 묵은 경쟁심이 다시금 고개를 쳐들기도 하였다. 1944년 일기의 한 대목에서 토마스 만은 말하기를, "내 돈으로 생활하면서 형이 단지 이곳에만 정착한 활동적인 문인의 태도로 인하여 예찬받는 것을 새삼스레 다시 생각해본다. 옛날의 고통이 되살아난다." 이것은 악몽이지만, 물론 그 이상의 것도 아니었다. 이번에는 경쟁심을 불러일으킬 근거가 없었던 것이다. 그는 미국에서는 형제간의 관계로 크게 고심하지 않았다. 반면, 하인리히 만은 더욱 많은 생각을 하게 된다. 하인리히는 마지막 소설로서 1949년 발표된 『호흡』에 형제 관계를 다시 한번 암호처럼 엮어 넣고 있지만, 그러나 그런 묘사는 쉽게 식별해낼 수 있다. 이 작품에서 그가 그리고 있는 두 인물은 자매인데, 한 사람은 가난하고 다른 한 사람은 부와 넘치는 풍요로움 속에 산다. 소설의 주인공인 가난한 코발트는 죽음 직전에 다시 한번 동생과의 관계를 돌이켜본다. 이 관계는 물론 동생에 대한 하인리히 만의 관계이다. 작품에서 일컫기를, "우리 사이를 갈라놓았던 것은 네가 가진 욕심을 내가 갖지 않은 때문이었다. 너의 삶은 내내 전쟁이었어. 행복과 불행이 결정되는 삶의 기로에서 넌 높이 상승하려 했고, 그런 너에게 난 미지근한 인사로만 보였겠지. 그렇지만 너를 이해한 사람은 오직 나 하나뿐이었다. 너의 비판은 나에게 충격을 주었어. 우리는 고칠 수 없는 기질 때문에 서로를 괴롭혀왔다. 그렇지만 마리 루, 난 너를 사랑했다. 우리가 서로 반목해 있을 때 난 널 가장 사랑하였다. 넌 알고 있지. 모르겠어? 아직도 가치 있는 것을 걸고 내 맹세하마. 멀지 않아 나는 이 세상을 떠날 사람이다. 그러면 오직 너만이 내가 계속 살아 남게 될 유일한 후세가 돼. 잘 들어봐. 나는 내가 가진 자긍심만큼이나 겸손할 줄 안다. 네가 세상 사람들에게 떠받들어져 나와 비교되지 못할 만큼 높이 올라섰을 때, 내가 너한테서 받은 것이라곤 단 한가지, 너의 신발뿐이었구나." 이 마지막 문장은 상징적으로 이해할 수 있는데, 신발은 동생에게서 온 돈을 말한다. 이젠 완전히 뒤바뀐 두 형제간의 이런 입장에 하인리히가 얼마나 골몰하였는지는 이 밖에도 소설 『세계의 환영식』에

서의 한 장면이 보여준다. 이 소설은 흔히 현실과의 관련성을 모두
상실한 작품으로 읽혀지고 있다. 이러한 작품 수용은, 이 소설은
"허깨비 같은 사회 풍자로 어디에서나 볼 수 있고, 어느 곳에서도
찾아볼 수 없는 그런 배경을 깐 작품이다"라고 「나의 형에 관한 보
고」에서 말한 토마스 만의 평가를 바탕으로 일어난 것이었다. 그러
나 토마스 만의 평은 옳지 않다. 그 당시의 할리우드가 소설 속에
매우 꼼꼼하고 정확하게 그려져 있기 때문이다. 그리고 환영식에서
마치 괴테처럼, 바로 할리우드의 괴테처럼 등장하는 억만장자의 노
인 발트하자르 인물 속에 동생 토마스의 초상이 그려져 있다. 어느
미국의 비평가는 이를 정확하게 짚어내었다. 그러나 토마스 만은
이를 못 보았거나 대충 읽어 넘겼을 것이다. 『세계의 환영식』에서
발트하자르의 아들 이름은 아르투어이다. 이 또한 어쩌면 쇼펜하우
어에 빠져 있던 토마스 만을 약간 아이러니하게 비꼰 것이라 볼 수
있다. 토마스의 작품에는 많은 공상과 자기 묘사가 함께 유희되고
있었고, 하인리히 만은 빙긋이 웃으며 이를 확인하였다. 마지막 소
설에서 1939년의 파국을 다시 한번 개괄한 동시에 문학과도 결별한
하인리히 만은 시대의 청렴한 연대기 저자였다: "우리가 피곤함에
도 글을 쓰고 있는 지금, 세계는 마치 이미 닥쳐온 파국의 밤처럼
마비되어 잠들어 있었다." 토마스 만은 매우 감동적인 추도사를 썼
다. 그러나 여기서 그는 마지막 소설 『호흡』을 "노작가가 창조한 아
방가르드 예술의 산물"(746)이라 부르는 것을 피하지 않았다. 그러
나 하인리히 만의 마지막 소설은 사실 이와는 달리 동생과의 작별
을 다루고 있다. 삶의 소재이며 글쓰기에 있어 삶의 동기였던 형제
관계에 관하여 토마스 만은 추도사에서 일체 거론하지 않았다. 토
마스 만은 형으로서가 아닌 작가로서의 하인리히를 평가하였다. 글
을 쓴 사람은 형이지 작가가 아닌데도 말이다. 토마스 만에게 있어

서 작별은 그간의 형에 대한 소원함에서 이미 준비되어 있었던 것이다.

*

이로써 두 형제간의 관계는, 토마스 만이 이따금씩 즐겨 말했던 것처럼, "간추려서 간략하게" 묘사될 수 있겠다. 그러나 그들의 실제적인 관계는 삶의 노정에서 나타나는 것보다 훨씬 더 깊이 문학적인 것에 스며들어 있다. 시간적인 제약으로 작품들의 전과정을 다시 한번 개관해볼 수는 없겠지만, 그러나 형제 관계가 궁극적으로 하인리히와 토마스 만의 작품에서 어떤 의미를 지니고 있는지, 적어도 암시적으로나마 확인되어야 할 것이다. 두 사람의 작품에는 각각 상대방의 작품에 대한 대답이 숨겨져 있다. 형제 중 한 사람의 책이 앞서 나오지 않았더라면 정말이지 그렇게 많은 작품이 집필되진 않았을 것이다. 먼저 형제의 한쪽이 작품을 내놓으면 다른 한쪽은 이 작품에서 제시되는 세계와는 다른, 대립된 세계를 구축하여 문학적으로 대응하였고, 형제의 작품들은 마치 끝없이 서로를 독려하려는 듯, 우호적이고도 적대적인 의미에서 그때그때 상대방을 위해 씌어졌음을 알 수 있게 한다. 이런 작업은 이미 아주 일찍부터 시작된다. 작품을 순서대로 살펴보면 도전과 응전의 연쇄고리를 발견하게 된다. 서로가 서로에게 적대적인 저술을 입증하는 가장 눈에 띄는 예는 전기 소설인 토마스 만의 『부덴브로크 일가』와 하인리히 만의 『작은 도시』이다. 두 사람간의 첨예한 대립이 이 작품들에서보다 더 잘 드러나는 작품도 없을 것이다. 토마스 만의 소설은 귀족적인 중산층 시민의 삶을 배경으로 하는 반면, 하인리히 만의 소설은 민중 속에서 민중과 함께하는 이야기이다. 두 이야기는 뤼벡에 사는 한 가족의 연대기와 팔레스트리나의 한 공화국 역사를 각각 다루고 있다. 부덴브로크 일가의 연대기는 붕괴와 멸망, 죽음에서 끝나며, 하인리히 만의 소설은 궁극적으로 삶에 대한 요구이다. 전자의 작품에는 짙은 안개가 깔린 북독이, 후자의 작품에는 밝은 햇살에 눈부신 남국이, 그리고 희극적이고 완전히 실패한 뤼벡의 혁명과 성공한 팔레스트리나의 혁명이 각각 전개되고 있다. 뤼벡에서 중산층 시민을 중심으로 한 시의원들의 정치적 이해가 이야기되면, 팔레스트리나에서는 단골 술집에서의 농설과 농촌 주민들의 열광이 주를 이룬다. 부덴브로크 일가의 집에서는 바그너의 음악이 흐르고 한노가 외로이 트리스탄이나 지그프리드 서곡을 연주하는 반면, 팔레스트리나에는 서투른 호른 연주자들과 잡화상 소인배들이 멋지게 휘파람으로 따라 부르는 오페라 유행가가 있다. 부덴브로크 일가 사람들은 악성 빈혈에 시달리고 이마에 불거진 좋지 않은 징조인 푸른 혈관 때문에 고통스러워하며, 그들의 집안에는 또한 유산 횡령자와 독신자연한 자가 많다.『작은 도시』에서 변호사는 큰소리로, "우리 도시의 혈관 속에 피가 격동한다"고 외친다. 이에 대해 목사들은 할말을 잃으며, 교권주의의 존속이 위태롭게 된다. 진보는 교권주의를 쉽게 짓밟아버리고 신부와 더불어 성수의 제식과 종교적인 모든 형식적인 행동을 제거한다. 신부는 이런 진보에 무장해 있지 않을 뿐 아니라, 한술 더 떠서 "자연 속에 계신 신을 숭배하는 우리는 신보다 더 나은 기독교인이다"고 믿는다. 그러다가 결말에 이르러 주민들의 화합이 이루어지는데, 이 화합은 부덴브로크 일가의 분열에 대립된 것이다. 변호사와 돈 타데오는 오래오래 살게 되고, 주민 화합은 마침내 신부까지도 포용한다.『부덴브로크 일가』에는 진보가 없다. 그러나 팔레스트리나의 카페는 "진보로"란 간판을 내걸고 있어 작가의 은밀한 의도를 깔고 있다. 토마스 만은 이미 『부덴브로크 일가』에서 서사적 보고의 기술을 거의 완벽하게 이루어내고 있는 한편, 하인리히의 작품은 긴 대화 부분들로 이어져 있다. 『부덴브로크 일가』에서는 코미디언 같은 배우의 기질이 아주 경멸되지만, 『작은 도시』에서 보여주는 일종의 극장 풍경은 유일하게 가능한 한 삶의 형식이 된다. 『부덴브로크 일가』의 마지막은, 죽음 후의 삶이 있느냐는 물음에 키가 작고 꼽추인 여선생이 확신에 찬 대답으로 말한 "물론이다"라는 말로 끝난다. 『작은 도시』의 마지막 장면은 무언의 장면이다. 사랑하는 한쌍의 연인이 스스로 목숨을 끊는, 반바그너적인 사랑의 죽음이다. 키 작은 노인은 죽은 두 사람이 땅바닥에 누워 있는 것을 보고도 한마디의 말도 하지 않는다. "그는 그 두 사람이 땅바닥에 서로 껴안고 누워 있는 것을 보고 멀찌감치 피하면서 익살스런 미소로 손가락을 입에 갖다 대었다"고 작품에 씌어 있다. 『부덴브로크 일가』에서의 삶은 오직 비극일 뿐이지만, 『작은 도시』에서 삶은 죽음 역시 함께 포함될 수 있는 희극이다.

  토마스 역시 응전할 수 있었고, 이는 하인리히의 경우와 마찬가지로 그의 초기 작품에서부터 이행되고 있다. 1900년, 하인리히 만의 소설 『게으름뱅이의 천국』이 발표되었는데, 이 작품은 1871년 이후 독일의 경제 호황기 당시 사람들의 태도에 대한 무자비한 풍자적 비판이다. 작품 전체의 주인공은 고도로 복잡한 연관 시스템에 빠져든 한 순진한 인간인데, 그가 "사랑스런 순진한 촌뜨기," 아무 것도 모르는 시골뜨기 바보라 불리는 데는 이유가 있다. 여기서 우리는 큰 중요성을 띠진 않겠으나, 토마스 만의 『마의 산』 역시 평지에서 올라온 평균적이고 평범한 주인공이 스위스 고산 지대의 신비스런 분위기에 둘러싸인 요양소라는 복잡한 세계 속에 점차적으로 이끌려 들어가는 유사한 인물 구도를 보여주고 있음을 인지하고자 한다. 그러나 『마의 산』은 본래 하인리히 만의 『게으름뱅이의 천국』
에 대한 응전 작품은 아니다. 『게으름뱅이의 천국』의 주인공은 차츰
그 세계 속에 동화되어 의문스런 보헤미안들의 살롱-세계로 이끌려
들어가, 어느 날 저녁 전혀 그럴 의도는 아니었지만, 상황에 지혜롭
게 대처하는 가운데 튀르크하이머의 살롱에 있는 작은 유겐트 양식
의 예술품을 보게 된다. 그것은 섬세하게 금속 상감된, 팔이 여러
개 달린 은빛의 조명등인데, 이 등이 달린 기둥에 기대어 내연의 처
가 "한 신사로부터 키스를 받았다 한다. 풀치넬로는 그 자리에 서서
기둥 가장자리로 밀어두었던 촛대를 들고 있었다." 소설의 주인공
은 이것을 정말 잘된 일이라고 여긴다. 그의 생각이 당연히 옳다고
도 볼 수 있겠지만, 그러나 그는 정작 그곳에 있는 자기 자신에게
어떤 일이 일어날지 예측하지 못하고 있었다. 그가 방금 극작가 클
렘프너가 그의 내연의 처에게 키스하는 장면을 본 것은 리얼리티로
되는 예술 세계의 단순한 중복이다. 그러나 이 시인이 하는 역할은
또 있다. 그는 인류의 역사 속에 묘사되는 풀치넬로 인물의 의미에
관해 이야기되는 다음의 대화에서 자기 자신을 배제시키며 이 인물
속에서 순수한 자연아 Naturkind를 희극적으로 파악한 전형을 보았
다. 이 자연아는 그의 순진성으로 인하여 영웅적인 행위와 마찬가
지로 비열한 행동을 동시에 저지를 수 있는 인물이다. 그는 이 인물
을 비극적인 면에서 동일한 성격을 묘사하고 있는 파르치팔과 지그
프리드에 비교한다. 그러고 나면 소설에서 일컫기를, "그의 시선은
뭔가를 감추려는 듯 불안하게 안드레아스를 넘겨다보았고, 그는 불
현듯 뭔가를 발견한 것처럼, '당신은 거기서 뭔가를 얻었어요!'" 하
고 외친다. 이 말은 가볍게 빈정대는 투로 들리지만, 그러나 그 이
상의 뜻을 담고 있다. 여기서는 순진한 시골뜨기의 정체가 확인되
고 있는데, 극작가는——나중에 『마의 산』에서 한스 카스토르프가

요양소 베르크호프의 살롱 분위기에 빠져드는 것처럼——우직스런
바보, 즉 순진한 시골뜨기가 별안간 곡예적인 회합에 빠져든 것을
알았다. 이후에 안드레아스의 연애 사건에 대해 더 이상 방관할 수
없을 만큼 분개한 하숙집 여주인 또한 그때 묵었던 사람이 누구인
지 알게 되어, "그 사람은 풀치넬로란 자야"라고 밝힌다. 나중에 가
서 그는 다시 한번 "동화 속의 왕자 포르투나토," 즉 행운아로서 등
장하며 필연적으로 추락할 수밖에 없는 시점에 이르기 전까지는 모
든 일을 이루게 된다.

　이것은 1900년의 일이었다. 1905년, 토마스 만은 그의 웅전을 준
비하는데, 이때의 구상은 나중에 그의 마지막 소설 『펠릭스 크룰』이
된다. 펠릭스 크룰은 풀치넬로 유형을 약간 변형시킨 악한이며 어
디서나 성공을 거두는 교활한 행운아이다. 안드레아스처럼 그도 역
시 여자들을 사로잡으며 게으름뱅이의 천국에서 산다. 그는 행운을
가져다줄 수 있고 늙지 않는다. 자신의 이름 펠릭스에 온갖 명예를
쌓아올린 그는 "행운아"로 불리며, 또한 행복한 자산인 매력적인 표
정을 지을 수 있는 천부적인 능력을 타고났다. 그의 출생 연도는
1871년초, 그러니까 하인리히가 태어난 해다. 전체적으로 하인리히
만의 작품과 비교해보면, 펠릭스는 풀치넬로에 비해 고양된 인물이
며 운이 더 좋은 행운아라 할 수 있다. 두 사람 모두 라인 지방 출신
으로, 아버지는 포도주 공장주이며, 두 행운아가 집을 떠나 외국으
로 이민하는 것은 우연의 일치가 아니다. 이는 한 소설이 명백하게
다른 소설과 관련하고 있기 때문이다. 그들은 행운아로서 어려움
없이 두루 세상을 여행한다. 하인리히 만에 있어서 세상은 베를린
을 말하고 그 이상의 테두리를 벗어나진 않지만, 그러나 토마스 만
에 있어서는 정말 드넓은 세상이다. 크룰의 여행은 파리, 리스본으
로 가서 남아메리카를 거쳐, 안드레아스 춤제의 경우처럼, 다시 고

향으로 돌아오는 행로이며, 보다 대규모적이다. 안드레아스 춤제는 여자들을 바꾼다. 크룰 역시 마찬가지로 여자들을 바꾸지만, 그러나 그의 행동은 분명 더 대가적이고 더 성공적이며, 그 이상의 것을 보여준다. 즉, 그는 자기 자신의 정체성을 어느 백작의 것과 바꾸는데 성공한다. 토마스 만은 그의 소설 프로젝트를 통해 형보다 더 잘할 수 있다는 것을 말하려 했던 것이 역력하고, 형을 반드시 능가해야 한다는 다짐은 오랫동안 지속되어왔다. 토마스 만의 마지막 소설은 여전히, 언젠가 한 노트에서 적나라하게 일컬었던 바 있던, "반하인리히"였다.

그러나 두 작가의 작품을 연결하는 관계망은 훨씬 더 섬세하게 엮어져 있다. 소설이나 단편 산문은 모두 형이나 아우의 작품에 반한 것으로서 씌어졌을 뿐 아니라, 모티프와 개별적인 인물들에 있어서도 많은 인용과 상응 그리고 대립을 보여준다. 1897년, 토마스 만의 『바야초』가 발표되었다. 안드레아스 춤제, 그러니까 『게으름뱅이의 천국』에서 행운아의 형상이 바야초적인 점을 지니고 있음은 의심할 여지가 없는데, 달리 말하자면, 토마스 만 단편에서의 인물 바야초가 하인리히 만으로 인하여 세밀하게 조각되고 더욱 발전된 형상을 띠게 된 것이다. 1894년, 매춘부로 밝혀지는 한 소녀에 대한 사랑의 이야기인 토마스 만의 『호감』이 발표되었다. 이 모티프와 인물 구도는 1903년에 나온 하인리히 만의 소설 『사랑 사냥』에 도입되어 전개된다. 『사랑 사냥』에서도 마찬가지로 하인리히 만이 돈 카를로스에 대한 시사에서부터 『토니오 크뢰거』에서 따온 전체 인용에 이르기까지 토마스 만의 이 작품에 대한 수많은 암시들이 있다. 『사랑 사냥』에서 여자 인물인 우테가 빨간 머리인 것은 어디서 연유하였겠는가? 물론 자연적으로 그럴 수도 있겠지만, 게르다 부덴브로크한테서 따왔을 가능성이 더욱 신빙성 있어 보인다. 이 밖에도 부덴브로크 일가에 대한 암시들은 하인리히 만의 소설에서 분명하게 알아볼 수 있다. 예컨대, "절정기에 있는 자산 역시 언젠가는 바닥이 날 겁니다. 후세들는 돈 벌 생각을 하지 않아요. 〔……〕 돈을 사용하기엔 인간이 지나치게 세련되는 순간이 옵니다. 사람들은 영혼적인 체험에 더 관심을 갖게 되어요." 이는 동생의 소설에 대하여 무비판적으로 한 말이 아니며, 또한 이 소설에서 "형"이란 장 역시 전적으로 이중적 의미에서 읽혀져야만 한다. 소설 『사랑 사냥』의 여주인공 우테는 여러 관점에서 토마스와 불운한 유사성을 지니고 있다. 이 작품의 한 대목에서 말하기를, "그녀가 공명심을 일으킬 때는 그녀 자신을 양식화하여 표현할 때뿐이다." 바로 이 질책은 토마스 만에 대한 것인데, 하인리히 만은 그 후 1915년 다시 한번, 이번에는 문학적 형상을 통한 완곡한 표현에서가 아니라 노골적으로 하게 된다. 그리고 "약점은 고상하다"고 한 말 역시 "오직 미학적인 도정에서 유예된 삶을 이어갈 뿐인 한 개인이다"라는 문장처럼 그의 동생에 대한 비판일 소지가 크다. 여기에서는 1910년 하인리히 만이 에세이집인 『정신과 행동』에서 말하려 한 것이 두드러지게 나타난다. 약점은 고상할 수 있다. 그러나 그것이 어떤 행동이냐에 따라 다르다. 어쩌면 이 소설은 토마스 만의 『부덴브로크 일가』에 대한 한 패러디가 아닐까? 이런 관점에서 이 작품을 읽는다 하여도 전혀 빗나가지 않을 것이다.

　형제간의 응전과 종속의 실마리를 추적하다 보면 많은 의문이 풀릴 수 있다. 토마스 만은 『부덴브로크 일가』에서 타의 추종을 불허하는 유머 작가로서의 명성을 안겨다 준 한 장을 썼는데, 그것은 바로 학교에 관한 묘사를 담고 있는 장이다. 토마스 만은 『운라트 교수』에서의 풍자와 같은 수준으로 유머를 격상시킨다. 『운라트 교수』에서 학교는 성적이 우수하지 못한 학생의 시점에서가 아니라 아주 실패한 선생의 시점에서 묘사된다. 펠릭스 크룰이 점령군의 주둔지와 군인으로서 겪었던 경험은 자기 체험의 실패가 아니면 디트리히 헤스링이 겪은 군대의 경험을 훨씬 능가해보려는 시도가 아니겠는가? 이 두 가지 가정은 타당할 것이며, 또한『종족들 사이에서』의 한 인물이『부덴브로크 일가』에서 잊혀질 수 없을 여선생 제제미 바이히브로트를 본딴 것이라는 가정 역시 타당할 것이다.

문학적인 응전으로서 특히 주목할 만한 두 작품이 있다. 그 하나가『베니스에서의 죽음』이다. 우리는 토마스 만이 그 당시 엄격한 문체로 "신고전성"과 같은 무엇을 추구하였음을 알고 있다. 이것은 먼저 모든 심리적인 묘사의 포기와 매우 거리를 둔 서술 태도, 아이러니의 배제, 내면적으로 실로 변화 부동한 화자의 시점에서 나온 언어적으로 극히 자제된 묘사를 말하며, 더욱이 중요한 점은 이 모든 것이 바그너의 분석에서, 토마스 만 자신이 과거에 너무도 즐겼던 그 도취적이고 찬미적인 분위기에 대한 비판에서 생겼다는 사실이다. 새로운 서술 양식에는 의식적으로 생각해내어 사용한 주 모티프들과 상징들이 해당하고, 그리고 자연주의적인 스케치와 이야기를 죽음의 대무도회로 이끄는 인물들에의 집중을 포기하는 것이 이 서술 양식에 속한다. 우연한 사건들 대신, 엄격하고 명확하게 윤곽이 잡힌 구상과 이 구상의 문학적인 변용이 존재한다. "신고전성"이란 표제어는 루브린스키가 제공한 것인데, 루브린스키는『부덴브로크 일가』를 높이 평가한 몇 안 되는 사람들 중 하나로, 토마스 만이 매우 존경했던 사람이다. 토마스 만 연구에서는 계속하여 신고전성의 이상과 루브린스키와의 연관성을 주시하여왔다.

그러나『베니스에서의 죽음』역시 "반하인리히" 작품이다. 더 정확히 말하자면, 이 노벨레는 토마스가 1903년 방명록에서 형 하인리히에게 썼던 것과 대립되는 문학 작품의 예이다. 그것은『사랑 사냥』에 연관된 것이며, 토마스 만이 일컬었던 "언제나 축 늘어져 있는 발기 상태"와 하인리히 만의 작품에서 성적인 통속소설로 보이게 하는 점에 연관된 것이었다. 그 후 몇 년이 지나서 하인리히 만에게 정면으로 대결하는 비난이 있었는데, 바로 『베니스에서의 죽음』을 통하여서였다. 『베니스에서의 죽음』 역시 사랑을 쫓는다는 점에서 하인리히의 작품과 같은 것이긴 하지만, 그러나 다른 종류의 것이다. 하인리히 소설에서 보여주는 무제한적인 사랑의 도취에 반해, 이 작품에서는 바라보고 생각하는 것으로써 만족하는 사랑이 다루어지고 있으며, 열정은 억제되고 문학적으로 전혀 다르게 연출되고 있다. 신고전성, 이는 또한 애정물의 묘사에서도 새로운 한 고전성이 되며 "언제나 축 늘어져 있는 발기 상태"에 대한 한 대답이었던 것이며, 하인리히 만은 이를 계기로 사랑과 죽음이 서로 많은 연관성을 지니고 있음을 새롭게 알게 되었다. 토마스 만의 노벨레는 하인리히 만의 소설을 능가해야 할 뿐 아니라 무색하게 하는 작품이어야 했고, 또한 형에 대한 비판을 넘어서서 이번에도 내가 형보다 더 나은 것을, 훨씬 더 나은 것을 할 수 있음을 보여주는, 글로 쓴 훈계였다.

이 밖에도 토마스 만의 『요셉』 소설 제1부와 하인리히 만의 『헨리 4세』를 관련시켜보면 미묘한 응답들을 발견할 수 있다. 토마스 만의 소설 제1부는 1933년 발표되었으며, 하인리히 만의 『헨리 4세』는 1935년 10월에 출판되어 나왔다. 하인리히 만은 이미 그 전부터 동생의 계획에 대해 알고 있었던 것 같다. 『헨리 4세』에 쓰어진 일련의 문장들은 토마스 만의 소설 "서막"에 삽입하여도 별 무리 없이 읽혀질 수 있는 것들이다. 두 소설에서 우리는 다양한 교류와 공통적인 모티프와 의도가 변형 강조된 것을 볼 수 있다. 그러나 사실 하인리히 만이 『헨리 4세』를 집필한 것은 동생의 소설과 대등한 작품을 쓰겠다는 의지에서가 아니라 중요한 테마들을 다르게 다루기 위한 의도에서 나온 것이다. 우리가 단지 제시하고자 하는 문제는 『헨리 4세』가 『요셉』소설에서의 주인공인 요셉에 비견되는 반영웅이 아닌가 하는 점이다. 그러나 우리가 이 물음에 깊이 파고들면 하인리히 만이 아무런 의도 없이 그의 역사소설을 동생의 신화적 소설에 대치시킨 것은 아니라는 확신을 가질 수 있다. 하인리히 만 작품의 여러 장에서 서술되는 역사는 그 뒤로 현실이 비쳐지는 아주 얇은 베일에 불과하다. 이때 현실은 하인리히 4세의 시대가 아니라, 당시대, 즉 파시즘의 현실을 말한다. 두 소설은 어떤 의미에서 반파시즘적인 작품이다. 토마스 만은 로젠베르크에게서 신화를 제거할 생각이었으며, 하인리히 만은 한 신부로 하여금 괴벨의 어조로 말하게 한다. 그러나 토마스 만의 소설에서 시간은 궁극적으로 신화화되어 있으며, 고대에서 따온 인물들의 동요하는 의식과 모든 삶이 단지 흔적을 쫓는 것에 지나지 않는다는 의미에서 지양되어 있다. 반면, 하인리히 만은 시간을 다른 방식으로 지양할 생각이었다. 그는 그의 소설을 역사 회화로서 이해하지 않고 역사적인 비유로서, 다시 말해 하나의 역사로서 파악하였는데, 이때 역사란 『헨리 4세』에서 묘사된 것이 틈새없이 당시대에 적용될 수 있다는 점에서 무시간적인 것이기도 하다. 분명한 사실은, 보다 능숙하고 경험 있고 세련되게 형제의 작품에서 인용을 따온 쪽은 하인리히이지 토마스가 아니다. 하인리히 만의 암시 기법은 그의 후기 작품에까지 찾아볼 수 있는 특징이다.

『요셉』과 『헨리 4세』간의 인용 유희와, 하인리히 만의 측면에서 역사소설의 의식적인 개작에 대해서는 아직 거론될 것이 많이 남아 있다. 토마스 만은 일기책에서 하인리히 만의 작품을 인정하는 동의를 표하나, 이는 별 중요성이 없는 말이다. 1938년 9월 5일자 일기에서 첫번째 기록은, "위대하고 감동적인 작품"이라고만 언급하고 있다. 이것은 무엇을 뜻할까? 그 이후의 일기책에는 더 이상 소설에 대한 언급이 없다. 그때부터 사실 토마스 만은 형의 작품 배경에서 존재할 따름이었다. 그러나 대화 속에서가 아니라 늙어가는 하인리히 만의 외로운 독백에서였으며, 그리고 이전처럼 동생의 작품이 아닌, 동생 자신과 나누는 독백이 점점 많아졌다. 하인리히 만의 독백은 『호흡』으로서 끝이 난다. 토마스 만은 그의 생의 마지막 작품인 『펠릭스 크룰』에서 다시 한번 자기 자신의 묘사를 시도하고 있다. 이 작품은 원래 하인리히 만의 『게으름뱅이의 천국』에 대한 대답이었다. 그러나 이제는 또한 그의 망명소설이 되어버렸다. 나르시스는 다시 한번 당시대의 거울 속에 자신을 비추어본다. 여기에는 형을 위한 자리가 존재하지 않는다. 하인리히가 『호흡』에서 서술하였던 그 형제간의 비극은 어쩌면 이로써 비로소 실제적인 종결을 맺는지도 모른다. 이제는 형제도 없고, 또한 문학적으로도 존재하지 않았다.

제2장
『부덴브로크 일가』

1. 『부덴브로크 일가』의 생성에 대하여

토마스 만 첫 소설의 생성 과정에 대해서는 매우 잘 기록되어 있다. 토마스 만의 진술에 따르면 이 작품은 원래 소설이 아니라, 일종의 "소년 노벨레 Knabennovelle"인 "민감한 늦둥이 한노의 이야기"(XI, 380)로 구상했던 것이다. 토마스 만이 "단편소설"로 성공하였고, 단편소설이 곧 그가 앞으로 개척할 "문학 장르"(XI, 379)라고 여기고 있었기 때문에 당연한 일일 것이다. 그렇지만 그는 곧이어 250페이지 분량의 글을 15개의 장으로 나누는 과제로 말미암아 장편소설의 집필을 결심해야만 했다. 이 과정은 얼마 안 있어 "매우 독자적이고, 자체적인 근거를 갖춘 형태를" 띠었다(XI, 381). 1897년 6월초, 형 하인리히 만과 함께 로마에서 지내면서 토마스 만은 소설을 쓰기 시작하였다. 어린 한노의 이야기는 그 당시에 이미 한 세대 소설의 구상으로 바뀌어 있었다.

소설의 집필이 시작된 1897년은 물론 "늦은" 일자이며, 구상은 이보다 더 오래되었다. 게다가 글로 표현된 첫 진술들은 토마스 만이 많은 자료를 수집하기 전이었던 초창기에 "소년 노벨레"를 계획하고 있었던 사실을 증명해주며, 그 스스로가 이후에 「정신적 삶의 형식인 뤼벡」(1926)에서 이를 다시 확신시켜준다. 자전적 경험과 소설 구상이 특이하게 혼합되어 있는 가장 초기의 스케치에서 그는 다음과 같이 말하고 있다(1895년 5월 그의 친구 오토 그라우토프에게 보낸 한 편지에서).

아버지는 사업가로서 실리적인 사람이었지만, 예술적 취향과 사업 외적인 일에 관심이 많았네. 맏아들(하인리히)은 이미 시인이고 또한 '작가'이며 지적 재능이 뛰어나 비평과 철학, 정치에 통달해 있었고, 그 다음 둘째아들(나)은 한낱 예술가, 시인, 분위기에 약한 인간에 지나지 않아 지적으로 뒤떨어지고 사회적으로 쓸모없는 인간이지. 그러다가 마침내 늦게 태어난 셋째아들은 지성과는 가장 거리가 멀고 오직 신경과 감각만이 있는, 두뇌를 쓰지 않는 아주 막연한 예술——음악에 귀속하게 되니 이 얼마나 놀라운 일인가? 사람들은 이를 퇴화Degeneration라고 부르지. 그러나 나는 이것이 너무 좋다네 (Briefe an Grautoff, 51).

특이하게도 여기서는 단지 두 세대간에 일어나는 한 가족의 연대기를 다루고 있다. 몰락의 네 단계가 계획되어 있긴 하지만, 몰락이 분명하게 나타나는 네 세대의 사람들에 대해서는 아직 거론되지 않고 있다. 토마스 만 자신이 스스로를 "한낱 예술가" "한낱 시인일 뿐"이라 자칭한 그 배후에는 하인리히와 빅토르, 이 두 형제가 있었다. 따라서 발달 계보는 비평과 철학, 정치에 열중하고 시대와 주변 세계에 대한 참여를 보여주는 작가로부터 분위기에 약한 인간을 거쳐 오직 음악에만 열광하는 늦둥이로 이어진다. 세련됨 Verfeinerung은 여기서 벌써 소설의 한 중심 테마가 된다. 그러나 세련됨은 지성화를 뜻하는 것이기보다는 점점 더 지성을 포기하고 갈수록 약화되는 의식에서 신경을 예민하게 만들고 분위기를 증가시키는 일이다. 중요한 핵심은 결정적인 키워드 "퇴화"일 것이다.

토마스 만은 1895년말에 이 계획을 세운 후 오랫동안 방치해둔 것 같다. 이 소설에 대해서 다시 거론한 것은 1897년 8월 20일 그라우토프에게 보낸 한 장문의 편지에서이다.

> 요즈음의 새로운 소식이라면 내가 소설을, 그것도 방대한 소설을 준비하고 있는 일이네——어떻게 생각하나? 나의 작품이 조그만 장사거릿감은 된다고 확신하는 듯 피셔는 나에게 보낸 편지에서 거듭보다 더 방대하고 연관성 있는 산문작 출판을 권하고 있네. 이런 책이 또 단편소설집보다 훨씬 나은 보수를 받을 수 있을 것이라면서 말이야. 사실 난 지금까지 이런 소설을 단행할 용기가 없어 망설여왔네. 그러나 아주 갑작스럽게 소재를 발견하고 난 지금은 결단이 섰고, 조금 더 관조하고 나서 바로 글로 옮길 수 있을 것으로 생각하네. 어쩌면 '하행 Abwärts'이란 제목을 붙이게 될 소설은 〔……〕(같은 책, S. 100).

단편적으로 보존되어 있을 뿐인 이 편지에서 첫 편지의 진술 내용과는 다른 점이 눈에 띈다. 두번째 편지의 시점에서 보면 1895년 5월의 첫 편지는 전기적인 구상에 지나지 않아 아직 부덴브로크 일가 소설의 계획으로 볼 수가 없다. 우리가 토마스 만의 말을 그대로 받아들인다면, 그가 본래 소설의 발상을 떠올린 때는 1895년 5월의 편지와 1897년 8월에 씌어진 편지 그 사이의 기간임이 틀림없으며, 이는 마찬가지로 이전의 구상이 자전적인 스케치의 정도를 벗어나서는 안 된다는 것을 암시한다. 물론 그가 아주 갑작스럽게 소재를 발견하였다고 한 말은 이 소재가 자전적 스케치 안에 이미 형성되어 있었기 때문에 혼동스럽게 한다. 그러나 몰락의 테마가 지배적이라는 점에서 두 구상은 매우 흡사하다. 그라우토프에게 보낸 첫 편지에서 "퇴화"라 한 것은 두번째 편지의 단편에서는 "하행"이란 키워드로 표현되어 있다. 구조와 테마가 변경되었다 하더라도 기본적인 퍼스펙티브는 그대로 남아 있었다. 이로써 적어도 구상면에서 보면 『부덴브로크 일가』 역시 1900년경의 문학에서 그토록 압도적이었던 데카당스-문학의 일부가 되는 셈이다. 이 점이 또한 나중에 완성된 소설에 있어서도 결정적으로 강조되고 있음은 "한 가족의 몰락"이란 소설의 부제가 말해준다.

초기의 노트들은 소설의 전체 퍼스펙티브에 도움될 만한 것이 없지만, 토마스 만이 각 장을 완성하기 위해 활용한 많은 개별적 정황들을 수집하고 있다. 부덴브로크 이름의 유래에 대해서는 여러 가지 상이한 정보가 있다. 『부덴브로크 일가』가 출판되고 한참 지난 뒤 토마스 만은 다음과 같은 해명을 하였다.

『부덴브로크 일가』를 집필할 당시 나는 폰타네의 후기 작품인 에피 브리스트나 슈테흘린, 포겐풀스 등은 몰랐다. 내가 이 작품들에 깊은 감명을 받은 것은 그 이후의 일이다. 부덴브로크 Buddenbrook란 이름을 선택한 것은 이 성이 저지독일적이면서 희극적으로 들리지 않았기 때문이었다. 이 성의 귀족적 형이 폰 부덴브록 Buddenbrock 이라 믿고 있었던 나는 나중에 폰타네의 작품에서 부덴브로크 Buddenbrook라 이름하는 한 남자 인물을 발견하고 무척이나 놀랐다. 지금도 나는 부덴브로크가 시민적이지 않은 성으로 나타나는 것이 믿어지지 않는다(Mendelssohn, 264f.).

그러나 토마스 만은 착각하고 있었다. 토마스 만은 부덴브로크 일가 계획에 몰두하였을 당시, 폰타네의 『에피 브리스트』를 읽었다. 이 사실은 1896년 2월 17일자 그라우토프에게 보낸 편지에 의해 증명된다. 사실 토마스 만은 『에피 브리스트』에서 단지 부차적인 역할을 할 뿐인 이 성을 잊었거나 아니면 거의 잊고 있었는지도 모른다. 노트에는 부덴브로크의 성보다는 언제나 이름이나 혹은 "시의원"이 먼저 등장한다. 토마스 만은 이후에 "부덴브로크"란 성은 자신이 고안해낸 것이 아니라 어디에선가 들은 적이 있는 이름이라고 답변하였다(Mendelssohn, 265). 토마스 만의 어릴 때 친구인 아르민 마르텐스의 누이 일제 마르텐스는 폰 부덴브로크라는 한 남작 가족을 알고 지냈다. 그래서 토마스 만이 그녀에게 소설에 걸맞은 이름이 없겠느냐고 물었을 때 그녀는 부덴브로크 일가라 하는 게 어떻겠느냐고 제안했다는데, 그녀의 이 설명이 진실에 가장 가까울 것 같다.

본질적인 작업은 물론 적당한 이름을 찾는 일이 아니었다. 토마스 만은 「정신적 삶의 형식인 뤼벡」에서 소설의 생성에 관하여 다음과 같이 보고한다: "메모를 하고 연대기표와 정확한 족보를 그리고, 심리학적인 요점들과 구체적인 자료들을 수집하는 데 착수했다. 충분한 지식이 없었던 나는 뤼벡의 사업과 시 행정, 경제사, 정치에 관련한 갖가지 의문들을 이젠 타계한 지 이미 오래된 한 종숙에게 물었다. 〔……〕"(XI, 380). 토마스 만은 실제로 그의 종숙에게 설문지들을 보냈고, 종숙인 마르티 영사는 이에 대해 성심껏 답해주었다. 연대기표는 노트에 들어 있다. 노트에는 소설을 쓰기 시작한 것이 이미 1835년의 일이었고, 한노의 죽음은 1877년으로 기록되어 있다. 자료 목록에는 인물 일람표도 있다. 가족 내의 사건들과 개개의 가족 구성원이나 가족 전체에 미치는 이 사건들의 의미는 토마스 만이 도표를 만드는 데 틀로 삼았던 질서의 관점들이다. 연대기에서 불충분한 몇 가지 점은 줄거리의 골격이 빈틈없이 묘사되게끔 토마스 만이 충분한 시간을 두고 보완하였다. 선대의 이야기와 마지막 두 세대에 관련한 자료들간에 그 비중에서 차이가 없도록 만들었다. 그러나 이것은 곧 토마스 만이 구상을 스케치할 무렵부터 민감한 늦둥이 한노에게 특별히 역점을 두지 않았다는 진술로 받아들여져선 안 된다. 물론 선대의 자료가 잘 다듬어지지 않은 모양새를 보이는 것은 사실이다. 토마스 만이 가졌던 본래의 관심은 기록의 정도에서도 짐작할 수 있듯이 부덴브로크 영사의 세대에 놓여 있다. 이 세대의 이야기에서 또한 친척들에 관한 대부분의 기록들을 찾아볼 수 있다. 그래서 토니 부덴브로크 인물에 대한 정확한 자료들이 주어져 있고, 첫 두 세대에 대한 이야기가 본질적으로 출생과 죽음에만 국한되어 있다면, 후대에서는 그 외에 결혼, 이혼과 같은 개별적인 사건들이 연대기표에 포함된다. 물론 연대기와 날짜 기입에 관련된 것은 모두 서로 일치한다. 회사 자본의 면밀한 정산 역시 노트에서 찾아볼 수 있다. 그 밖에 중요하다 할 것은 경쟁 관계에 있는 하겐슈퇴름 일가의 자료들이 명기되지 않은 사실이다. 이는 토마스 만의 서술적인 관심이 전적으로 부덴브로크 일가에 한정되어 있었고, 그가 이전의 메모들에서 이야기의 전개에 따라 불가피하게 뤼벡 도시의 다른 일가들에게 시선을 돌릴 수밖에 없는 작품의 윤곽에 유의하지 않고 있었음을 뜻한다.

한스 비슬링은 소설의 생성 과정을 처음부터 함께 결정짓고 있다 할 다른 영향권에 주의를 환기시켰다. 1905년 2월 18일 형 하인리히에게 보낸 한 편지에서 토마스 만은 자신이 원래 계획하였던 것은 노래 "버스는 도시를 통과한다"란 기이한 주 모티프를 지닌 "일종의 재미난 소설"이었다고 회상하였다(Briefwechsel Thomas Mann-Heinrich Mann, 56).* 분명 광범위한 인간 묘사와 같은, 말하자면 개

별 인물들 속에 용해되어 있는 시민성의 상을 보여줄 수 있을 재미
있는 소설을 계획했던 것이다. 재미란 익살스런 말로 사회와 이 세
계의 관계를 웃음거리로 삼는 것을 뜻한다. 토마스 만이 말하는 재
미는 속물이나 시민, 인습적인 인간은 할 수 없는, 예술가가 자신의
소재를 다루는 자유였다. 「우리 시대의 독일 작가라는 직업에 대하
여」라는 제목을 붙인 "형님에게 드리는 인사말"에서(X, 306ff.) 토마
스 만은 이 재미난 소설이 로마에서 불완전하게 구상된 것이고, 물
론 구성적으로 『부덴브로크 일가』에 아무런 영향을 미치지 않았음
을 상기하였다. 토마스 만의 회고적인 보고는 재미난 소설 내지는
이 소설에 선행된 것이 오히려 하인리히에게서 연유된 것임을 말해
준다. 그는 다음과 같이 썼다.

　　젊었을 때 우리가 한동안 로마에서 살았을 당시, 형은 몇 주일 동
안 매일같이 책상에 앉아 제도용 펜으로 계속 그림만 그렸었지. 이
그림들을 우리는 '생의 작품'이라 이름하였고, 본래 제목은 '사회적
질서'라 불렀어. 우리가 온통 벽에다 길게 붙여두었고 나중엔 두터운
뭉치가 되었던 이 스케치들은, 황제와 교황에서부터 누더기 걸친 무
산 계급과 거지에 이르기까지 모든 유형과 무리의 인간 사회를 묘사
하고 있었어——이 대대적인 사회적 등급에서 제외된 것은 아무것도
없었지. 우리는 시간이 있었고 할 수 있는 만큼 즐겼어. 그러나 들뜨
고 인내심 있던 이 청년 시절의 소일에서 유희적이고 그리고 일시적
으로 두 가지 징조가 나타났어. 방대한 시도, 기념비적인 것, 표준
작, 방대한 구성, 커다란 인내의 희생에 대한 뛰어난 감각——이는

---

* 역주: 여기서 우리말로 옮긴 '재미'의 원어는 Gipper이다. Gipper란 토마스 만과
　하인리히 만을 위시한 그들 가족들이 즐겨 사용하던 단어로서 'Spaßhaft' 혹은
　'lustig machen'과 같은 뜻이다.

우리의 당세기 그리고 니벨룽겐의 반지와 루공-마카르 총서의 시대
인 19세기에 속하는 감각이며, 형의 3부작 소설에서 입증되고 있어.
그리고 두번째는 테마에서 독일화된-낭만적 사회 정신인데, 이 정신
은 형의 존재와 사회 비판적-정치적 열정, 민감성을 결정하고 있어.
이 민감성은 고통스럽게 독일의 난국을 바라보는 형의 시선을 날카
롭게 만들었고, 독일의 난국은 형에게 우국적인 쓰라림과 혜안, 독일
신민에 대한 소설을 고취시켜주었지만, 그러나 형과 달리 아직도 순
수하게 문화적으로 생각되고 음악적-형이상학적인 독일에게는 그렇
게 급박한 것은 아니었어(X, 314f.).

마지막 문장들은 하인리히 만이 그린 그림 시리즈 중 많은 것들
이 그의 후기 소설 『신민』(1918) 속에 용해되어 있음을 다시 한번
분명히 해준다. 그러나 약간은 『부덴브로크 일가』에도 그 영향이 미
쳤을 것이다. 왜냐하면 사회의 파노라마가 이 작품에서도 나타나
며, 그리고 유머러스한 첨가와 풍자적인 특징 묘사에 있어서 몇 가
지 점들이 재미난 소설이나 "사회적 질서"에 관한 형의 그림 계획에
환원될 수 있기 때문이다. 사회적 질서와 이 질서에 대한 비판은
『부덴브로크 일가』에도 나타난다. 그러나 이 작품에서 방대한 시대
비판적인 유머소설의 구상은 토마스 만 자신의 가족 연대기와 결합
되어 있으며, 이 연대기는 소설 전체가 단지 암시적인 선에서라도
재미난 소설이 될 수 없을 만큼 아주 많은 비극적인 요소들을 제시
하고 있다.

토마스 만의 실제적인 작업은 소재에 살을 붙이는 점진적인 집필
과정이 아니라, 짤막하고 간결하게 스케치된 계획을 확장하는 일이
었다. 처음엔 250페이지 분량으로 구성되었던 이 계획은 다음과 같
다.

1) 새 집. 잔치. 고트홀트의 편지.

2) 마리아의 탄생. 자식들.

3) 안토니의 첫 약혼. 영국으로 건너가는 크리스티안.

4) 에리카의 출생과 안토니의 첫 파혼.

5) 토마스와 마리아의 결혼.

6) 안토니의 두번째 약혼. 집에 돌아온 크리스티안.

7) 안토니의 두번째 파혼.

8) 어린 요한의 탄생과 시의원으로 선출된 토마스.

9) 에리카의 결혼.

10) 창업 기념일.

11) 소송과 교장의 체포.

12) 영사 부인의 사망. 집 매각.

13) 토마스의 사망.

14) 어린 요한의 사망(Handbuch, 381).

소설의 시작과 끝은 눈에 띄게도 이미 여기서 명시되어 있으며, 토마스 만이 쓴 초기의 한 노트에는 심지어 제제미 바이브로트가 한 첫 말과 마지막 말이 그대로 기록되어 있을 정도이다. 따라서 자료라곤 아직 메모 카드들밖에 없었을 당시 그는 분명한 구상을 눈 앞에 떠올리고 있었던 것이다. 이 자료들은 인물들의 성격 묘사, 어법들, 대화들을 포함하고 있었다. 예컨대『부덴브로크 일가』에서 학교라는 장에 대한 메모들은 다음과 같이 되어 있다.

학교: 칸트의 정언명법은 새로운 학교에서 프로이센의 공무원 경제에 대한 상징이다.

　　　—사고 방식이 자유로운 정교사 '기독교 신화'
　　　—앨로 앨로 룰루

학교에 대하여 그는 계속하여 다음과 같이 적고 있다.

　　학교: '실토해봐' '소문을 퍼뜨리다' '교실을 나오다.' 한노를 싫어
하는 뚱뚱하고 불행한 선생. —— '출세길을 망치다' 〔……〕 학생들의
입장은 전혀 생각지 않고 내주기만 하는 학교 숙제들(Notizbücher
1~6, 56).

두번째 노트에서는 심지어 학교에 관한 에세이 전체가 들어 있는
데, 이 에세이는 작가가 자신의 학교 경험들을 되살리고 있을 뿐 아
니라, 동시에 학교의 의미를 신뢰할 수 없는 국가와 당시대 사회에
대한 상징으로서 해석한다(Notizbücher 1~6, 79f.).
　학교에 관한 메모들에 있어서 타당한 점은 또한 다른 많은 특징
묘사들에도 해당하며, 특히 상인들 세계의 묘사와 몰락의 철학적인
차원이 그러하다. 토마스의 성격 묘사에 대해 언젠가 말하기를,

　　토마스는 그가 죽기 전에 일반적인 '한가지의' '몰락'에 대해 깊이
생각해야만 한다. 어쩌면 이에 대한 갖가지 이유들을 내세울 수 있을
것이다: ——그러나 중요한 것은 모든 일에는 때가 있는 법이다. 파
산. 숙명론. 체념(Notizbücher 1~6, 116).

이 말은 토마스 만이 몰락의 테마를 계속 염두에 두고 있었음을
입증한다.
　『부덴브로크 일가』의 작업은 로마에서 착수되었다. 만 형제는 그

후 팔레스트리나에서 여름을 보내고, 1897년 10월말 다시 로마로 돌아왔다. 소설은 이 시기에 계속 진척된다. 1897년 12월 토마스 만은 이미 소설의 제15장을 썼고(Briefe an Grautoff, 101) 새 노벨레들에 대한 계획을 세웠다. 로마에서 보낸 겨울 내내 그는 『부덴브로크 일가』를 집필하게 된다. 이에 관하여 토마스 만은 1926년 「정신적 삶의 형식인 뤼벡」에 관한 강연에서 다음과 같이 보고하였다.

로마에서 나는 한 페이지씩 차근차근 첫 부분들을 써내려갔고, 벌써 눈에 띄게 상당한 분량으로 늘어나 있던 원고를 가져가서 뮌헨에서 계속 썼습니다. 250페이지의 글이 막 하나의 작품이 되려던 때였습니다! 글을 쓰다 보니 작품의 규모는 점점 더 커졌습니다. 모든 것이 내가 꿈꿀 수 있는 것보다 엄청나게 많은 공간(그리고 시간)을 필요로 했어요(XI, 380).

그리고는 작업의 종결에 대하여 말하기를,

그러고 나서, 오랫동안 중단했던 시간을 포함하여 삼 년이란 작업 시간이 경과한 후, 마침내 소설이 탈고되었습니다. 줄이 그어진 사무용지 양면을 사용한 첫번째이자 유일한 원고였고, 잘 다듬어지지 않은 원고였습니다(XI, 381).

토마스 만은 거의 정확하게 삼 년이란 기간을 집필하는 데 소요했다. 그가 1898년 4월 뮌헨으로 돌아왔을 때는 모두 97개 가량 되던 소설의 짧은 장들 가운데 이미 40개의 장이 완성되어 있었다. 1898년 여름과 가을 내내 작업을 계속하였고, 1898년 12월말에는, 그가 오토 그라우토프에게 말한 바로, 아직 "소설의 삼분의 일 가량"(Briefe an Grautoff, 109) 더 쓸 것이 남아 있었다. 작품이 완성된 것은 비로소 1900년 7월의 일이다. 1900년 8월 13일 토마스 만은 사무엘 피셔에게 원고를 보냈다. 그 자신이 글에서 밝히고 있듯이, 『키 작은 프리데만씨』 이후로 피셔의 출판사와 관계하고 있었던 것이다. 원고를 보내면서 나중에 쓴 그의 주석은 다음과 같다.

원고는 비상식적으로 씌어졌습니다. 양면으로 씌어져 —— 처음에 나는 이 원고를 다른 종이에 베껴 쓸 생각이었는데, 그러나 분량이 너무 많아지자 나중에 포기하고 말았습니다 —— 원고의 분량이 얼마 안 되는 듯 보입니다만, 실은 편집인과 식자공이 무리해야 할 정도일 겁니다. 단 한 부밖에 없는, 첫번째이자 유일한 원고이기 때문에 저는 우편 보험에 들 결심을 하였고, 내용물 해당란에다 '원고'라고 적고 그 옆에 소포의 가치를 천 마르크로 적었습니다. 우체국 직원이 웃더군요(XI, 112).

이처럼 방대한 소설의 성공은 노벨레를 선호하던 시대에서는 처음부터 보장될 수 없는 일이었다. 피셔는 다음과 같은 인사말로 분량을 절반으로 줄여주기를 요구했다. "65장에 인쇄된 소설을 읽는다는 것은 오늘날 우리의 삶에서 거의 불가능합니다. 나는 이 같은 분량의 소설 작품을 읽기 위하여 시간과 집중을 기울일 사람들이 많다고 생각하지 않습니다"(Mendelssohn, 402). 그러나 토마스 만은 이를 용인하지 않았고, 작품을 줄이지 않고 전부 출판되기를 고집하였다. 아르투어 홀리춰 역시 이 책을 위하여 자신의 주장을 피력하였고, 나중에 이에 대하여, "나는 『부덴브로크 일가』의 비상한 가치와 그 의미, 그리고 단 한 줄도 삭제될 수 없는 불가능함을 처음부터 확신하고 있었다"(Mendelssohn, 402)고 말했다. 1901년 3월 23

일 피셔는 작가에게 판본과 더불어 조판된 낱권의 판매가 20%의 수익과 향후 6년간 그가 쓰는 작품들을 피셔 출판사에 넘기기로 한다는 아주 좋은 조건의 계약안을 보냈다. 피셔가 그의 출판사 편집자인 하이만의 평가서를 신용하였던 것이다. 하이만의 평가서에 보고된 것은, "소설의 주요 장점은 인물 특성들의 진실성이며, 날카롭고 아주 분명하게 때때로 아이러니하고 그러면서도 시적인 것에 머물러 있는 이 인물 특성들의 묘사입니다. 예를 들어 토니의 형상은 놀라울 만합니다. 그녀 성격에서 어리석음은 그녀의 본질과 상이한 것이 아니라 동질적인 것이라는 점에서 특히 그렇습니다. ——사회-역사적인 것, 이것은 문학의 본래적인 문제는 아니지만 여기 놓여 있는 것처럼 의도된 작품에서는 아주 합법적인 방식으로 공간을 차지하고 있으며, 때때로 섬세하고 우아하게 묘사되어 있습니다." 독자는 "테마를 통하여 한 가족의 연대기가 이야기되는 것을 알게 되고 가족의 영광에 대한 처음의 묘사 부분에서 몰락의 도래를 예감하게 될 것입니다"(Mendelssohn, 429f.). 소설은 두 권으로 묶어 출판되었고, 때는 1901년 10월 첫주였다.

2. 전범들

토마스 만은 『부덴브로크 일가』를 구상하고 있었을 때 소설의 테마와 내용, 구조를 본질적으로 함께 결정하는 일련의 전범을 근거로 삼았다. 중요한 전범들에 대해서는 그 자신이 「『부덴브로크 일가』의 전축판 출시에 대한 서언」에서 주의를 환기시킨 바 있다. 여기서 그는 "보통 분량의, 스칸디나비아의 전범들에 따른 한 상인의 이야기인 소설이 머리에 떠올랐던 것"(XI, 550)을 언급하고 있다. 그는 또한 이 전범들이 그 당시 독일에 알려져 있던 "노르웨이 작가 키일란트와 요나스 리의 이야기들"이며, 그리고 그 자신의 소설이 "문화와 삶의 분위기에 있어서 스칸디나비아 북구에 가까워 그 전범들이 소설을 계획할 때 아주 비근한 예로 떠올랐"던(같은 곳) 것이라고 밝혔다. "스칸디나비아와 러시아 문학"은 또한 그의「약력」에서도 언급되며(XI, 104), 때때로『부덴브로크 일가』를 두고서 "북구적으로 채색된 시민 소설"이란 말을 하기도 한다(X, 307).

스칸디나비아에서 받은 매우 중요한 영향에 대하여 토마스 만은 그냥 지나가는 말로 언급하고 있다. 이 영향은 게오르그 브란데스의『19세기 문학의 주 경향들』(1872~1890)에서 받은 것인데, 토마스 만은 그의 작품에 결정적이었던 이 책을 이미 일찍부터 형 하인리히한테서 소개를 받아 알고 있었던 것으로 보인다. 그가 상세 자료들을 이『주 경향들』에서 얻은 것임은 확실하다.『부덴브로크 일가』에서 혁명의 묘사가 바로 그것이며, 그리고 터키의 격언인 "집이 완성되면 죽음이 찾아든다"가 이에 해당한다. 토마스 만은 이 말을 글자 그대로『주 경향들』에서 차용했던 것이다(aus Bd. 5: Die romantische Schule in Frankreich, Kapitel "Balzac"). 여기에 인간적이고 비교적 근심이 적으며 문화적으로 세련된 세기인 19세기의 전반적인 특징 묘사가 덧붙여진다.『부덴브로크 일가』에서는 때때로, 특히 학교를 묘사한 장에서 이에 대해 이야기된다.『부덴브로크 일가』의 곳곳에서 반복하여 나타나는 19세기 상은 대체적으로 브란데스의 역사적인 특징 묘사로 환원시켜도 좋을 것이다. 부덴브로크 일가의 각 세대들이 보여주는 자연에 대한 매우 상이한 관계와 그리고 특히 삼대에서, 그러니까 부덴브로크 영사의 세대에서 부덴브로크 일가의 가치 체계를 결정짓는 "질서"에 관한 생각도 마찬가지로『주 경향들』에서 영향받은 것이다. 우베 에벨의 연구들에 따르면,

대체로 토마스 만이 브란데스의 『주 경향들』을 역사서와 문헌학적인 작업 자료로서 철저히 사용하였다는 사실을 확인할 수 있다. 브란데스의 작품에서 토마스 만은 역사적인 묘사에 깊이와 설득력을 주기 위해선 각 세대들이 서로 뚜렷이 대립되어 나타나야만 한다는 점을 배울 수 있었다. 그러나 가장 중요한 것은 아마도 모든 개별적인 정황들과 또한 역사적인 전체 묘사를 넘어서서 『부덴브로크 일가』의 기본 경향에 있어서 브란데스가 토마스 만에게 깊은 영향을 주고 있다는 점이다. 브란데스 또한 『주 경향들』로써 19세기의 거대한 상을 만들고 궁극적으로 역사적인 전체상을 구상하였다. 이 상은 물론 외적인 것들에만 관련된 것이 아니다. 브란데스는 바로 "심리학의 개요"를 떠올렸던 것이다. 이 의도 또한 토마스 만에 의해 수용되었다. 토마스 만은 부덴브로크 일가의 외적인 역사를 묘사하였을 뿐 아니라 네 세대들의 심지법과 같은 무엇을 보여주고 있으며, 그리고 이 내면의 초상화들을 통하여 비로소 이 세기는 본래적인 윤곽을 드러낼 수 있게 된다. 브란데스의 도움으로 부덴브로크 일가의 역사는 용인될 수 있을 만큼 심리적으로 처리되어 역사적인 디테일과 심리적인 구성간의 균형을 이룰 수 있게 되었다. 심지법과 역사 기술간의 이 결합은 동시에 각 세대의 대표자들 속에서 그들 자신을 넘어선, 즉 시대 분위기와 기본 경향, 당시대의 사안들에 대한 정치적 태도와 입장의 대리자들을 볼 수 있게 한다. 가족 문서와 그의 삼촌인 마르티 영사가 준 정보들만으로는 토마스 만이 그 당시 기획중이었던 "한 가족의 몰락"이 전반적인 몰락을 대변하고 이로써 19세기의 숙명을 움직이게 될 소설을 만들기에 매우 불충분하였던 것이다.

예술은 독자적인 가치를 소유하고 있는 것이 아니라, 실은 오직 기록적인 특성을 지니고 있을 따름이라고 한 브란데스의 생각을 토마스 만은 그 당시에도 인정하고 있었음이 분명하다. 그가 마지막 세대의 묘사, 즉 한노 부덴브로크와 그의 친구 카이 그라프 묄른의 운명에 대한 묘사에서 예술의 고유한 가치를 인정하지 않았고, 이로써 브란데스의 『주 경향들』에 반한 글을 쓰지 않았나 하는 것은 우선 하나의 추측일 뿐이다. 물론 이 추측은 한노의 마지막 세대에서 낭만적인 영상 속에 바로 작가 자신의 생산적 문필가로서의 실존이 문제되고 있는 점에서 제기되어진다. 토마스 만은 그 밖에도 『주 경향들』이 단지 1789년과 1848년 사이의 시대를 다루고 있다는 이유로 브란데스와의 현격한 모순을 볼 수밖에 없었다. 한노의 삶과 죽음은 그 이후로 기록되어 있고, 이렇게 볼 때 토마스 만은 『주 경향들』에 이의를 가졌기보다는 오히려 1848년 이후의 일을 계속 진행시키고 있다고 보아야 할 것이다. 보다 중요한 것은 변별적인 차이보다는 공통적인 것이다. 토마스 만은 브란데스에게서 개별 인물을 한 세대의 전형적인 대표자, 그 시대의 대리자로 형상화하는 방법을 배울 수 있었다. 근본적으로 토마스 만의 『부덴브로크 일가』는 19세기의 『주 경향들』을 가시화하는 소설적 시도에 다름아니다. 그의 리얼리티하고 자연주의적인 묘사 경향은 기록 능력자의 의미에서 역사를 묘사하는 브란데스의 성향에 의하여 더욱 진작되었을 것이다.

따라서 토마스 만은 브란데스의 『주 경향들』에서 역사적인 디테일의 인정에서 시대의 전체상에 이르는, 역사적인 범위의 수용에서 19세기의 초상화와, 그리고 개별적인 것이 전적으로 대표적일 수 있다는 확신에서 역사적인 통일성에 대한 감각에 이르는 많은 것을 배웠다고 볼 수 있다.

토마스 만이 『주 경향들』에서 받은 모든 영향에도 불구하고 19세기의 역사를 가족소설로서 구성하였던 것은 단순히 그가 그 자신의 운명과 자기 가족의 운명을 서사 문학으로 꾸밀 수 있었던 연유에서가 아니다. 여기에는 다른 영향이 작용하고 있는데, 이 영향은 어쩌면 『주 경향들』이 토마스 만에게 주었던 매우 일반적인 의미에서가 아니라, 『부덴브로크 일가』에 나름대로 부가적인 윤곽을, 즉 가족소설의 윤곽을 부여하였을 것으로 보인다. 토마스 만은 키일란트의 에세이 작품들 외에 이른바 가르망 Garman 소설들로 불리는 1881년 독일어판으로 간행된 『가르망 모르셰 상회』와 1882년 독일어로 출판된 『선주 보르셰』를 알고 있었다. 이 외에도 토마스 만은 키일란트의 『독』(1886년 독일어로 출판), 『행운의 여신』(1886년)과 『눈』(1889년 독일어로 출판)에 대해 알고 있었다. 테마가 유사한 점 말고도 키일란트가 개인적으로 토마스 만과 비슷한 운명을 가졌다는 사실이 작가인 토마스 만을 더욱 매혹적으로 끌리게 했을 것이다. 키일란트 일가의 회사도 할아버지의 죽음 후 문을 닫았다. 물론 이 운명은 재정적인 손실이나 하락된 사회적 지위에 결부된 것이 아니었다. 키일란트 자신은 상인의 직업을 버리고 문학으로 전향하였으며, 그의 운명은 토마스 만의 것과 너무도 유사하였다.

그러나 개인적인 전기의 유사성보다 더 중요한 것은 문학적인 전범이었다. 가르망 소설들은 몰락을 다루며 "하강"을 서술하고 있다. 몰락은 생명력의 상실이며 결국 정신적 지반의 박탈을 의미했다. 쇠퇴의 역사를 한 가족의 연대기로서, 그리고 연대기가 동시에 회사의 내력으로서 묘사된 것은 키일란트의 소설과 토마스 만 소설간의 공통점인데, 토마스 만의 문장은 그 당시 그가 상세하게 활용했던 스칸디나비아 문학에서 취한 것으로 보인다. 1940년 토마스 만은 다음과 같이 썼다.

내 머릿속에서 보통 분량의 소설이, 스칸디나비아의 전범들에 따

른 상인의 이야기가 떠올랐다. 노르웨이 작가 키일란트와 요나스 리
의 산문들은 그 당시, 독일에서는 문학의 공기를 쇄신하는 시대였던
세기 전환기경 프랑스와 러시아, 북구로부터 번역되어 우리나라에
들어왔고, 발트해에 있는 오랜 한자 동맹 도시 뤼벡은, 한번도 그렇
게 언급된 적은 없었지만 내 이야기의 무대를 이루는 나의 고향인 이
도시는 문화와 생활 분위기에 있어서 스칸디나비아 북구와 매우 유
사해서 그 전형들이 내가 계획하고 있던 작업에 아주 비근한 예로 여
겨졌다(XI, 550).

물론 가족 연대기는 개별적으로 매우 상이하다. 에벨(Ebel, 23)의
견해처럼, 소설 『가르망 모르셰 상회』가 토마스 만에게 있어서 바로
"본보기"로서 사용되고 있는지의 여부는 약간 미심쩍은 데가 있다.
키일란트의 소설에서는 가족의 정확한 연대기를 찾아볼 수 없고,
단지 대략의 사실만을 발견할 수 있기 때문에, 보다 정확한 대비들
이 확인되기가 어렵다. 네 세대에 따라 네 개의 큰 단락으로 나누어
진 소설 구성이 키일란트의 소설에 근거하고 있는지의 여부 또한
단지 추측일 뿐이다. 글자 그대로의 차용은 증명될 수가 없다. 토마
스 만 자신은 언제나 바그너와 그의 4부곡 전범에, 좀더 정확히 말
하면 바그너의 『니벨룽엔의 반지』에 주의를 환기시켰다. 이와는 대
조적으로 가문에 대한 상상에서는 토마스 만이 키일란트를 따르고
있는 것으로 보인다. 다른 것들, 즉 분위기를 조성하는 것, 영사 부
덴브로크의 세심한 옷차림과 같은 외형적인 것들이나 잘못된 결혼,
목사들과 그리고 이러한 성직자들의 영향은 물론 직접적으로나 간
접적으로 키일란트의 『선주 보르셰』로 환원시켜볼 수 있겠지만, 그
러나 반드시 그렇지만은 않다. 토마스 만이 팔레스트리나와 로마에
서 소설을 썼을 당시, 그의 기억 속에 개별적인 모티프들과 본질적

인 특성들이 남아 있었을 것으로 보는 것이 가장 개연성이 크다. 토마스 만이 안중에 두었던 것은 이보다는 분위기, 몰락의 전조, 점점 더 첨예해지는 가족의 위기 상황이었다. 여기서도 키일란트의 소설은 엄격한 전범으로서가 아니라 대비적인 예로서, 그 자신의 계획을 정당화하여줄 필요까지는 없었겠지만 그에게 어떤 위엄을 부여하고, 그리고 무엇보다——결코 사소한 일이라 할 수 없는——판매의 성공을 장담하는 전망을 제시해주었다. 이른바 상인소설이라 일컬어지는 키일란트의 소설들은 비단 북구에서뿐 아니라 서유럽에서도 널리 알려져 있었다. 이런 사실 외에도 토마스 만은 평생 동안 한 전범에서 새로운 것을 얻어내는 데 그치지 않고, 언제나 차용한 것들을 서로 혼합시키고 인물들을 합성하며 아주 상이한 첨가물들로 줄거리를 엮어나갔다. 『부덴브로크 일가』 역시 근본적으로 이런 방식으로 생성된 것이라 보아도 무방할 것이다.

토마스 만의 진술에 따르면, 그는 키일란트에게서만 어떤 동류 의식을 느꼈던 것이 아니라 요나스 리에게도 동일한 느낌을 갖고 있었다. 리 역시 『소용돌이』(독일어판 1888)라는 가족소설을 썼다. 키일란트의 『가르망 모르세 상회』가 보다 일반적이며 문화사적으로 흥미있는 몰락의 현상을 서술하였다면, 『소용돌이』는 『부덴브로크 일가』에 잘 활용될 수 있는 많은 디테일들을 알려주고 있기 때문에 귀중한 자료였다. 예컨대 주택의 의미와 주택의 상징적인 서열은 키일란트의 소설에서보다도 오히려 요나스 리의 소설에서 찾아볼 수 있다. 키일란트의 소설 『독』에서 주택이 그 소유자의 사회적인 위치를 그대로 드러내주는 것으로 나타나긴 하지만, 그러나 다른 것은 분명 요나스 리에게로 환원되어지며, 『소용돌이』뿐 아니라 1887년 독일에 알려져 있던 소설 『로체와 그의 아내』와 연관되어 있다. 크리스티안 부덴브로크의 운명과 관계된 전체적인 남아메리카

콤플렉스는 여기서 유래하였을 것이다. 결혼 이야기들은 리의 소설
『사령관의 딸들』(독일어판 1887)에 환원될 수 있다. 『소용돌이』에서
결혼은 중대한 의미를 띤다. 전과자의 과거가 있는 엑스트라 인물
들이 『부덴브로크 일가』에서 자주 등장하는데, 이 또한 『소용돌이』
에서 그 소재를 얻었을 가능성이 크다. 요나스 리의 작품에서 소재
와 모티프를 차용한 사실은 그 밖에도 그의 소설 『길레의 가족』(독
일어판 1896)을 통하여 증명될 수 있으며, 그 예가 토니와 모르텐의
연애 사건이다. 이와 반대로 『부덴브로크 일가』에서 의미심장한 위
치를 차지하고 있는 학교 장면은 키일란트의 소설 『독』에서 영향을
받은 것으로 보인다.

　전체적으로 키일란트와 리의 영향에 관한 부분에서는 단지 개별
적인 모티프와 인물 성격의 차용이 문제되지만, 차용된 것은 『부덴
브로크 일가』에 현실성을 부여하는 데 사용되었다. "직접 창작하는
대신 자기 것으로 만드는 것," 토마스 만의 문학 세계에서 매우 특
징적인 이 원칙이 이미 여기서부터 적용되고 있는 셈이다. 물론 한
가지 점에서 토마스 만은 노르웨이 작가들의 전범에서 상당히 멀리
벗어나 있다. 키일란트나 리는 그들의 소설을 사회 비판적인 작품
으로서 이해하고 있는 반면, 토마스 만의 작품에는 사회 비판의 요
소가 있다 하더라도 간접적인 것에 불과하다. 그 분명한 예를 들자
면, 소설의 마지막 부분, 학교에 관한 장에서만 나타나고 있다. 노
르웨이 작가들의 신랄한 비판은 토마스 만의 작품에서는 유머와 아
이러니를 통하여 완화되어 있다. 작품 인물들과 또한 비판적인 시
각에서 조명해볼 수 있을 인물들과의 공감된 일치는 간과될 수 없
으며, 적어도 주인공들의 경우 이야기 속에서 지나친 비판적 해설
을 피하고 있다. 토마스 만의 소설은 결코 사회적 소설이 아니며,
비판은 묘사가 그 당시의 세계를 재구성하기에 충분한 시점에서 끝

난다. 브란데스는 『19세기 문학의 주 경향들』에서 키일란트의 작품
에서 나타나는 사회 비판적 묘사 원칙에 주의를 환기시켰다: "삶의
앞면과 뒷면간의 대립, 가진 자와 살찐 자들의 눈에는 태평스러운
것으로서 묘사되는 현실과, 그리고 비탄과 죄악, 절망에 빠져 부유
한 자들을 증오하며 궁핍에 시선을 둔 자들이 보는 현실간의 대립
이 있었다." 가난한 자의 현실은 토마스 만의 작품에서는 거의 직시
되지 않고 있으며, 노동자들이 혁명을 시도하면 이 혁명은 우습게
끝나고 만다. 토마스 만의 소설에는 사회에 대한 비난의 소리가 없
다. 이는 그가 자연주의로부터 거리를 두고자 한 이유에서뿐 아니
라, 이 작품에 씌어져 있는 것은 비록 변형되고 양식화하여 표현된
것이기는 하여도 궁극적으로 그 자신의 가족사이기도 하기 때문이
다.

그 밖에 다른 노르웨이 작가들로부터 받은 영향도 함께 작용하였
다. 브외른슈테르네 브외른손의 작품에서 토마스 만은 그륀리히의
파산과 관련한 몇 가지를 활용하였다. 브외른손의 『파산』은 1876년
독일어로 출판되었다. 덧붙여 토마스 만이 또한 입센의 『유령』(독일
어판 1884)에서도 여러 가지를 차용하였을 가능성이 큰데, 페르마네
더와 토니의 최종적인 별거로 귀결되는 장면이 그 한 예가 된다. 토
니의 결혼 생활 묘사에 들어 있는 몇 가지는 『노라 혹은 인형의 집』
에서 유래한다. 따라서 단지 스칸디나비아의 가족소설과 세대들에
관한 산문만이 토마스 만의 소설에 대부격이 되는 것이 아니다. 드
라마적인 것도 마찬가지로 "가족-사가Familien-Saga"에 영향을 미치
고 있는 것이다. 엔스 페터 야콥슨의 문체상의 영향에 대해서는 토
마스 만 자신이 이를 언급하며(DüD I, 17), 『부덴브로크 일가』가
"어투와 분위기에 있어서" 야콥슨의 언어와 유사성을 띠고 있음에
주의를 환기시킨 바 있다(DüD I, 36). 『부덴브로크 일가』에서 임종

장면의 묘사는 아마 야콥슨의 소설 『니일스 리네』와 『마리 그루베 부인』으로부터 영향받은 것이리라. 그리고 크누트 함선의 소설 중 특히 『굶주림』과 『미스터리』, 그 밖에도 『목양신』이 토마스 만에게 영향을 주었을 것으로 추측된다. 토마스 만은 그가 이미 학생 시절 함선의 문체를 모방한 적이 있음을 보고한 적이 있고, 심지어 "함선의 초기 대작들의 억양을 지니지 않은 글귀는 한 줄도 쓰지 않았음"을 시인하였다(XIII, 133). 이 진술은 좀 과장되어 보이나, 그러나 토마스 만이 함선의 묘사가 지닌 유머러스한 억양에서부터 몇 가지를 차용한 것은 분명한 사실이다. 헨리크 입센의 작품 중에서 토마스 만이 가장 감명받은 작품은 『들오리』이다. 어쩌면 이 작품에서 그는 여러 페이지에 걸쳐 전개되는 주요 갈등이나 주도적인 생각을 조명하기 위한 고무적인 자극을 받았을는지 모른다. 『부덴브로크 일가』에서는 다시점주의의 초기적 기법을 처음부터 끝까지 관찰할 수 있는데, 격변하는 입장과 인물들의 사태 묘사가 그것이다. 전체적으로 스칸디나비아 문학의 영향이 그만큼 컸던 것이다. 그러나 차용보다는 상이한 차용들을 통합하는 방식이 더 특징적이다. 개별적인 작품에서 빌려온 장면들과 모티프들, 테마들이 빈틈없이 토마스 만 자신의 구상 속에 받아들여졌다. 상이한 소설들과 산문들, 그리고 드라마들에서 차용한 것은 직접적 혹은 간접적인 인용으로서 전혀 식별할 수 없을 정도로 용해되어 있다. 또한 토마스 만 자신의 가족사가 현저하게 소재와 동기, 이야기의 자료를 제공하였다는 점을 감안한다면, 토마스 만의 결합 능력은 정말 뛰어난 것이었다.

토마스 만은 이미 유년 시절부터 엄청난 독서를 해왔다. 노르웨이 문학의 영향들 외에도 프랑스 소설 문학 역시 『부덴브로크 일가』에 영향을 준 사실을 잊어서는 안 된다. 토마스 만 자신은 『정신적 삶의 형식인 뤼벡』에서 프랑스 문학에서 받은 매우 중요한 영향들에 주의를 환기시킨 적이 있었다.

로마에서 형과 함께 머무르고 있었을 때 나는 콩쿠르 형제의 『르
네 모프랭』이란 프랑스 소설을 읽고 또 읽었는데, 매우 짧은 장들로
구성된 이 작품이 주는 경쾌함과 잘 다듬어진 작품성, 정확성에 깊은
감동을 받았다. 이 작품에서 느낀 경탄은 나도 이와 같은 소설을 잘
만들 수 있을 것이라는 생산적인 생각을 갖게 해주었다. 그러니까 사
람들이 흔히 생각하였던 것처럼 졸라는 아니었다. 그 당시 나는 졸라
를 전혀 몰랐다. 나의 마음을 감동시켰던 것은 바로 그보다 훨씬 더
곡예적인 콩쿠르 형제였다(XI, 379f.).

이 프랑스 소설이 우선 기술적인 면에서 도움을 준 것은 분명하
다. "쇼트 스토리short story"에서 자신의 문학 형식을 발견하였다고
믿었던 토마스 만은 처음에는 소설이라는 대작을 실천에 옮기는 데
주춤하였다가, 이 프랑스 소설을 실례로 한 구성 형식에서 확신을
가질 수 있게 되자 소설 쓰는 계획을 좀더 용이하게 받아들였다. 그
러나 여기서 중요한 점은 토마스 만이 받아들였던 구성적인 발상에
국한된 것이 아니다. 프랑스 모델에 따른 소설의 서두 역시 어떤 의
미에서 토마스 만이 모방하고 있었던 것이다. 특히 프랑스 문학의
예에서 부제는 본래의 제목보다 소설 계획에 대해 더 많은 것을 해
명하고 있다. 『르네 모프랭』은 원래 "젊은 부르주아지"란 제목을 달
고 있었다. 이는 한 인물에 대해 이야기 속에 보다 일반적인 사건이
함께 함의되고 있음을 말한다. 그 시대와 그 사회에 있어서 개별적
사건이 지닌 이 투명성, 이것이 토마스 만이 프랑스 전범에서 수용
한 것이며, 이때 프랑스 전범은 스칸디나비아의 영향에 대립하는
것이 아니라 오히려 이 영향들로 인하여 공고해진다. 그 배후에는

과연 방대한 구성을 성공적으로 이루어낼 수 있을까 하는 젊은 작가의 의혹이 도사리고 있었지만, 무엇보다도 소설이 전혀 다르게 빈틈없이 구성될 수 있었기 때문에 각 장들의 작은 구성이 그에게는 효과적인 처방으로 보였다. 정확하게 읽는 독자는 물론 각 장들이 그 자체로 폐쇄된 채 완결되어 있지 않음을 발견할 것이다. 제1부 첫 장의 마지막부터가 벌써 제2장과의 화제를 이어주고 있고, 이따금씩 장의 제목이 소재를 쉽게 개관할 수 있도록 인위적인 중간 휴지와 같은 작용을 한다. 예를 들면 제1부 6장에서 7장으로 넘어가는 부분에서가 그렇고, 계속 여러 방면에서 이 기법을 관찰할 수 있다.

콩쿠르 형제의 소설에서 받은 영향은 어쨌든 테마 면에서 보면 분명 본질적인 것은 아니다. 그러나 소설 기획 그 자체로 볼 때, 이 프랑스 모델이 없었더라면 아마 실행될 수 없었을 것이다. 이후에 토마스 만은 콩쿠르 형제의 작품이 "나에게 직접적인 영향을 미치진 않았으나 고무적이었던"(X, 838) 작품들 중 하나로 꼽았다. 그러나 이러한 종류의 자극을 특히 노르웨이 문학에서 받았던 자극과 구분짓기는 어려운 일이다. 왜냐하면 브란데스는 이미 콩쿠르 형제를 칭송한 바 있었고, 특히 구조 면에서가 아니라 테마와 내용 면에서 『르네 모프랭』을 높이 평가한 바 있었기 때문이다. 브란데스는 『르네 모프랭』에서 "시와 현대 예술가의 신경성 삶"을 발견하였다. 『르네 모프랭』 역시 영혼의 역사와 같은 무엇이었으며, 브란데스는 『인간과 작품』에서 또한 에드몽 드 콩쿠르를 "신경성 삶의 견지에서 고찰할 때 가장 섬세하고 가장 심오하게 파고든 영혼의 탐구자"라고 일컬었다. 그러나 이 말은 곧 스칸디나비아 문학과 프랑스 문학이 경쟁 관계가 될 수 없다는 것을 의미한다. 토마스 만은 그가 다른 문학에서 이미 보았던 것을 한 문학에서 발견하였고, 그리고 그 반대의 경우도 경험하였다. 일찍이 토마스 만은 1892년 독일어 판으로 읽을 수 있었던 플로베르의『보바리 부인』역시 잘 알고 있었으며, 이 작품에서 그가 감명을 받을 수 있었던 것은 아마 서술상의 거리 때문이었을 것이다.『부덴브로크 일가』에서의 감정 변화들 역시 이와 같은 거리에서 서술되어 있다. 동시에 토마스 만은 플로베르로부터 음악 속에 빠진 한노 부덴브로크에게서 나타나는 예술가의 고독 모티프를 차용하였을 가능성이 크다. 게오르그 브란데스, 파울 부르게트와 니체는 프랑스 문학의 중요한 매개자들이다. 그 밖에도 토마스 만은 형 하인리히를 통해 얻어들은 것이 많았다. 프랑스 영향이 전체적으로 얼마나 강하게 작용하였는지에 대해서는 그라우토프에게 보낸 한 편지가 입증한다: "난 지금 줄곧 프랑스 작품만 읽고 있고, 이젠 이것을 철저하게 공부해보려 하네. 난 모파상의 노벨레들을, 과대 평가해서도 안 되고 과대 평가할 수도 없을 이 작고 대담한 이야기들을 읽으면서 커다란 즐거움을 만끽하네. 부르제 역시 정말 원어로 읽으면 비길 데 없이 색다른 맛이 있어! 그의 작품의 읽고 있노라면 전혀 새로운 문학이 눈앞에 열리고, 지금까지 그의 브란데스를 통해서만 알려져 있던 1830년대의 문학 유파인 발자크, 메리메, 스탕달과 그리고 위대한 비평가들을 알게 되었네!" (Briefe an Grautoff, 62) 좀더 정확하게 말하면, 그가 모파상으로부터 부덴브로크가 사람들의 더욱 깊어지는 고독의 테마를 차용한 것은 분명한 사실이며, 이 프랑스 작가의 염세적인 철학에서 자신과 동일한 입장을 확인하였던 것이다.

　토마스 만은 그 밖에도 러시아에서 유래하는 "문학적 공기의 쇄신"에 주의를 환기시킨 바 있다.「약력」(1930)에서도 마찬가지로『부덴브로크 일가』의 생성 당시 그가 섭렵했던 스칸디나비아 문학과 그리고 러시아 문학에 대해 거론된다. 우리는 그 문학적 공기의 쇄신이 무엇을 말하는지 대략 재구성해볼 수 있다. 토마스 만은 톨스토이의 『안나 카레니나』와 『전쟁과 평화』를 각별한 관심을 갖고 읽었다. 그렇게 그는 「나의 생애」에서 보고하고 있다(XIII, 137f.). 이는 "한 과제를 수행하기 위한 힘을 얻기 위해서였고, 이 과제를 나는 줄곧 위대한 작가들에 의지한 덕분에 감당해낼 수 있었다." 특이하게도 토마스 만은 "우상 숭배의 목적에서"(X, 592) 투르게네프와 톨스토이의 사진을 그의 책상 위에 놓아두었다. 그 밖에도 톨스토이의 작품은 그의 작품 집필에 바탕되는 중요한 서적이었을 뿐 아니라, 또한 구성적인 면에서도 하나의 전범이 되었다. 토마스 만은 톨스토이 작품에서 주 모티프의 기법을 상세하게 연구하였다. 하인리히 만 역시 이때 상당히 풍부한 중개 역할을 해주었을 것이다. 마찬가지로 곤차로프 역시 주 모티프를 중요한 서술 기법상의 보조 수단으로 사용함에 있어서 그의 의도를 공고히 해주었음이 분명하다. 도스토예프스키는 아마도 서술적인 직접성에 비중을 두는 토마스 만의 성향을 강화시켰을 것이다. 투르게네프의 『아버지들과 아들들』을 그는 이미 1894년에 읽은 바 있다. 『부덴브로크 일가』 서두에서의 인상학적인 특성들과 또한 광범위한 대화체로 엮어진 이야기의 흐름에서 전개되는 전기적인 회고들은 투르게네프의 『귀족의 둥지』나 혹은 『루딘』에서의 추억들과 유사한 것으로 보아도 좋을 것이다. 고골한테서는 토마스 만 자신이 이후에 "리얼리즘과 고통, 연민, 심오한 인간성, 풍자적인 절망, 또한 단순한 삶의 신선함에서 생겨난 희극적인 것"(X, 594)으로서 일컬은 바 있는 것을 배웠을 것이다. 『부덴브로크 일가』에서의 희극적인 관점들은 물론 도스토예프스키에게서 자극받은 것일 수도 있다. 토마스 만은 『러시아 명작선』의 서문에서 『부덴브로크 일가』를 언급하진 않았지만, 어쩌면 러시아 문학이 지닌 이러한 관점의 표현으로서 함께 의미하고 있었

는지 모른다: "진실과 따뜻함, 환상과 심오하고 감동적인 우스꽝스러움에서 나타나는 이 러시아적 희극은, 솔직히 말한다면, 우리가 가장 사랑할 가치가 있고 우리를 가장 행복하게 하여주는 세계의 희극인 것이다. 영국의 유머나 장 파울적 독일의 유머는 이에 비견될 것이 못 되며, 메말라 있는 프랑스에 대해서도 먼저 이야기할 거리가 못 된다. 러시아 문학이 아닌 것에서 우연히도 유사한 것을 발견하게 된다면, 그것은 함선의 작품에서처럼 분명히 러시아의 영향을 받고 있는 것이다"(X, 594f.). 그리고 질병의 테마에 대해 이야기하자면, 이 테마에서도 역시 도스토예프스키는 토마스 만에게 확신을 주고 있다. 토마스 만은 투르게네프의 『아버지들과 아들들』을 "가장 완벽한 세계 문학 작품"이라 일컬었다(X, 600). 나중에 가면 메레슈코프스키와 같은 또 다른 러시아 작가들이 토마스 만에게 있어서 중요하게 부각된다. 그러나 톨스토이와 투르게네프는 『부덴브로크 일가』의 집필 당시 결정적인 러시아 문학의 전범으로 남는다. 매우 비중 있는 유럽 문학의 이러한 영향들에 관하여 토마스 만은 『부덴브로크 일가』가 "형식과 내용에 따라서"는 "매우 독일적인 책"이긴 하지만, 또한 "초독일적－유럽적인 책이기도 하며, 유럽 시민 계급이 지닌 영혼의 역사 일부분을"(XI, 383) 보여준다고 말했다.

　물론 독일 문학에서의 전범과 여기에서 받은 영향도 있다. 그 가운데 가장 중요한 작가는 괴테이다. 광범위한 괴테 서적들에 몰두한 것은 1894년의 일로 증명되었다. 1897년 집필된 토마스 만의 「바야초」는 괴테의 『젊은 베르테르의 슬픔』을 염두에 두고 쓴 작품이며, 토마스 만은 괴테의 에커만과의 대화를 소상히 알고 있었다. 특히 이런 흔적은 『부덴브로크 일가』에서 찾아볼 수 있다. 에커만과의 대화는 1897년 여름에 읽었던 것으로 증명된다. 토마스 만은 괴테에 관한 지식을 특히 『부덴브로크 일가』의 대화 소재들로 활용하였다. 예를 들면 1824년 12월 9일자 대화에서 1824년 페터스부르크에서 일어났던 대홍수에 대한 언급이 이에 해당한다. 또한 나폴레옹에 관한 목사 분더리히의 견해는 거의 글자 그대로 에커만과의 대화에서 인용한 것이다. 그 밖에 중요한 독일 작가로서 토마스 만 자신이 명명하였던 것처럼 하이네와(XI, 108) 프리츠 로이터(XI, 108과 554), 그리고 폰타네를 들 수 있다. 이 외에 배경 지식에 도움되는 서적으로는 쉴러, 슈토름이 있고, "다양하고 상이한 성장 체험들"에 유익한 서적들로서 토마스 만은 디킨스와 새커리의 작품들을 열거하였다. 그러나 이것들은 상세하게 적용시키기 어려운 책들이다. 기껏해야 로이터의 저지독어 유머가 특정 부분에서 『부덴부르크 일가』에 영향을 미치고 있을 정도이다. 보다 정확한 영향은 물론 여기서도 증명될 수 없다. 외국 문학으로부터 받은 영향에 비교하여 독일 문학의 영향은 오히려 적다. 프랑스와 러시아, 스칸디나비아 작가들이 『부덴브로크 일가』를 둘러싼 배경을 이루며 가장 빈번하게 디테일들을 제공해준다.

이로써 문학적인 출처와 전범의 외연이 완전하게 다루어진 것은 아니다. 특히 중요하게 부각되는 철학적-음악적 영향들에 대해서는 다음 절에서 따로 기술하기로 한다. 하지만 토마스 만이 독서를 통해 습득한 것을 활용한 범위는 얼마나 큰가. 아무리 그렇다 할지라도 이 작품에서 첫째 문제되는 것은 전범과 모델, 고무적인 자극의 도움으로 구성되어진 그 자기 자신의 이야기임을 잊어서는 안 된다. 하인리히 만 역시 마찬가지로 그가 『부덴브로크 일가』의 생성과 계획에 대한 글을 썼을 때 이렇게 보고 있었다:

그가 기획한 구상은 바로 우리들의 이야기였다. 우리의 부모와 조부모, 우리가 전해들었던 먼 조상들까지, 그들의 삶이 간접적으로 혹은 직접적으로 이야기된 것이었다 .

옛 사람들은 우리보다 더 사려 깊이 살았으며, 그들은 집안의 대소사를 기록했다. 집안에서 아이들의 출생과 학교 입학, 질병, 그리고 그들이 자식들의 확고한 사회적 정착이라 여겼던 입사, 결혼 등 모든 것이 기록으로 남아 있으며, 특히 음식 조리법은 놀랄 만큼 싼 식료품 가격의 기입과 더불어 상세하게 명기되어 있다——그런데도 증조할머니는 물가가 비싸다고 불평이셨다. 이것들을 우리가 서로 기억해내었을 때는 백 년이란 세월이 흐른 후였고, 우리들 중 아직 살아 있는 사람은 열 명도 채 못 되었다(H. Mann,『한 시대를 둘러보다』, 제8장 나의 동생).

3. 쇼펜하우어의 영향

『부덴브로크 일가』는 리얼리즘적 소설이며, 여러 관점에서 자연주의적 소설이기까지 하다. 토마스 만은『부덴브로크 일가』에서 그가 도입한 자연주의의 특수한 형식을 인정하는 것을 주저하지 않았다. 그럼에도 소설은 동시에 철학적인 소설이다.『부덴브로크 일가』에는 초기 토마스 만의 위대한 두 스승이었던 니체와 쇼펜하우어의 견해가 담겨 있다. 이 두 철학자는 토마스 만에게 죽을 때까지 지속적인 영향을 미쳤다.

쇼펜하우어의 자취는 이미 초기 토마스 만의 문학 작품에서 추적해낼 수 있으며, 토마스 만 자신은 쇼펜하우어의 저서를 읽은 체험에 대하여 다음과 같이 상세히 보고하고 있다: "제 일급의 그리고 잊혀지지 않을 어떤 영혼적 체험이다. 반면 니체의 저서에서 가진 체험은 정신적-예술적인 것이라 할 수 있을 것이다. 내 소설의 주인공 토마스 부덴브로크로 하여금 정원 탁자 서랍 속에서 발견한 쇼 펜하우어 책에 흠뻑 빠지게 할 만큼 나는 어느 정도 이 책에 대해 알고 있었다. 브로크하우스 판은 서적 출판업자에게서 특매한 것인 데, 공부보다는 소장할 생각으로 구입해둔 것이었다. 책은 오랫동 안 한번도 펴보지 않고 서가에 장식되어 있었다. 그러다가 적절한 때가 왔고, 나는 밤낮으로 이 책만 읽었다. 내가 느낀 충만함, 나의 황홀감에 힘있는 도덕적-정신적인 부정과 한 사상 체계 속에 있는 세계와 인생의 유죄 판결에 대한 만족감이 의미 있는 한몫을 더해 주었다. 이 사상 체계의 교향악적인 음악성은 나와 깊은 관련이 있 다. 그러나 이 음악성의 본질적인 것은 형이상학적인 도취였고, 이 도취는 뒤늦게 그러나 격렬하게 나타난 욕망(내가 스무살이었던 무 렵의 시간에 대해 말하고 있다)과 많은 관련이 있었으며, 사실 철학 적이기보다는 열정적-신비적인 종류의 것이었다. '지혜'와 의지 전 환을 통한 구제론, 내가 순전히 비판적-논쟁적으로 평가하였던 생 의 이 불교적-금욕적 현상은 나와 무관하다. 나를 감각적-초감각적 인 방식으로 매료시킨 것은 이 철학이 지닌 에로틱한-조화 신비적 인 요소였다. 이 요소는 또한 조금도 금욕적이지 않은 트리스탄 음 악을 결정짓고 있다. 내가 그 당시 감정적으로 자살 쪽에 기울어져 있었던 것은 바로 '지혜'의 행위란 결코 존재하지 않는다는 믿음 때 문이었다. 공격적인 청소년 시절에 겪은 경건하고 고통에 찬 혼란 이었다! 토마스 부덴브로크를 죽음으로 이끄는 것이 옳을 시민소설 의 종결 부분에 나의 초시민적 경험을 엮어 넣을 가능성이 곧바로 나에게 제시되었던 것은 행운이었다"(XI, 111).

쇼펜하우어 책에서 느낀 독서 체험은 전혀 우연적인 것이 아니 다. 데카당스의 분위기와 몰락의 현상에 관심을 가졌던 토마스 만은 관련 서적들을 철저히 조사하였다.『한 비정치인의 고찰』에는 쇼펜하우어가 얼마만큼 "유럽의 지성인들 사이에 대유행"이었는지 씌어 있다(XII, 73). 그러나 이 말을 쇼펜하우어의 책이 당시대의 데카당스 분위기를 고조시켜주었다는 뜻으로 받아들여선 안 된다.

쇼펜하우어가 그토록 중요하였던 까닭은『의지와 표상으로서의 세계』가 데카당스의 분위기와는 반대적인 것을 제시해주기 때문이었다. 즉 소설이 사대에 걸쳐 다루고 있는 몰락에서 부인하거나 미화하지 않고 빠져나올 수 있는 철학적으로 근거지워진 출구를 제시해주었다. 초기에 하인리히에게 보낸 토마스 만의 편지들이 입증하듯이, 쇼펜하우어의 책 또한 그 자신의 죽음에 대한 열망과 약간은 결부되어 있다. 그러나 보다 중요한 것은 이 죽음에 대한 열망이 쇼펜하우어의 철학에서 분석되어져 있다는 점이며, 더욱더 중요한 것은 이로써 죽음에 대한 열망이 어느 정도 누그러졌다는 점이다.

토마스 만은 여러 차례 더 큰 자기 모순에 빠지는 일 없이 그의 쇼펜하우어 체험과 소설에서의 그 의미를 특징지은 바 있다. 자전적 글인 「약력」에서의 묘사 이외에『한 비정치인의 고찰』의 "휴식"이란 장에서 이 책의 경험을 유사하게 묘사하고 있음을 찾아볼 수 있다. 토마스 만은 이 장에서도 마찬가지로 외부적인 정황과 삶의 도취, 그리고 읽은 것을 곧바로『부덴브로크 일가』에 도입할 수 있는 훌륭한 가능성에 대하여 보고하였다:

내가 누워 있는 소파에서 두 발자국 떨어진 곳에 용인될 수 없을 만큼 필요 이상으로 불어나 있는 원고가 펼쳐져 있다——기이하게도 젊은 나이의 주인공이 짊어진 부담과 가치, 고향과 축복. 그의 사회적인 성격과 미래에 관련한 것이 정말 문제이다——원고는 바로 이쯤에서 토마스 부덴브로크를 죽게 하는 것이 적절한 시점에 이르렀다. 나와 유사성을 가진 그에게, 아버지, 아들, 이중 자아로서의 신비적이고 삼중적인 이 형상에게 나는 위험한 모험인 귀중한 체험을 죽기 바로 직전에 선사하였으며, 서술적으로 그의 삶 속에 엮어놓았다. 왜냐하면 그것이 그에게——그는 의연하게 고통을 견뎌왔던 인물이고, 도덕주의자이고, 내가 보기엔 군국주의자이며, 자신의 영역에서 신경이 편치 못한 후기의 복잡한 시민이고, 현대적이고 의문스러운 비전통적인 취향과 보다 건강하고 친밀하며 순수하게 남아 있는 주위를 낯설게 하려는 발전된 유럽화를 꿈꾸는 욕구를 가진 귀족적 시민주의 정치의 동참자로서 오래 전부터 웃음거리가 되고 있다——걸맞아 보였기 때문이다(XII, 72).

쇼펜하우어에 얽혀 있는 복합적인 의미 맥락을 이해하기 위한 세 번째 자전적인 출처는 1938년에 쓴 「쇼펜하우어」 논문에서 찾을 수 있다. 이 논문에서 일컫기를,

『마의 산』에서 나는 '삶에 관심이 있는 자는 물론 죽음에 관심을 갖는다'는 말을 하였다. 이 말은 쇼펜하우어의 자취로서 그에게서 깊은 인상을 받은 것이며, 삶 전체로 볼 때 확실한 것이다. 내가 '죽음에 관심이 있는 자는 죽음 속에서 삶을 구한다'고 덧붙인다면, 이 또한 쇼펜하우어적이다. 그렇게 간결하고 날카로운 표현은 아니지만, 내가 젊은 시인이었을 당시 내 청년 소설의 주인공 토마스 부덴브로크에게 죽음을 가져다주는 것이 타당하다고 여기고 그에게 '죽음에 관하여'라는 장을 읽게 하였을 때, 나는 이 말을 썼다. 그 당시 나 자신 스물서넛밖에 안 된 작가였고, 이 '죽음에 관한' 장에서 받은 신선한 인상을 간직하고 있었다. 그것은 크나큰 행복이었다. 나는 이와 같은 체험을 내 속에 묻어두고 있을 필요가 없었고, 이를 증명하고

이에 대해 감사할 수 있을 좋은 가능성이 즉각 나타나서 이 체험을 살릴 시적 공간이 곧 마련되었던 것에 대해 이따금씩 이야기하였던 기억이 난다. 내 젊은 날의 무거운 짐이자 가치, 고향 그리고 축복이 었던 작품, 이 시민소설의 고통스런 주인공에게 나는 위험스런 모험 인 귀중한 체험을 선사하였고, 그것도 죽기 바로 직전 그의 삶 속에 서술적으로 엮어 넣어 그로 하여금 죽음 속에서 삶을 발견하고, 그의 피곤한 개성의 속박으로부터 해탈을 구하며, 그가 상징적으로 취하 며 의연하고 분별력 있게 행동해 보였지만 그의 정신과 세상에 대한 그의 요구에는 결코 만족시킬 수 없었고 다르고 보다 나은 무엇으로 서 존재하는 데 걸림돌이 되었던 삶의 역할에서부터 해방을 발견할 수 있게 하였다(IX, 559).

토마스 만의 진술들이 서로 일치하고, 회상에서 다시 나타나는 것은 무엇보다 그 자신의 독서 체험이란 사실이 눈길을 끈다. 어쨌 든 이 진술에서는 쇼펜하우어에 대한 철학적인 분석은 않고 있으 며, 쇼펜하우어 전집에 대해서는 「쇼펜하우어」 논문에서 특징적으 로 기술되고 있다. 사실 쇼펜하우어 체험의 강렬함을 비판적으로 조명할 계기는 없었다. 그러나 쇼펜하우어의 철학에 대하여 비교적 적게 회상되고 있기 때문에, 쇼펜하우어의 철학에서 토마스 만이 관심을 가졌고, 『부덴브로크 일가』의 집필 상황뿐 아니라 바로 데카 당스의 세계와 이를 극복하기 위한 여러 차례의 시도였던 그 자신 의 경험 세계와 관련된 것은 특히 개별적인 장들이었으리란 추측을 갖게 한다. 이 시도들은 결과적으로 사변적인 분석이 아니라, 오히 려 어떤 구원을 갈망하는 표현이다. 쇼펜하우어의 철학은 『부덴브 로크 일가』의 젊은 작가와 그리고 이름에서뿐 아니라 작가와 더 많 은 점을 공유하고 있는 주인공에게도 마찬가지로 구원으로서 비친다.

　토마스 만이 언제 쇼펜하우어를 읽었는지는 정확히 확인될 수 없다. 그가 한 진술은 불분명하다. 그는 "스무살쯤 되던 무렵"(XI, 111)이라고 언급하고 있다. 그러나 "스물네살의 정신"에 대해서도 이야기하고 있고(X, 935), 1916년에는 이따금씩 쇼펜하우어의 책을 처음 접한 것은 "열여섯살"이 되던 해였다(XII, 72)고도 말하고 있다. 따라서 토마스 만 자신이 한 말은 부정확하다. 토마스 만에게 있어 보다 수확이 많았던 쇼펜하우어 책들에 대해서는 어차피 이야기될 수 없다. 1951년 토마스 만은 "『부덴브로크 일가』는 전혀 쇼펜하우어적인 구상이 아니었음"(DüD I, 123)을 단언하며, "내가 『의지와 표상으로서의 세계』를 처음 읽은 것은 이 작품의 마지막 삼분의 일을 쓰고 있었을 때였다——그리고 나서 난 물론 나의 도취적이고 철학적인 체험을 죽음을 맞이하는 토마스 부덴브로크에게 곧바로 전용할 수 있었던 것이 무척 기뻤다. 이 철학적인 체험에 관련하여 작품은, 정말, 모든 곳으로부터 필요한 것을 취하고 있긴 하나, 그렇지만 쇼펜하우어에게서는 사실 아무런 영향도 받지 않았다"고 덧붙였다. 이 밖에도 우리는 토마스 만이 아그네스 E. 마이어에게 말했던, 소설에서 쇼펜하우어 장 이외에는 "내가 읽은 쇼펜하우어 책의 결과"라 할 것은 아무것도 없다(같은 곳)고 한 진술을 알고 있다. 노트에서 쇼펜하우어의 이름이 반복해서 언급되고 있는 것은 사실이다. 그러나 이것은 별 연관성 없는 개별적인 언급들로서 토마스 만이 아마도 1895년 9월말과 1895년 10월말 사이 처음으로 쇼펜하우어를 읽었다는 사실을 기록하고 있을 따름이다. 이 해에 쇼펜하우어로부터 깊이 영향받는 그 자신의 삶의 철학이 역추론될 수는 없는 일이다. 또한 그의 염세주의조차도 쇼펜하우어 책을 읽은 결과가 아니다. "내가 꾸며내고 나 자신 속에서 끌어낸 것이었다"

(DüD I, 123)라고 한 토마스 만의 암시가 이와 일치한다. 소설에서 "쇼펜하우어" 장은 쇼펜하우어의 영향이 오인될 여지가 없는 유일한 것이기도 하다. 제10부 다섯째 장의 중심부에는 "죽음과 우리 존재 자체가 지닌 비파괴성간의 관계"(『의지와 표상으로서의 세계』, 제4권에 대한 보충본 41장)라는 장에서 개별적인 것의 죽음은 상실이 아니라 해방이며 개별적인 것의 존속은 생명이 종족의 번식으로 지속되기 때문에 철학적 테마가 될 수 없다고 한 쇼펜하우어의 인식이 담겨 있다. "현상 속에서 그리고 개체화 원칙인 현상의 형식들과 시간, 공간에 의하여 인간 개개인은 멸망하여도 인간의 종족은 계속하여 존속되게끔" 되어 있다. 쇼펜하우어의 철학에 따르면, 죽음이란 "우리 존재가 지닌 근본적 오류의 파괴"이다. "죽음은 의지로서의 인간 본질을 특정 시점부터는 오직 다른 개체들 속에서만 존속하도록 인간이 개인을 지양함으로써 보다 나은 길을 깨우쳐준다"(같은 곳). 토마스 만은 쇼펜하우어의 이 생각에 아주 근접해 있다. 그러나 소설에서 이와 유사한 대목에서는 쇼펜하우어의 경험이 주지되는 대신, 겨우 다음날 아침까지밖에 지속되지 못하는 토마스 부덴브로크의 마지막 불확실한 도피가 제시될 따름이다. 그러다가 14일 후 쇼펜하우어는 극복된다.

물론 토마스 만 자신이 한 진술과는 달리, 쇼펜하우어 작품에서의 몇 가지 관점이 『부덴브로크 일가』에 삽입된 점을 간과해서는 안될 것이다. 쇼펜하우어의 영향은 소설의 다른 부분들에서 적어도 부분적으로 가시화된다. 이는 그의 책 속에 "바그너와 쇼펜하우어, 그리고 프리츠 로이터"가 많이 내포되어 있다(Briefe I, 62; XI, 803)고 한 토마스 만 자신의 확언을 통하여 입증된다. 그리고 또 다른 기회를 통하여 그는 쇼펜하우어적인 염세주의가 그의 작품 속에 있음을 전적으로 인정하였다(XIII, 144). 토마스 부덴브로크가 접했던 쇼펜하우어 책보다, 즉 죽음과 우리 존재 자체가 지닌 비파괴성과의 관계에 관한 장보다 더욱 중요한 것은, 삶은 영원한 현재 nunc stans, "불변의 영원" "무한한 현재"(I, 658, 659)라는 쇼펜하우어의 생각이다. 『마의 산』에서 중심 테마로 다루고 있는 이 생각은 멈춰진 시간으로서의 삶에 대한 것이며, 이미 『부덴브로크 일가』의 마지막 부분에서 더 이상 아무 일도 일어나지 않는 시간의 늦춰짐에서도 나타난다. 쇼펜하우어는 세계를 두 조각으로 나누어질 수 없는 커다란 원이라고 생각하였다. 이 생각은 토마스 부덴브로크의 실존에 어떠한 출구도 없으며, 그가 본래적인 의미에서 자신의 관념과 표상을 가지고 이 원 안에서 움직이고 있다는 점에서 소설의 바탕을 이루고 있다. 토마스 부덴브로크가 "신뢰와 정직성"(XI, 385 참조)을 고백하는 부분에는 분명 쇼펜하우어의 덕에 대한 생각과 인내, 현실을 진지하게 받아들이지 않고 부인하는 윤리학이 스며들어 있다. 초기의 「프리드리히」 계획에 대하여 언젠가 토마스 만은, "초기에는 용기와 인내의 쇼펜하우어적 방정식에 대한 높은 평가와 '반항심'에 대한 사랑이, 혹은——내가 역겨워 피하는 말을 다시 한 번 써보면——'견딤'이란 에토스에 대한 사랑이 행동과 고통에서 이 모든 것을 준비하고 실행에 옮겼던 이 굉장하고 인망 있는 왕의 조상 앞으로 나를 이끌었다"(XII, 148). 그렇게 『한 비정치인의 고찰』에 씌어져 있으며, 토마스 부덴브로크는 자기 생각의 붕괴를 결국 막을 수는 없었지만, 용기와 인내의 이 방정식을 적어도 한동안은 견지해나간다. 물론 이 에토스는 뤼벡 상인의 에토스인 상인의 정직성, 성실성과 맞아떨어진다. 그러나 이 에토스의 본래적인 기반은 쇼펜하우어의 철학에 놓여 있는 것이다.

쇼펜하우어가 소설에 미치는 영향력이 얼마나 큰지는 『의지와 표상으로서의 세계』가 미치는 영향을 부분적으로 보여주는 토마스 부덴브로크의 쇼펜하우어 장보다, 오히려 외양상으로 그렇게 보이지 않는 테마들의 서술에서 나타난다. 발트해의 묘사뿐 아니라 거센 파도가 치는 바다를 바라볼 때의 느낌들은 토마스 만이 몸소 체험한 것이긴 하지만, 한편 쇼펜하우어 책에서의 바다 묘사와 틈새 없이 연결되어 있다. 거센 파도가 치는 바다를 보면서 느끼는 인간의 감정은 오래 전부터 시위 수단으로서 사용되어왔다. 칸트와 쉴러는 이 느낌들을 숭고한 것에 대한 명명과 서술을 위한 예로서 이용하였다. 토마스 만이 바다 묘사 장면에서 누군가로부터 영향을 받았다면, 이 두 사람이 아닌 쇼펜하우어일 것이다. 쇼펜하우어는 『의지와 표상으로서의 세계』(제3부 3장)에서 바다를 "일반적으로 격분한 자연력의 투쟁"으로서 해석하였다. 그 다음에는 한 개체로서, "자연의 극히 작은 타격에도 쉽게 무너질 수 있고, 막강한 자연에 전혀 대항할 줄 모르는 의존적이며 자신을 우연에 내맡기는 나약한 의지의 현상으로서, 언젠가 사라지게 될 무로서" 관람자가 이 엄청난 자연의 힘을 마주 대하며 갖는 느낌들을 이야기한다. 토마스 부덴브로크는, 나중에 『베니스에서의 죽음』에서 말하게 되는 "깊은 연유에서"(VIII, 475) 바다를 사랑한다. 토마스 부덴브로크가 바다를 최상의 인식 도구로서 삼은 것은 쇼펜하우어한테서 터득한 것이리라. "엄청난 힘"을 마주 대하고 선 개체는 또한 동시에 자기 스스로를 "영원히 멈춰져 있는 인식의 주체"로서 느끼며, "모든 욕망과 모든 궁핍에서 자유롭고 낯선, 평정한 사고력에서 인식하는 주체 그 자체를" 느끼게 된다. "넓은 파도," 이것을 토마스 부덴브로크는 다음과 같이 말한다: "파도는 밀려와서 부서지고, 끝도 없고 목적도 없이 계속 밀려와서 부서진다. 적막하고 종잡을 수 없이. 그러나 단순한 것과 필연적인 것처럼 이런 파도가 마음을 편안하게 하고 위안을 준다. 〔……〕 사람은 외적인 대상들의 지극한 단순성에서 마음을 휴식하고, 내면 속의 혼란스러움에 지쳐버린다"(I, 671f.). 만약 토마스 부덴브로크가 영원성에 대해 알고 있다면, 그 실체는 바다의 체험에서 찾아볼 수 있다.

쇼펜하우어가 준 가장 명백한 영향은 『부덴브로크 일가』의 음악에 관한 구절에서 알아볼 수 있다. 토마스 만은 필시 쇼펜하우어의 『의지와 표상으로서의 세계』 제3부에 보충되는 「음악의 형이상학에 대하여」라는 장(제39장)을 철저하게 연구하였을 것이다. 쇼펜하우어에게 있어서 음악은 "형이상학적인 면"을 지니는데, 음악은 "소멸하고, 수많은 형상들의 엄청난 혼란 속에서, 그리고 끊임없는 파괴를 통하여 스스로를 보전하는 세계 본질의 충실하고 완전한 모사"이다. 베르너 프리츠는 한 비교 부분에 주의를 환기시킨 바 있다. 『부덴브로크 일가』에는 게르다가 그녀의 남편에게 다음과 같은 말을 하면서 그의 자제를 요구하는 대목이 있다: "당신이 음악과 얼마나 거리가 먼 사람인지, 당신은 자신의 음악적 취향이 다른 욕구들과 견해에 전혀 맞지 않는다는 사실에서 알 수 있어요. 음악이 당신을 기쁘게 하는 것이 뭐죠? 어떤 무미건조한 낙천주의 정신이 책속에 들어 있다면, 당신은 격분하거나 역겨워서 구석에 내동댕이칠 사람이에요. 자극을 받자마자 성급하게 소망을 성취하고 〔……〕 약간만 자극받아도 즉각 자기 기분에 맞게 의지를 만족시키면서 〔……〕 세상 일이 어디 아름다운 멜로디 같나요? 〔……〕 그렇다면 그건 멍청한 이상주의겠지요"(I, 509). 이와 아주 유사한 맥락에서 쇼펜하우어는 『의지와 표상으로서의 세계』 첫째 권(제3부 52장)에서 음악을 쉽게 도달할 수 있는 행복과 결부시키고 있다. "이제 소망에서 만족으로, 그리고 이 만족에서 새로운 소망, 행복과 건강에 이르는 빠른 이행이 있는 것처럼 주제에서 벗어남 없이 명랑하고 빠른 멜로디들이 있다. 〔……〕 빠른 춤곡의 짧고 평이한 악절들은 단지 쉽게 도달될 수 있는 평범한 행복에 대해 말하는 듯하다.” 이것은 견해 차이에서 나온 해석이며, 음악을 잘못 이해한 것이다. 그러나 토마스 부덴브로크는 그의 현세적인 상황에 너무나 얽매여 있다. 쇼펜하우어의 음악 이해가 토마스 만의 소설에 도입된 결정적인 전환은 한노 부덴브로크가 음악을 연주할 때 발견된다. 제8부 6장에서의 이 전환은 바그너적 스타일로 일어나며, 토마스 만은 이 음악이 어떻게 들리는지 상세하게 기술한다. 그의 어머니와의 연주에서 한노는 간단한 멜로디를 변조하는데, 음악은 언제나 “기본음에서 벗어난다”(『의지와 표상으로서의 세계』, 제3부 52장)고 본 쇼펜하우어의 주장에 성실히 따른 것이다. 음악의 종지는 쇼펜하우어적 표현의 한 자유로운 음역인 것처럼 보인다. 소설에는 악곡의 종결부에 대해서 한노가 불협화음을 전력을 다해 포르티시모로 끌어올렸다고 씌어 있다: “그는 해체를 거부하였고, 그는 그 자신과 청취자에게 해체를 유보시켰다. 이 해체, H-Dur 속으로의 이 황홀하고 자유로운 침잠은 무엇이 될 것인가? 비길 데 없는 행복, 열정적인 감미로움으로 인한 내적 만족. 〔……〕 유보와 주저함, 필시 견딜 수 없게 되고 이 때문에 더욱 값진 만족이 있는 긴장된 한순간이 계속되며 〔……〕 아직도 밀려들고 재촉하는 이 동경을, 전 본질의 이 욕망을, 행복은 단 한순간임을 알기 때문에 성취와 해탈을 아직도 거부하는 의지의 이 극단적이고 투쟁적인 긴장을 마지막으로, 최후로 만끽하는 것”(I, 506f.). 쇼펜하우어는 약간 건조한 어투를 사용하여 다음과 같이 표현한다: “완전한 카덴차는 제5음에서 얻어진 삼화음 장조에서 선행되는 7음 화음을 요구한다. 왜냐하면 가장 절박한 요구 뒤에 가장 깊은 만족과 완전한 평화가 찾아올 수 있기 때문이다”(『의지와 표상으로서의 세계』, 제3부에 대한 보충본 39장). 곧이어서, “이 경우에 좀더 걸림음의 작용에 유의할 필요가 있다. 걸림음은 불협화음으로, 반드시 나타날 최종 악장에서의 협화음을 지연시키고 있다. 이로 인하여 협화음에 대한 요구가 강해지고, 협화음이 도입되면 만족스러움은 그만큼 더해진다. 지연됨으로써 상승된 의지의 만족과 유사한 경우다"(같은 곳). 물론 쇼펜하우어의 텍스트에는 토마스 만의 어린 한노가 겪은 음악 체험의 묘사를 특징짓는 에로틱한 어조는 담겨져 있지 않다. 이 에로틱한 색조가 어디서 영향받은 것인지는 그다지 어렵지 않게 알아낼 수 있다. 바로 바그너한테서이다. 그러나 보다 중요한 것은 쇼펜하우어의 영향에 중첩되는 다른 영향으로, 이 영향은 니체에게서 받은 것이다.

4. 니체의 영향

토마스 만의 『부덴브로크 일가』에 미친 니체의 영향은 쇼펜하우어보다 크고 지속적이며, 그리고 더 분명하다. 게다가 토마스 만은 쇼펜하우어에게서 영향받기 전에 니체를 먼저 읽었다. 그가 니체를 읽기 시작한 것은 1894년의 일이다. 「약력」에서 토마스 만은 니체의 영향을 입은 전기 작품의 특징에 대해 다음과 같이 주의를 환기시킨 바 있다: "분명 니체의 정신적이고 문체적인 영향은 이미 발표되었던 나의 초기 산문 시도에서 알아볼 수 있다. 〔……〕 니체와의 접촉은 형성 과정에 있던 내 정신의 형식에 아주 결정적인 것이었다"(XI, 109). 니체 작품의 지속적인 작용에 대해서는, "이 체험은 일회적으로 쉽게 발견되고 수용된 것이 아니라" "말하자면 수차례에 걸쳐 정기적으로" 그리고 수년 동안 계획하고 진행되었던 니체 연구의 성과라고(XI, 110) 한 토마스 만 자신의 언급이 대변하고 있다.

토마스 만은 니체의 철학을, 니체의 철학에서 그가 받은 영향을 하나의 개념으로 환원시켰는데, 이 개념은 또한 『부덴브로크 일가』
의 사상적 배경을 이루고 있다. "그러나 내가 니체에게 정신적으로
감사해야 할 어떤 문구, 한 단어를 찾는다면, 그것은 바로 삶의 이
념이다"(XII, 84). 토마스 만이 말하기를, 니체는 이 삶의 개념에 "새
로운 아름다움과 힘, 성스러운 순결의 보를 씌워 최상의 품격으로
향상시켰고, 정신의 지배권을 주었다"(같은 곳).

　생의 찬미는 비단 니체만이 가졌던 관심사가 아니겠지만, 그러나
니체는 삶의 현상에 그때까지 삶이 갖지 않았던 품격을 부여하였
다. 토마스 만은 니체에게서 생의 찬미자, 물론 예언자가 아니라 어
느 정도 이 삶의 신화에 의해 희생된 인물을 발견했던 것이다. 니체
의 생의 찬미는 거리를 둔 삶에 대한 숭배인데, 이는 니체가 생의
찬미와 더불어 동시에 자신의 현재가 삶의 현실로부터 멀리 동떨어
져 있음을 확인할 수밖에 없었던 이유에서 나온 것이다. 니체는 다
른 어느 철학자보다 독일에서의 데카당스 철학을 정리하였던 사람
이며, 니체가 자신이 미친 작용에 관련하여, "나는 데카당스의 물음
에 있어서 현재 지구상에 존재하는 최고의 권위자이다"(1888년 10
월 18일 말비다 폰 메이젠북에게 보낸 편지)고 한 진술은 타당하다.
그의 당시대가 그에게 역사적인 시대로서 비춰졌던 것과 같은 정도
에서, 그는 이 시대가 실제적인 삶과 얼마나 멀리 동떨어져 있는지
를 보았다. 이 시대의 삶은 의식을 갖고 있지 않았고, 비역사적이
며, 무의식적이었다. 현재가 제시하는 것은, 올바른 지적 판단력을
지닌 비판가라면 누구나 직시하고 있던 병든 시대의 상이었다. 바
로 이 퇴화하는 삶이 『부덴브로크 일가』의 내용이며 테마였다. "퇴
화"는 토마스 만이 소설을 구상하였을 때 떠올렸던 키워드였고, 소
설의 제목 또한 원래 "예컨대 '하강'"이라 붙이려 했었다.

　삶은 건강과 동질적이며, 따라서 질병을 삶의 결정적인 적으로

보는 견해는 이미 니체의『시대에 적절치 않은 고찰』에서 읽어볼 수 있었다. 이 관점에서 보면 퇴화 과정은 필연적으로 악화되는 병과 질병 감염의 과정이 될 수밖에 없다. 고통과 고통을 감내하는 능력은 점점 커진다. 물론 이 능력에는 동시에 인식 능력이, 니체에게 있어서는 자기 현재의 표시인 자기 무능력에 대한 통찰이 결부되어 있다. 그러나 삶은 건강뿐 아니라, 또한 행복을 의미하기도 한다. 행복은 다시금 체험 능력에 연관되어 있으며, 삶과 건강, 행복은 서로 그때그때 교감하는 수반 현상들이 된다. 니체는『시대에 적절치 않은 고찰』(제2부 1장)에서 매우 정확하게 기술하기를, "무엇으로 인하여 행복이 행복으로 되는지," 이것은 "망각할 수 있는, 좀더 유식하게 표현하자면 일정한 시간이 지속되는 동안 비역사적으로 느낄 수 있는 능력이다. 과거의 모든 것을 잊고 순간의 문턱에 안주할 수 없는 자는 승리의 여신처럼 한 지점에서 현기증과 두려움 없이 서 있을 능력이 없고, 무엇이 행복인지를 결코 알지 못하게 될 것이며, 더욱 좋지 못한 것은 그가 결코 다른 사람들을 행복하게 만드는 어떤 일을 할 수 없다는 사실이다." 부덴브로크 일가 사람들은 세대가 지날수록 얼마나 많은 결함이 증가하는지 인식시켜주고 있다. 퇴화는 행복의 포기, 개별화, 더욱 악화되는 질병의 과정이며, 이 모든 것에 대한 숙고 속에서 소설은 끝이 난다. 소설은 단지 한 가족의 연대기와 몰락의 역사를 다루고 있긴 하지만, 니체가 "역사적 의식" 이라 명명하였던 것이 어떻게 성장하고 있는지 인식시켜준다. 바로 이런 연유에서 과거는 부덴브로크 일가의 사람들에게 점점 더 강력한 작용을 한다. 그러나 삶은, 니체가 의미한 것처럼, 그 반대의 것에 의해 결정된다. 삶에 헌신하면서 인간은 필시 "힘을 얻게 되고, 살아 남기 위하여 때때로 이 힘을 과거를 깨부수고 해체하는 데 사용한다. 이것은 인간이 과거를 법 앞에 제기하고 고통스럽게 심문

하며 마침내 판결을 내림으로써 이루어질 수 있다. 그러나 모든 과거는 심판받을 가치가 있다. 인간의 일도 이와 마찬가지다. 인간사에서는 예나 지금이나 인간의 폭력과 허약함이 강하게 작용하고 있다"(같은 책, 제3절).

니체가 의미한 그러한 일은 소설에서 일어나지 않는다. 과거의 힘은 오히려 더 강해지고, 가족의 원상은 갈수록 위협적이며, 오래전에 죽은 가장의 좌우명이 후대에 와서 더 큰 위험으로 작용한다. 부덴브로크 일가의 삶은 자기 자신에 의해 결정되는 삶이 아니다. "삶, 어둡고 재촉하며 탐욕스럽게 자기 스스로를 갈망하는 이 힘은" 이 가족에게서 떠나갔고, 출세 가도를 달리는 생명력 넘치는 하겐슈퇴름 일가에서 이 삶을 보게 된다. 부덴브로크가 사람들에게는 "현재의 약화"(같은 책, 제4절)와 "존재의 박탈"만이 있을 따름이다. 이들의 내면에는 파국적이긴 하지만 여전히 역사가 강하게 작용하고 있으며, 이는 지난 세대의 원상과 본보기에서의 일탈이 강하게 의식되면 될수록 그만큼 더 불행으로 치닫는 가족 연대기의 형태에서 드러난다. 그리하여 마침내 『부덴브로크 일가』에서 본능이 파괴되는 현상이 나타나는데, 심지어 토마스 부덴브로크의 경우처럼 상인의 본능이 잠자고 있어 더 이상 반응할 수 없는 때에도 본능의 파괴가 일어난다. 토마스가 너무나 적절한 예를 보여주듯, 본능의 둔감함은 가면처럼 굳어버린 특성을 지니고 있다. 니체는 "누구도 더 이상 자기 인격에 감히 접근할 엄두를 내지 않으며, 교양인, 학자와 시인, 정치가의 가면을 쓰고 스스로를 가장한다. 이 가장은 꼭두각시 연극이 아니라 진지한 것이라는 믿음에서——가면은 모두 진지한 표정의 겉모양을 하고 있기 때문에——가면을 벗겨보면 놀랍게도 낡은 헝겊 조각과 알록달록하게 기워 붙인 조각뿐이다"라고 쓰고 있다(같은 책, 제5절). 토마스 부덴브로크 역시 오직 과대망상에 가까운 직업상의 역할 수행과 옷 차림새를 통하여 자신을 지탱시켜온다. 더욱이 이것은 모두 과거라는 이름이 대체될 수 없는 무엇을, 즉 미래적인 것의 관점을 대신해야만 하는 이유에서 밖으로 내보이는 외형이 된다. 『부덴브로크 일가』에는 전혀 미래가 없다. 특히 미래가 반드시 이야기되어야 할 곳인 토마스 부덴브로크 영사가 스스로에게 삶의 의미에 대한 물음을 제기하며 쇼펜하우어와 상관없이 그 대답을 찾을 수 없을 때와, 그리고 한노가 앞으로 십 년 혹은 이십 년 후 그 자신은 어떻게 될 것인가 물음을 던질 때가 그렇다. 한노의 물음은 부조리한 것이다. 그가 앞으로 살게 될 날이 오 년도 못 되는 사실을 독자들은 모두 알고 있다. 니체가 생각하기로, 역사적인 의미는——여기서 우리는 "역사적인 의미"를 "가족 의식"으로 대치시킨다—— "미래의 근거를 박탈한다. 그 이유는 역사적인 의미가 환영을 파괴하며 존재하는 것들에게서 생존에 없어서는 안 될 그들만의 분위기를 빼앗기 때문이다"(같은 책, 제7절). 설령 미래가 심각한 병적 환상이라 하더라도, 여기서는 이런 미래조차도 주어져 있지 않다. 그 밖에도 일찍 노화 현상이 나타나는데, 그것도 젊은 혈기에 찬 상승의 욕망이 기초되는 시기에 시작된다. 니체가 『시대에 적절치 않은 고찰』에서 "노년에는 이제 노인의 소일인 회고하고, 생략하고, 종결하며, 기억 속에 남아 있는 과거의 것들에서 위안을 구한다"(같은 책, 제8절)라고 한 말이 부덴브로크가 사람들의 경우에 적중한다. 부덴브로크가 사람들은 "비극의 제5막에서 살도록" 판결받은 자들이다. 그들은 갈수록 "시대에 뒤떨어진 늦둥이"임을 강하게 의식하게 되며, 그리고 이런 그들에게 니체가 "시대의 늦둥이란 믿음은 진실이며, 무기력하게 만들고 언짢은 것이다"라고 한 말이 적중한다. 니체 또한 "역겨움"에 대하여 (같은 책, 9절) 이야기한다. 그러나 한 가지 빠진 점은 니체가 「역사의 이용과 단점에 대하여」라는 고찰에서 종결짓고 있는 젊음에의 신뢰이다.

니체는 분명 다른 목적에서 그의 고찰을 썼다. 이 모든 것의 배후에는 역사의 분석, 삶에 파괴적인 역사학의 해악에 대한 경고가 있고, 기독교와 마찬가지로 헤겔 철학에 대한 간접적인 비판이 들어 있다. 토마스 만이 이를 간과했을 리가 없다. 그러나 그가 관심을 둔 것은 학문으로서의 역사가 아니라, 학문이나 역사와는 거리가 먼 한 가족의 몰락이었다. 그렇지만 이 가족의 연대기 속에는 니체가 당대에 중요한 인식들을 제공하였던 것이 모두 나타나 있다. 그리고 현재의 약화 상태는 니체에 의하여 오히려 추상적으로 표현되어 있지만, 『부덴브로크 일가』는 철학과 역사, 과학에 대해 특별히 많은 언급을 하지 않고서도 니체가 도처에서 보았던 삶의 극단적인 위험성을 한 가족의 연대기 속에 잘 변형시켜놓고 있다. 여기서는 역사의 유용이나 단점이 그다지 문제되지는 않는다. 그러나 냉각되고 죽어가는 삶의 현상 형식들을 중요하게 다루고 있으며, 그리고 토마스 만이 한 세기에 걸쳐, 즉 니체가 매우 신랄하게 비판하였던 19세기에 걸쳐 부덴브로크 사람들의 하강과 몰락의 움직임에 대한 윤곽을 묘사하였을 때, 적어도 간접적으로는 니체의 이러한 고찰에서 영향받고 있다 할 수 있다.

토마스 만은 그 당시 또한 『도덕의 계보학』 제3부, "금욕의 이상적인 상은 무엇을 의미하는가?"를 읽었다. 이 책의 세번째 논문 제14절에서 마찬가지로 질병의 본질에 관한 몇 가지를 알게 되었고, 그리고 질병은 현대의 기호라는 것을 경험하였다. 니체의 책에는 "처음부터 불행한 인간들, 패배자들, 파멸한 자들에 대하여" 이야기되고 있는데, "이들은 바로 인간들 가운데에서의 삶의 지반이 가장 많이 허물어져버린 가장 나약한 인간들이다." 병든 자들은 "성공한 자들과 승리한 자들에 반항하는 고통받는 인간들간의 공모"였다. "심리적으로 불행한 자들과 벌레 먹은 자들"에 대한 니체의 비판은 병든 자와 구제 불능의 죽음을 선고받은 자가 사는 세계를 공감 있게 묘사하고 있고, 병든 자들의 이 압도적인 정체 폭로를 서술적으로 옮겨놓는 작업에 토마스 만은 매력을 느끼지 않을 수 없었다. 분명 그에게서 삶은 더 이상 최상의 가치가 아니며, 그의 작품에서 건강한 자들은 하겐슈퇴름 일가가 보여주듯 난폭성과 천박함, 육식 동물의 기질과 잔인성을 띠고 있다. 토마스 만은 병든 자들에 대한 니체의 격렬한 공격 연설을 뒤집어, 병든 자들을 보다 더 높은 세계의 주민으로서 묘사하였다. 질병은 건강한 자들이 생존 경쟁 속에서 상실할 수밖에 없는 것을 제공하여주었다. 삶은 새롭고 긍정적인 가치가 아니라, 오직 실망을 줄 뿐이다. 그러나 질병은 민감하게 만들며, 이 새로운 민감성이 예술 속에서 표현된다. 예술은 다시금 삶의 극복을 위한 시도로서 묘사되는데, 여기서 병든 자들과 나약한 자들, 피해받은 자들, 그리고 미래가 없는 자들이 어렵사리 찾아가는 길은 생리학적인 데카당스가 극복되거나 혹은 적어도 지양되어질 수 있는 영역들로 이어져 있다. 처음 단계에서 이것은 종교가 될 수 있었고, 중간 과정인 토마스 부덴브로크의 경우에는 철학이었으며, 몰락의 종결점인 한노 부덴브로크에게는 종교적 대용과 철학적 위안 이상의 것인 순수 예술로서의 음악이었다. 음악은 극복을 위한 힘이 되며, 몰락을 멈출 수는 없지만 그러나 중화하는 힘이 있다. 음악 속에는 몰락과 결부되어 있긴 하지만 이 과정의 긍정적인 측면으로 기록될 수 있는 성찰성의 척도 역시 결정화된다. 토마스 만에게 있어서 삶은 니체에게서처럼 궁극적으로 단순히 생물학적인 과정은 아니었다. 『부덴브로크 일가』에서는 삶이 거의 그 반대적인 양태로 나타난다. 실제적인 삶은 현존을 영적으로 극복할 수

100

있을 때에만 본래적이고 내면적인 삶으로서 가능하며 살 가치를 갖는다. 순전히 생물학적인 현존으로서의 삶 그 자체는 소설 속에서 아무런 가치가 없다. 왜냐하면 가치란, 철학의 힘을 빌리든 아니면 음악이나 저술의 힘을 빌리든, 어떤 형식에서든 이 삶이 극복되고 혹은 극복되어져야만 할 때 비로소 생겨나기 때문이다.

바로 이 점에서 토마스 만의 견해는 니체의 생의 예찬과는 근본적으로 다른 것임을 보여준다. 토마스 만의 작품에서 삶은 그 자연스러움에서 예찬되는 것이 아니라, 통속성에서 폭로되고 있다. 삶을 관찰할 수 있는 적절한 시각적 외형은 회의이다. 자유는 피조물 특유의 자연적 존재 속에 주어져 있는 것이 아니라, 오직 삶의 비판이 이와 같은 자유 공간을 창출하는 그곳에서만 획득될 수 있다. 이로써 물론 토마스 만이 허무주의나 니체의 신조어인 초인주의에 동조하는 것은 아니다. 실제적인 것은 결국 『부덴브로크 일가』에서도 제시되어지는 모든 형식에서 수렴되고 있다. 이는 삶의 무조건적인 긍정이 아니라, 주어진 것의 인정에 관계된 것이라 볼 수 있다. 토마스 만은 『한 비정치인의 고찰』에서 "사실적인 것 das Tatsächliche에의 굴복"에 대해 말하였다(XII, 22). 니체는 이것을 아직도 "숙명적"이라 일컬었다. 그러나 토마스 만에게 있어서 사실적인 것에의 굴복은 존재가 지닌 발가벗기어진 동물적 자연스러움으로부터 해방되기 위한 기반이다.

토마스 만은 이러한 삶의 극복을 위하여 "아이러니"라는 개념을 사용하였다(XII, 25). 아이러니는 "정신을 쟁취하고자 노력하며"(XII, 26), 아이러니는 "동물적이지 않고 지적이며, 우울하지 않고 기지가 넘치는 것이다." 물론 토마스 만 역시 삶이 정신에 예속될 수 없는 것임을 알고 있었다. 그러나 동시에 삶에 대한 정신의 아이러니컬한 지배도 보았다. 이 또한 『부덴브로크 일가』에 반영되어 나타난

다. 이 점에서 이 소설에 미친 니체의 영향은 쇼펜하우어에 비해 훨
씬 덜 직접적이며, 덜 분명한 것으로 측정된다. 그러나 니체의 영향
은 그만큼 더 폭넓고 더 지속적인 것도 된다. 삶은 니체가 표현하였
던 것처럼 토마스 만에게 있어서도 "외양 〔……〕 착각, 기만, 위장,
현혹, 자기 현혹을 목표로 하고 있다." 이러한 삶은 『즐거운 학문』
(V, 344)에서 읽어볼 수 있다. 니체는 또한 『차라투스트라는 말했
다』에서, "정신은 삶이며, 삶은 스스로 삶 속에 각인된다. 자신이
겪은 고통으로 인하여 자신의 고유한 지식이 확장되기 때문이다"
(Ⅱ, 유명한 현자들에 대하여)라고 쓰고 있다. 이러한 삶은 『부덴브로
크 일가』의 결말에서 묘사된 것처럼 인식과 비판, 아이러니로서의
삶이다.

5. 바그너의 영향

가기 싫은 학교 수업이 끝난 늦은 오후, 한노 부덴브로크는 그의
어머니와 함께 음악을(베토벤 소나타 opus 24번) 연주하고 싶었지만
혼자 살롱에 남아 그의 환상을 쫓아 피아노를 치기 시작한다.

그가 연주하는 것은 아주 단순한 모티프로, 무, 사라진 멜로디의
한 파편, 한 박자 반의 음형이었다. 처음에 이 음형을 그닥지 않은
힘으로 낮은 화음에서 개별적인 음으로, 마치 트롬본에 의해 독주되
어 원소와 일어날 모든 것의 결말로서 명령적으로 공포되는 것처럼
울리게 하였을 때는 도대체 무엇을 의미하는지 전혀 알 수가 없었다.
그러나 그가 이 개별적 음을 흐린 은색의 음조인 초고음부에서 조화
시키기를 반복하였을 때, 이것은 본질적으로 단 하나의 해체로, 갈망

102

과 고통에 찬 한 음조에서 다른 음조로의 쓰러짐으로 이루어져 있음을 보여주었다. 〔……〕 숨차고 형편없는 창작이었지만, 그러나 이 음을 내세우고 소리내는, 멋을 부린 엄숙한 단호함으로 인하여 기묘하고 신비스럽고 의미심장한 가치가 묻어나왔다. 〔……〕 한번은 마치 멀리서 나지막이 경고하면서 간청하고 회오에 찬 기도의 첫 화음이 들리는 듯하다가, 곧이어 그 위로 용솟음치는 불협화음이 쏟아졌다. 이 불협화음들은 서로 한덩이로 뭉쳐 앞으로 굴러가고 뒤로 물러섰다가 위로 오르고 가라앉았다가, 그리고 다시 갈망하는 압박을 견딜 수 없게 된 이 순간, 이 끔찍한 절정에서 와야만 하고 이제 올 수밖에 없는, 표현할 수 없는 목표점을 향해 다투어 나아갔다. 〔……〕 드디어 올 것은 왔고, 이젠 더 이상 억누를 수가 없었다. 동경의 경련은 더 이상 연기되어질 수 없는 것이었다. 마치 막이 찢기고, 대문이 열어젖히며, 가시나무 생울타리가 열리고, 불타는 벽이 무너져내리듯 그렇게 왔다. 〔……〕 해결, 해체, 실현, 완전한 만족이 찾아들었으며, 그리고 기쁜 환성과 더불어 모든 것이 화음으로 수습되었고 감미롭고 동경어린 리타르단도 악곡에서 곧바로 다른 화음으로 가라앉았다. 〔……〕 이것이 모티프, 울려퍼지는 첫번째 모티프였다!(I, 747~50)

한노가 그때 연주하였던 곡을 알아내기는 어렵지 않다. 토마스 만이 쇼펜하우어의 『의지와 표상으로서의 세계』에서 읽었던 것과는 무관한, 바그너에 가까운 음악이다. 처음에 낮은 화음에서 개별적인 음으로 울려퍼지고 "원소와 일어날 모든 것의 결말로서 예고되는" 단순한 음형들에 대해 이야기될 때, 그것이 무슨 곡인지 분명해진다. 그것은 『라인골드』 서곡으로, 토마스 만은 이후에 「리하르트 바그너와 '니벨룽엔의 반지'」에서 "서곡의 첫째 콘트라-Es" "모든 사물, 원세포의 원천과 창세기"(IX, 512)에 대해 이야기하면서 다시 한번 이를 기술하였다. 『부덴브로크 일가』의 묘사는 『라인골드』 서곡을 그대로 도입한 것이 아니라, 그 당시와 그리고 그 이후에 토마스 만이 음악 도취로서 체험하였던 것을 문학적으로 실감나게 표현한 하나의 모사일 따름이다. 텍스트의 구절에서 그 자신의 음악 체험에 대한 풍자나 아이러니컬한 답변을 본다면, 이는 텍스트를 잘못 이해한 것이다. 이후에 「리하르트 바그너의 고통과 위대성」에서 토마스 만은 "바그너의 마력적인 작품에 대한 강한 애착은" "내가 처음으로 그를 알게 되어 그의 작품을 정복하고 꿰뚫어보기 시작하였을 때부터" 평생 동안 가지고 있었다고 말했다(IX, 373). 덧붙여 말하기를, "즐기고 그리고 배우는 자로서 나는 그의 음악을 통하여 극장 관객들 한가운데에서 느낀 깊고 고독한 행복의 시간들, 신경과 지성의 전율과 환희로 가득한 시간들, 오직 그의 예술만이 제공하여주는 그 감동적이고 위대한 뜻을 통찰하는 시간들을 결코 잊을 수가 없다." 바로 이 깊고 고독한 행복의 시간들을 한노 부덴브로크 역시 체험하게 되며, 그리고 또한 이 묘사의 에로틱한 어조에서 그냥 흘려 넘겨버릴 수 없는 그 이상의 무엇도 체험하게 된다.

토마스 만은 여기서 물론 자신의 바그너 체험을 소설에서 변형시키고 있지만, 바그너로부터 받은 결정적인 영향은 이보다 더 많다. 그에게 있어서 바그너는 그 이상의 것이 있을 수 없는 최상의 도취적 삶의 실현을 의미했다. 한노 부덴브로크가 그 다음 장에서 죽음을 맞는 것은 필연적이며, 티푸스 장과 바그너 장이 서로 연결 구성되어 있음은 의심의 여지가 없다. 여기서는 삶과 죽음이 급격하게 서로 대치되어 있다. 바그너의 영향은 『부덴브로크 일가』의 구상과 구성 기법에서도 발견할 수 있다. 토마스 만은 바그너가 『니벨룽엔의 반지』에서 하였던 것처럼 사물의 시초에까지 거슬러 올라갔다.

원래 『부덴브로크 일가』는 "민감한 늦둥이" 한노의 이야기로서 소년 노벨레에 지나지 않았다. 그러다가 토마스 만은 소재의 배후를 파고들기 시작했고, 네 세대에 걸친 이야기의 과정을 매우 상이한 종류의 우연들을 합친 것으로서가 아니라 처음의 모티프 속에 이미 모든 것의 종말이 배태되어 있는 논리적인 전개로서 보이도록 서술하였다. "과정을 감각적으로 보이게 하려는 욕구가 너무도 강했기 때문에 바그너는 이야기의 배후부터 쓰기 시작하였다"고 토마스 만은 리하르트 바그너에 관한 글에서 말하고 있다. 그는 마찬가지로 자신의 작품인 『부덴브로크 일가』에 대해서도 동일한 말을 할 수 있었을 것이다. 토마스 만은 이 글에서 계속하여, "바그너는 '젊은 지그프리드'를 지어냈고, 그 다음에 '전쟁의 여신,' 그리고는 '라인골드'를 탄생시켰다. 그는 모든 것을 완벽하게, 나흘 밤 동안 원세포, 창세기, 라인골드 서곡의 첫 베이스파곳—Es에서 시작하는 모든 것을 무대에 올리고 장엄하게, 거의 들리지 않을 정도로 이야기가 시작될"(IX, 374f.) 때까지 쉬지 않았다고 말한다. 나흘 밤, 『부덴브로크 일가』의 사대가 이에 상응된다. 그렇게 이야기의 과정은 보완될 수 있었고, 그렇게 이야기의 과정은 거의 유사 신비적으로 전개되어 과거의 깊은 곳으로 거슬러 올라갈 수 있었다. 이 방식은 나중에 요셉 소설에서 완벽해진다. 바그너로부터 토마스 만은 분명히 테마 면에 있어서도 몇 가지를 차용하였을 것이다. "병들어 존재하는 바그너의 건강한 방식, 영웅적으로 존재하는 그의 병적인 방식은 단지 그의 특성이 지닌 모순적인 것과 교차된 것, 그 특성의 이중성과 다의성에 대한 한 예에 불과하다"고 토마스 만은 쓰고 있다(IX, 403). "한 가족의 몰락"에 대한 이야기는 마찬가지로 빈사 상태에 있는 자들에 대한 이야기이지만, 그러나 세대가 바뀔수록 약자의 영웅주의가 더욱 강하게 가시화되고, 마찬가지로 『부덴브로크 일가』에서도 질병과 건강은 몰락의 선과 상승의 선이 서로 나란히 전개되는 상호 관계에서 나타나는 것을 볼 수 있다.

토마스 만은 개별적인 디테일들에서도 『니벨룽엔의 반지』를 『부덴브로크 일가』의 전범으로 삼고 있다. 비슬링은 벨중족의 이야기처럼 『부덴브로크 일가』의 이야기가 새로운 지점에서 시작하고 있고, 멩가의 집은 보탄의 "신들의 성"에 상응하며, 『부덴브로크 일가』에서 제몫을 지불받기를 요구하는 고트홀트(I, 46f)는 바그너의 작품에서 자신의 보수를 원하는 거인에 상응한다고 지적하였다. 토마스 부덴브로크와 토니가 일어나는 일들의 과정에 대해 생각하며 나누는 대화는 「전쟁의 여신」에서 보탄과 브륀힐트간의 대화와 유사하다. 따라서 줄거리에서도 바그너 영향의 자취를 찾아볼 수 있다. 그 밖에 토마스 만은 자신이 아주 명백하게 바그너로부터 영향받은 사실에 대해 주지시킨 적이 있다. 1904년 「프랑스의 영향」에서 그는 다음과 같이 썼다.

사람들이 나의 스승이 누구냐고 물었을 때, 나의 대답을 듣는 동료 문인들은 아마 깜짝 놀랄 것이다. 그건 바로 리하르트 바그너이기 때문이다. 실로 영향력이 지대한 이 거장의 작품은 세상에서 그 어떤 것보다 나의 예술적 충동을 자극했고, 작고 미미한 것일지라도 '나도 그와 같은 것을 만들고 싶은' 시기심과 사랑에 찬 동경으로 언제나 새로이 충만되게 하였다. 〔……〕 그렇지 않다면 나의 『부덴브로크 일가』를 읽었던 인내심 있는 독자들 중 몇 사람이 주 모티프에 의해 결합되어 얽혀 있는 서사적인 세대들의 특징에서 『니벨룽엔 반지』의 숨결을 느낄 수 있었겠는가? 부덴브로크 일가와 벨중족, 이 얼마나 우스꽝스러운가? 그러나 내가 말하지 않았던가, 작은 것에서라고. 그리고 희극적인 것에서도 마찬가지라 할 수 있다(X, 837f.).

토마스 만이 바그너에게서 받은 영향은 여기서 끝나지 않는다. 그는 주 모티프의 기법까지도 바그너한테서 빌려왔다. 이에 대해서 1904년 토마스 만은 다음과 같이 썼다: "모티프, 자기 인용, 권위적인 문구, 광범위한 부분에서 말 그대로의 중대한 관계들의 재구성, 극도의 명료성과 극도의 중요성간의 결합, 형이상학적인 것, 순간의 상징적인 장엄함——나의 노벨레들에는 상징적인 특징이 있다"(X, 838). 이 말은 약간 과장된 면이 있다. 주 모티프 기법은 바그너에게서뿐 아니라 호머의 서사시와 폰타네의 소설에서도 발견할 수 있었을 것이다. 그러나 모티프들의 반복은 실제로 바그너의 『니벨룽엔의 반지』를 면밀하게 연구한 결과로 생겨난 것이라 생각된다. 그가 확실히 바그너의 덕을 입고 있는 것은 서로 이질적이고 상이한 암시들의 구성과 여러 영역에서 서술하는 방식, 모티프들을 동시에 앞으로 뒤로 지시하는 것과, 그리고 기본 테마를 중심으로 한 전체 모티프 콤플렉스의 배열이다. 이것은 바그너의 영향이다. 물론 주 모티프들은 비교적 분명하게 고정되어 있어 누구에게나 전용되어질 수 있는 것이 아니며, 이후의 『마의 산』에서처럼 독자적인 방식에서 전개되고 있지는 않다. 우리가 여기서 연구 대상으로 삼는 것은 연관술의 단초들이다. 토마스 만의 연관술은 이후에 완벽하게 완성되며, 『파우스트 박사』에 이르기까지 줄곧 음악과 연결되어 있다. 다른 한편으론, "본래 의미에 충실한 중대한 연관의 재구성"은 여기서 이미 주 모티프를 주고 있으며, 그리하여 항상 주 모티프가 나타날 때에는 주 모티프와 함께 서술 맥락의 전후가 환기되어진다. 이는 인물들을 무시간성 속으로 경직시키려는 것이 아니라, 사건의 흐름, 몰락의 역사가 지닌 내적 연관성을 처음부터 끝까지 분명하게 하기 위한 의도에서이다. 그래서 주 모티프는 단순한 기법상의 도구 그 이상의 의미를 지닌다. 주 모티프는 서술 맥락이 특별히 눈에 띄게 가시화될 수 있는 의미에서뿐 아니라, 변화하는 단계에 있는 삶의 흐름이 매번 순간적으로 나타날 수 있다는 의미에서도 의미의 일치를 이룰 수 있게 하기 때문이다.

제3장

『마의 산』

——『마의 산』이 주는 교훈들

문학이란 무엇인가? 마의 산에 거주하는 몇몇 인물들은 문학이란 아무것도 아니라고 확신한다. 그들 가운데 한 사람은 "이런 저주스럽고 야만적인 곳"(Ⅲ, 136)에서 "문학 운운하며 나를 성가시게 하지 말라!"[1]고 말하며, "대체 문학이란 뭐요? 아름다운 특성! 아름다운 특성이 나와 무슨 상관이오! 나는 실질적인 사람이고, 살면서 아름다운 특성 같은 건 본 적이 없는 사람이오"(Ⅲ, 137)라고 덧붙였다. 이렇게 말한 사람은 할레 출신의 맥주 양조업자 마그누스이다. 문학과 이상한 관계를 가진 슈퇴어 부인처럼 그는 이중적으로 실패한 인물이기 때문에 사람들은 그를 비웃는다. 그는 병자인데다가 또한 어리석기까지 하다. 한스 카스토르프의 해설처럼, "병과 무지가 짝이 된다는 건 세상에서 가장 비참한 일일 것입니다. 〔……〕 어리석

---

1) 강연은 1994년 8월 9일 「『마의 산』과 이 작품의 교훈」이란 제목으로 발표되었다.
Thomas Mann, Gesammelte Werke in dreizehn Bänden, Frankfurt / Main: S. Fischer, 1974(Band, Seite).

Thomas Mann, Tagebücher 1918~1921, hrsg. von Peter de Mendelssohn, Frankfurt/Main: S. Fischer, 1979(Tb, Datum).

Thomas Mann, Tagebücher 1944~1946, hrsg. von Inge Jens, Frankfurt/Main: S. Fischer, 1986(Tb, Datum).

은 인간은 보통 건강하고 평범하게 살며, 병은 인간을 섬세하고 현명하며 그리고 특별하게 만듭니다. 일반적으로 그렇게들 생각합니다"(III, 137f.). 카스토르프가 고전주의적인 것은 건강한 것이고 낭만적인 것은 병적인 것이라고 한 괴테의 말을 알고 있었던 것일까? 분명 그것은 아니다. 독자에게 있어서도 이와 같은 연상은 단지 부차적인 것에 지나지 않는다. 카스토르프의 해설은 여기서 끝나는 것이 아니라 제템브리니와의 긴 논쟁으로 이어진다. 카스토르프에게서 시간은 토니 부덴브로크가 오라비들과 함께 썰매를 타고 언덕 아래로 달렸을 때처럼 쏜살같이 지나가고, 듣고 보는 것은 이제 철저하게 건강과 질병, 어리석음과 충만한 정신간의 관계에 바탕하고 있다. 마그누스와 슈퇴어 부인에 대한 이야기로 시작되는 대화는 질병의 궁극적인 본질과 그리고 "인간적인 것의 이념"(III, 139)에 관한 이야기로 흐른다. 폭넓은 수사학적 비약에서 제템브리니는 그의 말을 귀담아듣고 있던 카스토르프에게, 만약 그가 질병을 고상하고 존엄하다 일컫는다면 오류에 빠진 생각이라고 타이른다. 이런 생각은 인간의 결함이 마치 "천국으로 가는 면죄부"와 같은 것으로서 통용되었던 "미신적 회오에 찬 시대에" 비롯된 것이라며 제템브리니는 카스토르프의 견해를 수정한다. 그러면서 그는, 지금은 이성과 계몽, 진보와 문명의 시대로 질병은 고상하고 존엄한 것과는 전혀 동떨어진, 인간의 "가치 하락"——가치 하락과 "탈선"을 의미한다고 하며, 덧붙여 비극의 시작은 불행하고 병약한 남자가 위대한 영혼과 더불어 살 수밖에 없는 사실에 있음을 이해시키기 위하여 레오파르디를 인용한다.

이런 가르침을 들은 카스토르프는 당연한 반응을 보인다. "맙소사, 한스 카스토르프는 아연실색하고 부끄러워하며, 이거야말로 오페라의 아리아가 아닌가! 생각하였다. 도대체 내가 뭐라고 하였기에 저러지? 그건 그렇고 좀 딱딱한 감이 드는데"(Ⅲ, 140). 그러나 그의 사촌이 카스토르프가 얼마 전에 그와 같은 말을 한 적이 있었다고 일러주자, 거기에 대하여 제템브리니는 그저 "그러면 더욱 좋습니다"고 응답하며 자신이 "무슨 원전 철학을 강의하려" 한 것은 전혀 아니었고 그리고 그가 할 일도 아니라고 강조하였다. 그 밖에도 젊은이의 영혼에는 이미 모든 것이 이른바 은현의 잉크로 기록되어 있으며, "교육자의 일은 옳은 것을 단호하게 발전시키되, 그러나 그릇된 것은 적절한 감화를 통하여 영원히 그 싹을 잘라버리는 것"이라 하였다. 그러니까 가르침은 적당한 선에서, 그리고 무엇보다 필요한 때에 한하여 원래부터 알고는 있지만 표면에 드러나지 않은 사실을 의식시키는 형식에서 이루어져야 한다는 것이다. 카스토르프는 제템브리니에게서 깊은 감명을 받고 말하기를, "그는 참으로 교육자다——최근에 그 자신도 그런 천성을 가지고 있다고 밝히지 않았던가. 그 사람과 있을 때 허튼 소리를 않으려면 정신을 바짝 차리고 있어야겠어. 그렇지 않았다가는 장황한 가르침이 있을 테니까. 아무튼 그의 언변은 대단해, 정말 들어볼 만하거든"(Ⅲ, 143).

　능숙한 언변은 또한 소설의 작가가 지닌 특징이 아닌가? 토마스 만의 말재주가 얼마나 능숙한지는 분명 듣고 읽어볼 만하지만, 그러나 소설이 주는 것은 제템브리니가 곧잘 주는, 즉 "장황한 가르침"이 아닌가? 작품에서 등장하는 교육자는 비단 한 사람뿐이 아니다. 동시에 두 사람의 교육자가 그들의 중간에 서 있는 현세주의자를 각자 자기 편으로 끌어들이려고 애를 쓴다. 토마스 만의 소설은 의심할 여지 없이 괴테 식의 성장소설을 계승하고 있고, 성장소설은 전적으로 소설의 가르침을 제시할 소임을 가지고 있다. 『마의 산』은 적잖은 교육적인 특징을 지니고 있다. 토마스 만이 『『마의 산』입문』에서 확인하는 것처럼 "대기 안정 요법과 음산한 전체적인 환경의 윤리적인 위험에 대한 교훈적인 경고가" 본래 제템브리니에게 일임된 것이라 하더라도, 이 이탈리아인은 소설의 임의적인 등장인물이 아니라 "때때로 작가의 말을 대변하는 역할"을 하며, 질병과 죽음은 주인공을 고양하고 발전시키기 위한 "교육적인 수단"이다. 『『마의 산』입문』에서는 또한 교훈이 어떤 종류의 것인지 아주 간결하게 밝히고 있다: "그가 이해하게 된 것은 마치 죄를 아는 일이 구원의 전제 조건이 되는 것처럼 평균치 이상의 건강은 오직 질병과 죽음의 깊은 경험을 통하여 얻을 수 있다는 사실이다." 지극히 일반적으로 들릴진 모르나, 그러나 이것은 하나의 교훈임이 틀림없다. 보다 의미심장한 것은 이 교훈이 곧바로 말로 표현되지 않고 소설의 맥락 속에서 파악되어져야 하는 점이다. 한스 카스토르프는 자신이 젖어 있는 평균적인 것에서부터 벗어나 일종의 보다 높은 진실의 비밀을 캐내어야 한다. 따라서 그는 고양되어야 하고, 달리 말해 통찰로 이끄는 경험을 해야 하는 것이다. 이 통찰은 모든 실제적인 것이 "정신적인 것과 관념적인 것"(XI, 612)을 위하여 투명해지게끔 해야 한다.

마의 산, 다보스에서 정신적인 것과 관념적인 것이란 무엇인가? 프란츠 펜촐트는 그의 저서 『치료 백과사전』에서 다음과 같이 적고 있다:

다보스 광장과 마을: 해발 1,560미터 고지에 위치한 세계에서 가장 유명한 요양지. 겨울에는 바람이 잦고, 여름에는 바람이 거세다. 먼지가 상당히 많고 그늘이 거의 없다. 정신병원들과 대중 요양소들, 수없이 많은 베란다가 딸린 시설 좋은 호텔들 등등, 그러나 향락의 기회가 너무 많다. 병자들이 쇄도하고 수많은 건물은 마을을 도시로

만들었다. 다보스가 가지고 있는 장점들로 인하여 파괴의 위험이 도사리고 있다. 〔……〕 결핵 요양소에서 함께 사는 것, 영양 과다와 운동 부족은 남녀에게 모두 성적 충동을 쉽게 일으킬 수 있는 요인으로 간주할 수 있다.[2]

펜촐트의 이 견해는 결코 예외적인 사견이 아니다. 요양소의 원장인 알렉산더 프뤼시안은 1920년 8월 6일자 뮌헨 의학 주간지에서 다음과 같이 보고하였다:

만성적 질환들 가운데 폐결핵 환자의 경우처럼 심하게 인간의 외면과 내면에 각인되는 병도 없을 것이다. 〔……〕 아침에는 문학적이고 철학적인 물음들에 관하여 소상히 토론하던, 다방면으로 교양 있고 정신적으로 생기에 찬 어떤 사람이 오후와 저녁에는 몇 시간 동안이나 담배 연기로 가득 찬 시끄러운 술집에 앉아 탱고나 폭스 트롯을 추는 둔한 몸놀림을 쳐다보고 그리고 직접 같이 춤추는 것을 보면 매번 놀랍기만 하다. 그것도 몇 달 동안 매일같이!"(아로사와 다보스에서 지낸 의료 여행에서 받은 인상들)

다보스가 어디 성년식을 하는 곳인가? 매우 의문스런 곳이긴 하지만, 쾌락의 도시이며 성병이 잦은 고지 요양지라는 사실은 분명하다. 브라우어의 『결핵 안내서』(1923년 제3쇄)는 빈사 직전에 있는 그곳 환자들의 난장판 같은 생활에 대하여, "요양소 의사들은 아주

---

2) 펜촐트의 『치료 백과사전』(Handbuch der gesamten Therapie, 예나, 1910)과 프뤼시안의 논문에 대한 참고는 Heinz Saueressig의 매우 공적 있는 저서인 『의사들과 의술적인 것. 에세이적 각성』(마르틴 발저의 후기, Sigmaringendorf, 1989, S. 71)에서 얻은 것이다.

조심스럽게 환자들의 건강에 해로운 연애 행각과 이보다 더 해로운 성행위를 예의 주시해야 할 것이다. 다보스는 도처에 유혹의 손길이 뻗치고 있어 폐결핵 환자에겐 위험이 매우 큰 곳이다." 그렇다. 유혹은 어디에서나 손짓하고 있다. 베렌스는 자신이 무슨 이런 연애 행각을 돕는 뚜쟁이로 보이느냐며 불끈 화를 내었다. 그렇지만 환자들은 남의 발코니를 자유로이 넘나들고, 이런 일은 비단 발푸르기스의 밤에만 허용된 것이 아닌 다보스의 요양소에서는 다반사이다. 그렇다면 『마의 산』이 주는 교훈이란 무엇인가? 『마의 산』이 가르치는 것은 다른 것이다. 다보스에서의 일이 어떤 식으로 진행되고 결과적으로 어떻게 귀착될 것인지에 대하여 클라분트는 1916년 집필하여 1917년 발표한 산문작 『질병』에서 다보스, 이것이 의미하는 바를 다음과 같이 기술하고 있다.

어떤 사람은 9년간 요양을 하고 치유되어 떠날 것이다. 그의 폐는 사실상 완치되었다. 좋다. 그러나 그의 다른 신체적 심적 기관들은 어떠한가? 그의 신경은 이완되어 있고 그의 에너지는 마치 오래된 케이크처럼 무너져 있다. 그는 밀랍같이 무른 속이 갉아 먹힌 고깃덩어리다. 아무 짝에도, 정말 어떤 것에도 쓸모가 없다. 윤리적으로 타락했으며, 인간 사회의 기생충으로 죽는 일 외에 아무런 가치가 없는 인간이다.[3]

통념적인 의미에서 교훈을 구하기 위해서라면 스위스 산속 죽음의 접경 지대에 있는 환락의 도시보다 적합한 곳이 또 어디 있겠는가. 그러나 다른 측면에서 『마의 산』이 해당되는 소설 타입은 처음

---

3) Klabund in Davon. Texte, Bilder, Dokumente, zusammengestellt von Paul Raabe, Zürich: Arche, 1990, S. 54.

부터 교훈을 주거나 아니면 적어도 통찰의 형식에서 인식과 교양을 중개해야 하며, 책을 읽고 난 후 독자에게 이야기의 의미를 이해할 수 있게 하는 실마리를 가질 수 있도록 배려해야 할 과제를 안고 있다. 빌헬름 마이스터는 수업 시대 마지막에 이르러 특별히 한 교훈의 편지를 전달받고, 『방랑 시대』에서 곧바로 많은 깨우침을 얻게 되며, 격언 모음집은 전부 그에 관한 것이다. 괴테 소설의 결과로 형성된 성장 이념 혹은 교육 이념은 독일 문학 전통에서 계속적으로 표면화되었으며, 여기서 발전한 19세기의 소설은 고상한 문학 장르로서 인정받게 된다. 한스 카스토르프는 물론 괴테의 소설에서 자기 도야에 힘쓰는 빌헬름과는 전혀 다른 인물이지만, 그러나 그의 경우에서도 교육적 성장 과정이 진행되고 있음은 명백하다. 비록 이 과정이 부조리하게 흘러 어느 시점에서 중단된다 하더라도 말이다. 그리고 시야가 트인 독자는 아주 다른 교육적인 노력의 목표점이자 교차점에 있는 "삶의 문제아"가 도대체 어떻게 되는지 궁금해한다. 그렇다면 『마의 산』이 알려주려는 궁극적인 교훈들은 어떤 것일까?

우리가 이 물음을 제기하고 여기에 전념하게 되는 원인은 다름아 닌 『마의 산』의 작가에게 있다. 그 까닭은 작가가 교양 과정의 목표로서 한 교훈을 알리기 위하여 자신의 몫을 다하였기 때문이며, 그리고 교훈은 그가 주지시킨 바대로 "눈"이라 제목 붙인 장에서 단한 문장으로, 그것도 눈에 띄는 활자체를 사용하여 요약된 것을 발견할 수 있다: "인간은 선과 사랑을 위하여 자신의 생각에 관한 한 죽음의 지배를 받아선 안 된다"(Ⅲ, 686). 이 통찰은 다른 숙고를 통하여 마련되어지는데, 이 문장 직전에 씌어 있기로: "그 한가운데 신의 아들인 인간이 존재한다 ── 방종과 이성의 한가운데 ── 인간의 국가가 신비스런 공동체와 허풍스런 개인의 한가운데 있는 것처럼 말이

다”(Ⅲ, 685). 그리고 나서 또한 일컫기를,

> 나는 선하고 싶다. 나는 나의 생각에 관한 한 죽음의 지배를 받지 않겠다! 선과 인간애는 여기에 있지, 다른 어떤 것에서도 찾을 수 없기 때문이다. 〔……〕 죽음 그리고 사랑 ── 좋지 않은 운율이다, 무미하며 잘못된 운율이다! 사랑은 죽음에 대립해 있으며, 죽음보다 강한 것은 이성이 아니라 오직 사랑뿐이다. 이성이 아니라, 오직 사랑만이 선한 생각을 갖게 한다(Ⅲ, 685f.).

우리가 작품을 통해 알고 있는 것처럼 카스토르프는 여기서 그치지 않고 그의 생각을 더 철저하게 전개시킨다. 생각한다고 하기보다는, 선과 사랑에 대한 문장을 떠올렸을 때 그는 끝까지 꿈을 꾼 것이라 하는 편이 옳겠다. 이것은 낱말의 본래적인 의미에서 각성의 체험이며, 소설의 어느 곳에서도 이와 같은 것을 찾아볼 수 없는 비밀스런 영역에의 입문이다. 이때 장황스런 이론의 두 교육자가 준 교훈은 말끔히 사라지며, 그에게는 “조금이라도 자유롭게 생각하고 마음속에 경건함을 지닌 사람이라면 결코 현혹되지 않을 어지러운 도살장의 소음”(Ⅲ, 685)으로 들린다. 이제 그를 이 고산보다 더 높은 곳으로 재촉할 것은 아무것도 없으며, 그리고 또한 어떠한 인식도 그를 더 높은 경지로 이끌지는 못할 것이다. 그렇다면 여기서 드러나는 교훈이 소설이 주려는 교훈일까?

그렇다. 가르침을 받는 자가 같은 날 저녁에 벌써 자신이 생각한 것을 더 이상 이해하지 못하는 점은 잘 납득이 가지 않는 것이긴 하지만, 그러나 알프스의 고산 지대에서 느끼는 그의 과로에 비추어 보면 이해가 되기도 한다. 한스 카스토르프가 경험한 스키 모험에 대하여 거듭 이야기되고, 또한 ── 예컨대 민헤어 페어퍼코른에 관

한 마지막 장에서(III, 851) ──그가 사고의 비약을 가리켜 일컬었던
자신의 "자기 통제"에 대해서도 이야기된다. 비밀스런 영역에의 입
문은 합리적으로 이해될 수 있는 것보다 더 깊은 경지로 이끌고, 이
영역에 일단 입문하고 나면 역설적으로 말해 다시 잊혀지게 된다.
그 밖에 한스 카스토르프의 건망증에 관한 것은 다음과 같은 신빙
성 있는 측면에 의하여 상쇄될 수 있다: "사람은 결코 자기 자신을
항시적으로 소유할 수 없으며, 우리가 언제나 전적으로 현재에만
집중하지 못하는 까닭에 우리의 자의식은 약하다. 우리가 자신에
대하여 진실로 알게 될 때는 아주 드물게 찾아오는 명징성과 정신
통일의 순간, 통찰의 순간일 뿐이다." 토마스 만은 이렇게 말하며
『마의 산』을 비밀스런 영역에의 입회 소설이라 일컬은 비평에 동의
하는 자신의 견해를 정당화하였다(XI, 614). 그러나 이 말은 또한 무
제한적으로 한스 카스토르프와 그의 의식 상태에 전용될 수 있다.
보다 큰 어려움은 외형적인 형식에 있다. 이 교훈은 소설의 결론부
에서가 아닌, 그렇다고 중간부나 결론부에 편입될 수도 없을 한 장
에 씌어져 있기 때문이다. 페이지의 분량으로 봐서 소설의 삼분의
이가 되는 이 부분은 인식과 더불어 끝이 나고, 이어서 이것과는 직
접적인 관련이 없는 비중 있는 장들이 이어진다. 토마스 만은 물론
이러한 구성에 어려움이 없었다. 새로운 인식은 위험한 고지에서
길을 잃은 한스 카스토르프가 인간에 대한 꿈의 시를 꿈꾸는 "눈"의
장에서 찾게 된다. 비록 성배를 발견하진 못했지만 그는 자신이 위
치한 고지에서 유럽의 파국으로 내려오기 전 죽음과도 같은 꿈속에
서 이를 예감하게 된다.

　　그것은 인간의 이념이며, 병과 죽음에 대한 심오한 지식을 통해
얻은 미래적인 인간성의 구상이다. 성배는 비밀스런 것이며, 인간성

또한 마찬가지다. 인간 그 자체가 신비스러우며, 모든 인간성은 인간의 신비스러움에 대한 경외감에서 비롯되기 때문이다.

발췌한 인용문은 『『마의 산』입문』의 끝머리에(XI, 617) 씌어 있는 말이다.

고결한 생각이지만, 이해하기는 어려운 말이다. 인간에 대한 이 꿈의 시는 어떤 것인가, 인간의 이념이 어디에 존재하는가, "인간성"은 어떻게 이해해야 하며, 인간성의 "신비스러움"은 또 어떻게 이해해야 하는가? 그리고 인간성 자체가 신비스러운 것으로 일컬어진다면 "모든 인간성은 인간의 신비스러움에 대한 경외감에서 비롯된다"는 결론은 또 어떻게 파악해야 옳은가? 인간성은 그러니까 불가사의한 것이다. 그러나 어떤 불가사의함을 말하는가? 여기에서 소설의 정수가 표현되어 있다고 봐야 한다면, 소설의 정수는 휘발성을 띠고 있어 그 개념을 언어로써 규정할 수 없는 것으로 생각된다. 따라서 인간의 이념, 미래적 인간성의 구상——그 정수는 아직 뽑아낼 수 있을지 모르지만, 그러나 이 "인간의 이념"(XI, 617)이란 말처럼 진술 내용이 없는 미사여구도 없다고 우리가 확신한다면 독신(瀆神)에서 나온 것은 아니다. 미국 학생들에게 하였던 강의록을 바탕으로 집필된 『『마의 산』입문』은 소설의 발표 시기와 시간적으로 십오 년이란 간격을 두고 있고, 토마스 만이 그의 소설에 대하여 많은 말을 하고는 있지만 그 진술이 과도하지 않다는 면에서 평가받고 있다. 또한 토마스 만은 1924년, 그러니까 『마의 산』이 발표된 후 일 년이 지난 즈음 이와 비슷하게 조심성 있고 불투명하게 자신을 표명한 적이 있다. 1925년에는 "교육적인 과정"에 대하여 이야기하며, 이 과정을 "수정하는 과정이며, 경건하고 죽음을 두려워하는 한 젊은이가 겪는 병과 죽음에 관한 발전적인 각성의 과정"(XI,

594f.)이라 하였다. 소설은,

> 선한 의지와 결단의 책이고, 많은 사람들이 사랑하는 것에 대한,
> 유럽인의 영혼이 과거에 좋아했고 지금도 좋아하는 여러 위험스런
> 공감과 마법, 그리고 유혹에 대한 이념적인 거부의 책이며, 〔……〕
> 고별의 책이자, 교육적인 자기 훈련의 책이다. 이 책의 공적은 삶에
> 의 기여이며, 책의 의지는 건강함이고 목표는 미래이다.

그러나 이런 면에 있어서 소설은 바로 의학적인 책이기도 하다.
왜냐하면 의학 역시 "건강함과 인간성, 인간 이념의 순수성을 다시
회복하는 것을 목표로 하기"(XI, 595) 때문이다.

인간 이념의 순수성 —— 모호한 자기 해석이다. 우리가 다시 "눈"
의 장에서 두 극단의 한가운데 신의 아들인 인간이 존재하며 선과
사랑을 위하여 인간은 자신의 생각에 관한 한 죽음의 지배를 받아
선 안 된다고 한 교훈을 생각해보면, 결과적으로 이 교훈은 모든 가
능한 것에 적용될 수 있을 만큼 막연하며 개념 일반에 있어서 벌써
거의 무의미한 방식으로 소설 자체를 총괄하고 있다. 그렇다면 도
대체 토마스 만이 묘사하려 한 것은 무엇인가? 이 물음은 해결되지
않은 채 남아 있고, 그리하여 우리는 다시 고찰의 출발점으로 되돌
아올 수밖에 없다.

몇 년 전에 한 논제가 제기된 바 있는데, 이 논제의 논자는 『마의
산』의 교훈에 대한 물음은 그 해답이 철학적인 통찰로서보다는 오
히려 소설의 구조에 의하여 충분히 분명하게 주어져 있다는 점에서
진부한 것이라고 주장하였다.[4] 이 논제에 따르면, 소설은 전체적으

---

4) Børge Kristiansen, Thomas Manns Zauberberg und Schopenhauers Metaphysik, 2.,
   verbesserte und erweiterte Auflage, Bonn, 1986(=Studien zur Literatur der Moderne,

로, 그리고 기술적인 기법의 선택에 있어서 세계의 허상을 폭로하는 쇼펜하우어의 철학을 담고 있다. 쇼펜하우어의 철학은 소설의 배후에 있는 관념적인 토대이며, 서술 기법 또한 이 토대에 관련되어 있다. 토마스 만의 주 모티프 기법은 쇼펜하우어적 형이상학의 가장 직접적인 표현이며, 소설 전체는 병과 건강에 대한 물음과 마찬가지로 삶과 죽음에 관한 물음을 잘 답하고 있는 쇼펜하우어 철학의 한 연장선에 있는 해설에 다름아니라고 하였다.

그럴듯한 생각이다. 고산 지대에서 병자들이 처해 있는 비현실적인 상황, 현실과 동떨어진 생존 형식, 인생의 덧없음과 무상함, 살기에는 너무나 병들어 있고 그렇다고 죽기에는 아직 이른 그런 사람들의 대기실 일상, 이 모든 것은 실로 현실을 투명하게 만들며, 따라서 쇼펜하우어의 철학은 전적으로 이러한 삶의 유령 같은 환영을 강조하는, 지칠 줄 모르는 삶의 묘사를 위한 기반을 마련해준다고 볼 수 있다. 우리는 쇼펜하우어의 교훈이 이미 『부덴브로크 일가』의 저자에게 얼마나 많은 영향을 주었는지 알고 있다. 그렇다면 청소년기의 독서 체험이 이 작품에서 생산적으로 확장된 것으로 볼 수 있을까?

그러나 이러한 생각은 지금까지 해결되지 못한 두 가지 문제와 연관되어 있다. 첫째, 이 작품에는 『부덴브로크 일가』에서처럼 개성의 감옥에서 벗어나 참된 삶으로 이끄는 해방구가 제시되어 있지 않다. 달리 말하면, 쇼펜하우어의 철학은 여기서 해탈의 특성을 갖지 않는다는 뜻이다. 둘째, 외적인 정황들이 시사하는 것은 삶, 즉

<hr>

hrsg. von Helmut Koopmann, Bd. 10). 이 논문은 무제한적으로 토마스 만 연구에서 중요한 이정표로 간주할 수 있다. 논문은 물론 모순점도——모순점이 없는 학문이 어디 있을 수 있겠는가——도발시키는데, 이는 비상한 업적의 징표로 볼 수 있다. 앞으로 여러 가지 반론이 제기된다면, 이는 크리스티안젠의 공적을 높이 존중한 때문이다.

세기 전환기 문학의 이 위대한 여신에 대한 저항과는 전혀 다른 것임에도 불구하고 토마스 만이 『부덴브로크 일가』에서 전개한 청년 철학으로 다시 되돌아간 까닭은 무엇인가 하는 점이다. 쇼펜하우어가 『마의 산』의 생성 시기에 중요한 역할을 하였을 가능성은 1919년 1월 14일자 일기의 메모가 뒷받침해준다: "우리는 빠른 시대에 살고 있다. 쇼펜하우어의 부활이, 혹은 도스토예프스키가 바이런주의라 일컬었던 것이 벌써 다시 도래할 전망이다." 그러나 이 기록에서 그는, "『마의 산』이 종결되어간다. 『마의 산』이 완성될 때면, 또다시 시류에 맞지 않을 것이다"라고 덧붙였다. 작가의 눈에는 『마의 산』이 "도래할" 것에 뒤떨어져 보인 것이다. 그렇지만 굳이 이 기록이 지닌 중요성을 찾는다면, 쇼펜하우어 분위기를 느낄 수 있다는 것이며, 고산 지대의 위쪽 세계가 다른 세계, 즉 아래쪽 세계에 비하여 사실은 결코 의심스러운 곳이 아니며 쉽게 간파될 수 있는 곳이라는 형식에서 어쨌든 소설이 쇼펜하우어의 영향을 인정하고 있는 점이다. 그러나 이것이 곧 작가가 청년 때의 철학으로 복귀함을 의미하는 것은 아니다. 1919년 7월 2일의 일기가 이를 증명한다: "나는 슈펭글러의 책이 이십 년 전 『의지와 표상으로서의 세계』와 유사한 방식으로 나의 삶에 한 획을 긋게 될 가능성을 점점 더 물리칠 수가 없다." 따라서 만약 영향을 받았다면, 그것은 슈펭글러의 『서구의 몰락』[5]에서이지 그가 이미 오래 전에 덮어두었던 쇼펜하우어의 책은 아닌 것이다. 쇼펜하우어의 시대는 이제 지나갔다.

고산 지대의 세계는 분명 모호한 세계다. 비록 죽음이 곧바로 해탈로 이어지진 않는다 하더라도, 병은 삶의 고양된 형식으로 받아들여질 만큼 삶과 죽음, 병과 건강은 서로 교차되어 있다. 달리 말

---

5) Heinz Saueressig가 이 점을 주지시키는 것은 정당하다: *Ärzte und Ärztliches. Essayistische Anregungen*, 1989, SS. 76ff.

하면, 고산 지대의 삶은 무질서 속에 있고, 요양은 불확실하며, 극도의 혼란 속에 있다. 그러나 쇼펜하우어 식의 의학으로 구제될 수 없는 다른 무엇 역시 혼돈 속에 빠져 있다. 토마스 만의 입장은 제1차 세계대전 시기와 그 후 수년 동안 근본적으로 불안정했다. 소설이 본래 추구하였던 것이 무엇인가 하는 물음은 바로 이 점에서 출발하여야 옳지, 이십 년 전에 적용되었던 쇼펜하우어의 철학을 통해서는 해명될 수가 없다. 독자는 부정적인 것을 긍정적으로 읽는 방법을 배워야 한다고 언젠가 토마스 만이 말한 적이 있다. 『마의 산』에 있어서는 이와 반대되는 방식이 적용된다. “눈”의 장에서 인상 깊고 간결하게 전달된 교훈을 좀더 면밀하게 검토해보면, 교훈의 내용은 공허한 것이란 확신을 얻게 된다. 교훈이 곧바로 파산 선언은 아니지만, 그러나 이 소설에서 보여주는 것은 다름아닌 토마스 만의 깊은 불안과 소설이 독자에게 더 이상 줄 수 없는 삶의 원칙과 기준, 그리고 제1차 세계대전 후 그 자신을 위하여 새로운 자기 이해의 기반을 마련하고 정리하여줄 이념의 체계를 얻고자 한 절망적인 노력이다. 달리 말하면 『마의 산』은 『한 비정치인의 고찰』에서의 이 무한정한 생각들을 계속하며,

　　예술로 치유될 수 없는 사고의 혼란, 존재를 근거로 무언가를 만들 수 없는 명백한 불가능성, 시대와 그 위기를 통하여 이 존재 자체를 해체하고 문제화함으로써, 이를 문제삼고 곤경으로 몰아붙이며, 존재를 더 이상 문화의 기반으로서 확고한 것이 아니라 자명하고 무의식적으로 영면하는 것으로 파악하고 해명하며 변호해야 하는 필연성에 의거하여 모든 문화적인 기반을 뒤흔들어놓으려 한다(XII, 12).

실제로 이 인용이 실려 있는 『한 비정치인의 고찰』에서의 서언은

토마스 만이 『마의 산』에서 기울였던 서술적인 노력의 실패에 대한 단도직입적인 표현을 담고 있다. 왜냐하면 『마의 산』 역시 『고찰』과 마찬가지로 "그 기반조차 뒤흔들리고, 삶의 존엄성에 있어서 위태롭고 의문스럽게 된 예술가의 존재, 이 예술가의 존재가 처해 있는 매우 혼란스런 상태"(XII, 12)를 다루고 있기 때문이다. 중간에 신의 아들인 인간이 있으며, 인간은 선과 사랑을 위하여 자신의 생각에 관한 한 죽음의 지배를 받아선 안 된다는 말은 어딘가 의심스럽긴 하지만, 매우 지당하면서도 분명한 확신이다. 『고찰』이 이미 규정하였던 것을 풀어서 표현한 이 교훈은 부정을 통하여 정의될 수 있었던 철학을 공식화하려는 힘겨운 시도에 지나지 않는다. 『고찰』에는 그가 "모자라고 서투른 힘으로나마 성실히 인식을 구하고자 노력한"(XII, 17) 것과 "앞이 보이지 않는 안개 속을 전진하는 변증법적 칼싸움"에 대해 이야기된다. 『마의 산』에서 이 변증법적인 싸움은 칠 년이란 긴 시간 동안 계속된다. 『고찰』에서는 확실한 교훈을 얻지 못하였고, 그러기에는 변덕스런 곡예가 너무 많다. 그러나 『고찰』은 "눈"의 장에 서술된 진술들이 씌어질 수 있는 기반을 마련해 주고 있다.

여기서 우리의 의도는 『고찰』에 대한 상세한 분석이 아니라 다만 토마스 만이 기이하게 포괄적이고 또한 기이하게 피상적인 중간의 철학에 귀착하게 된 몇 가지 생각들을 확인하려는 것이다. 마지막 장은 "아이러니와 급진주의"라는 표제를 달고 있는데, 이 장에서는 사상적으로 비교적 미완성된 것이 수사학적으로 매우 세분된 개념들에서 이야기되고 있다. 급진주의자가 동시에 아이러니컬한 사람을 뜻하는 것이 아님은 납득될 수 있다. 그러나 급진주의가 동시에 허무주의라는 점은 별 설득력이 없으며, 그리고 아이러니컬한 사람이 보수적이라 함도 전혀 앞뒤가 맞지 않는 말이다. 여기서 우리는 어떤 사고의 논리를 근거로 이 모든 것이 전개되고 있는지 재검토하려는 것이 아니라, 다만 광신적이지 않은 사랑하는 정신, 에로틱한 아이러니, 자명하게 아이러니의 성격을 띠고 있는 "정신과 삶의 중간과 중간자의 위치"(XII, 571), 또한 중간 위치의 "문제성"과 "정신과 감성으로 이루어진 혼합 자연"의 "문제성"(XII, 573)이 이야기되며, 그리고 마지막 결론에서 다시 한번 "사랑"(XII, 588)이 명명되는 사실을 확인하고자 할 따름이다. 여기서 "눈"의 장에서 제시된 교훈들이 이미 형상화되고 있음을 인식하기는 어렵지 않은 일이다.

『한 비정치인의 고찰』에서뿐 아니라 1922년에 강연한 「독일 공화국에 대하여」란 연설에서도 인도적인 것(XI, 814)과 그리고 거듭하여 "독일적 중심"(XI, 830f.)이란 말이 언급된다. 여기서 중심이란 "낭만주의적인 것과 계몽주의, 신비와 이성 사이에 있는 정신적인 지점이다"(XI, 830). 토마스 만은 중심이란 말은 다시금 같은 비중을 지닌 낱말 "인간성"과 동일시된다고 『한 비정치인의 고찰』에 대한 변론에서 밝힌 바 있다. 그리고는 계속하여 낭만주의와 정치적 계몽주의 사이를 오가며 슈펭글러에 반대하고 월트 화이트맨을 지지하며 헬라스, 남성들의 우정(XI, 848), 그리고 "건강"과 "질병"(XI, 849)에 대하여 이야기한다. 이러한 토마스 만의 진술들은 마의 산 세계에 매우 근접한 것들이며, 게르하르트 하우프트만을 위한 기념 연설에서 다시 한번 그의 시각에서 최종적 결론이 내려지고 교훈과 소설의 정수가 일컬어진다:

죽음에의 공감이 타락한 낭만주의가 아닌 것은 죽음이 신성하고 성스러이 삶 속에서 받아들여지는 대신, 독립적이고 정신적인 권력으로서 삶에 대치될 때뿐이겠는가? 죽음과 병, 병리학적인 것, 몰락에 대한 관심은 인문 의학부가 증명하는 것처럼 단지 삶과 인간에 대한 한 표현에 지나지 않는다. 생물학적 유기체와 생명에 관심 있는 자는 특히 죽음에 관심을 가진다. 죽음의 체험은 궁극적으로 삶의 체험이며, 이러한 체험이 결과적으로 인간으로의 복귀를 보여주는 것은 성장소설의 대상이 될 수 있을 것이다(XI, 851).

성장소설이 어떤 것이라는 것은 우리가 알고 있다. 『마의 산』은 물론 성장소설이며, 『마의 산』의 교훈은 다음과 같이 파악될 수 있겠다.

시대에 약간 뒤떨어지긴 하지만 오늘도 그 빛나는 광채를 발하며 유혹하는 이름: 인간성. 유미주의적 개별화와 일반적으로 존엄성을 상실한 개체 몰락의 사이에서; 신비주의와 윤리, 내면성과 국가성의 사이에서; 윤리적인 것, 시민적인 것, 가치의 죽음에 결부된 부정과 그리고 물처럼 투명한 윤리적 편협성에 지나지 않는 이성의 사이에서 인간성은 진실로 독일적 중심이며 훌륭한 위인들이 꿈꾸었던 아름답고 인간적인 것이다(XI, 852).

그리고 무슨 말을 하는지 아직 이해하지 못한 사람에게 토마스 만은 "공화국 만세!" 하고 함께 외칠 것을 종용한다.

독자는 분명 『마의 산』을 매우 낭만적인 책으로서 한결같이 독일적인 책이라 간주할 것이며, 토마스 만 역시 그의 소설이 그렇게 이해되기를 바랐다. 그러나 그것이 이 교훈과 도대체 무슨 상관이 있단 말인가? 엄밀히 따지면 그다지 상관은 없다. 토마스 만이 여기서 서술하는 내용은 단지 제1차 세계대전을 지지한 변호인에서 확신 있는 공화주의자로 바뀐 그 자신의 변신에 지나지 않음을 어렵지 않게 알 수 있다. 밑바탕에 깔려 있어 잘 드러나진 않지만 『마의 산』역시 이런 변신을 다루고 있으며, 그리고 그가 이것을 정직하게 다루었기 때문에 1924년 만족스러운 결론과는 전혀 다른 결과에 이르게 된다. 우리는 또한 소설의 삼분의 이에 해당하는 부분 끝에 삽입된 "눈"의 장이 바로 『한 비정치인의 고찰』에서와 게르하르트 하우프트만을 위한 기념 연설에서 매우 비약적이면서도 아주 공허하게 표현된 인식에 상응한 것임을 말할 수 있다. 비판적으로 보자면 시민성과 독일 정신, 중심과 인간성, 민족과 공화국에 대한 이 장황한 이야기는 전부 무엇이며, "독일적 중심, 아름답고 인간적인 것"이라 한 말은 또 무슨 뜻인가? 개념 정의들이 막연하고 광범위한 것은 우연의 소치가 아니라 의도적인 것이다. 『마의 산』의 교훈과 부분적으로 동시에 씌어진 『고찰』과 그리고 다른 에세이들에서의 교훈은 결과적으로 동일한 결론인, 즉 "내면성"을 의미할 때 일컬어지는 "독일인의 가장 아름다운 특성"과 같은 표제어에 귀착되며, 우리는 또한 "내면적인 것에서 객관적인 것으로 내딛는 독일인의 진보"와 그 밖에 다른 점에 대한 것을 읽게 된다. 1923년에 나온 「독일 공화국의 정신과 본질. 발터 라테나우스를 회상하며」(XI, 855)에 이렇게 씌어 있다. 거기서 다시 "인간성"(XI, 856)과, "종교적 인간성" "낙관주의와 염세주의의 피안에 있는 새로운 인간의 이념, 단순한 이념과 파토스, 사랑 그 이상인 참으로 교육적인 사랑"(XI, 860)에 대해 이야기되고 있다.

이것은 모두 변화된 정황들, 변화된 삶의 인식에 상응한 관점에서 고려하기 위한 장황한 시도이다. 만약 우리가 솔직하다면, 이것은 단지 그럴싸한 말에 지나지 않으며 무의식중에 한 추상적이고 부정확한 말일 뿐이라는 사실을 시인해야 할지 모른다. 그러나 그것은 아니다. 토마스 만이 1924년 그의 독자들에게 제시하려 한 것은 새로운 도덕, 새로운 윤리, 새로운 교훈이 아니었다. 그는 조심스럽고 신중하게 "눈"의 장에서 두 핵심 문장을 거주하는 세계의 황야 외곽에서 꾸는 꿈속에, 극단적인 방향 상실의 순간 속에 옮겨놓았던 것이다. 『마의 산』은 마지막으로 우리에게 신의 아들인 인간의 위치가 중심이라는 것과 선과 사랑을 위해 죽음의 지배를 받아선 안 된다는 이 두 핵심 문장을 남겨두지만, 그것을 위한 어떠한 방향도 제시하지 않는다. 소설은 교훈을 제시하려는 것이 아니라, 어쨌든 글자 그대로 존재하는 무엇을 찾으려는 수사학적으로 잘 짜여진 성과 없는 노력의 증명일 뿐이다. 엄밀하게 살펴보면, 『마의 산』의 교훈에는 결정적 인식이 없으며 아무도 그 정당성을 의심하지 않을 두 가지 모호한 주장만 있을 뿐으로, 이것은 굳이 소설을 통하지 않고서도 제시받을 수 있는 것이다.

그렇다면 무엇이 남게 되는가? 소설이 교훈을 이끌어낸 인간성과 중도, 선, 그리고 사랑에 대한 생각이 남는다. 이것은 이른바 독일 고전주의를 약간 희석시킨 전언으로, 여기에는 『이피게니에』가 은폐되어 있고——소설에서와 그리고 이를 부언하여 쓴 에세이들에서 ——자석 같은 흡인력을 입증해주는 괴테 유산이 살아 있다.

토마스 만의 괴테 접근은 우리가 알고 있는 바와 같이 『에케만: 괴테와의 대화』와 『파우스트』의 정독과 더불어 시작된다. 이는 1894년의 일이며, 그 후 세기 전환기에 가까워질 때까지 밀도 있는 괴테 접근이 계속된다. 접근에는 거리감이 따르게 마련이다. 괴테의 해인 1932년보다 훨씬 이전에 이미, 그러니까 『괴테와 톨스토이』로써 새로운 접근이 시도되었다. 1921년 9월 4일 토마스 만은 뤼벡에서 처음으로 이 강연을 하였고 그 후에도 수없이 많은 강연을 하였으며, 1925년 이 책의 초판이 출판될 때까지 부분적으로 인쇄되어 나왔다. 괴테와 톨스토이에 관한 이 에세이와 『한 비정치인의 고찰』이 틈새 없이 맞물려 있음은 너무도 분명하기 때문에 여기서 더 이상 상론하지 않으려 한다. "마지막 단장"이란 제목이 붙어 있는 『괴테와 톨스토이』의 마지막 장이 『한 비정치인의 고찰』에서도 특히 "아이러니와 급진주의," 그러니까 결론 장의 근본 사상을 이어받고 있음은 명백하다. 『괴테와 톨스토이』에서 "아이러니는 중심의 파토스이다"(IX, 171)라고 하였다. 이 에세이는 또한 독일을 "시민 세계 중심"에 있는 민족이라 일컬으며 "중심의 유익한 어려움"에 대해 이야기하고 있다(IX, 171). 『한 비정치인의 고찰』뿐만 아니라 『괴테와 톨스토이』 역시 마찬가지로 『마의 산』의 행간 번역으로서 읽어야 옳다는 것은 쉽게 이해될 수 있다. 이 확신이 새로운 시각은 아니지만, 그러나 "눈"의 장에 있는 이른바 교훈에 대한 보다 나은 이해를 위하여 여기서 다시 한번 언급될 필요가 있다. 에세이 『괴테와 톨스토이』에서 "질병"의 장은, 토마스 만이 말했듯이, 질병 속에 "인간의 존엄성"이 깃들여 있기 때문에(IX, 80) 건강보다는 질병이 선호된다는 점에서 『마의 산』-세계에 아주 가까이 접근해 있음을 다시금 분명하게 인식시켜준다. 페어퍼코른은 어쩌면 몇 가지 특징에서 톨스토이를 정신적으로 모방한 형상이 아닐까 싶다. 톨스토이는 토마스 만에게 있어서 에세이 『톨스토이-안테우스』에 나오는 인물이며, 페어퍼코른 역시 의심할 여지없이 안테우스-의식을 가지고 있는 인물이다(IX, 92). 간략히 말하면, 『괴테와 톨스토이』가 『마의 산』에 영향을 준 것도 아니고, 『마의 산』이 이 에세이에 영향을 미친 것도 아니며, 『고찰』 역시 마찬가지 경우이다. 그러나 그렇듯 많은 실마리들이 한데 얽혀 있기 때문에 이 소설 역시 20년대 초반에 새로이 개시된 괴테 탐색에 귀속시켜야 할 것으로 추측될 수 있다. 이 시기의 다른 여러 가지 글쓰기 노력에 일관되어 있는 말은 "인간성"이라는 강력하고도 부정확한 말이다. 『괴테와 톨스토이』는 "인간성 문제에 대한 단상"을 연상케 한다. 그리하여 『마의 산』의 교훈은 괴테적 인간성에 대한 교훈이라는 사실이 쉬이 드러나며, 이는 후기 시민 문화의 말뿐인 고백이 아니라 방향 감각을 상실하였을 때 제시되는 방향 설정을 위한 도움인 것이다. 독일 고전주의는 전형적인 시민성의 철학이 제시할 수 없었던 무엇을 줄 수 있어야 했다. 왜냐하면 이 시민성의 철학은 제1차 세계대전의 시기에, 그리고 이 전쟁과 더불어 완전히 사라졌기 때문이다.

독일 고전주의 세계를 정복하기 위한 출정은 여기서 멈추지 않는다. 『바이마르의 로테』에서는 아직도 "정신을 통한 중개"에 대하여 논의된다. 토마스 만은 그러나 괴테 한 사람만으로 만족해하지 않았다. 에세이 『괴테와 톨스토이』에는 그림자처럼 쉴러가 희미하게 나타나며, 『마의 산』에서는 보다 분명하게 그 모습을 드러낸다. "휴머니즘"은 눈보라 속에서 얻은 인식이기는 하지만 또한 제템브리니에 의해 널리 알려진 것이기도 하다. 휴머니즘이란 무엇인가? 하고 제템브리니는 질문하며 이에 대한 대답으로서 나중에 카스토르프가 말하게 될 것을 미리 알려주고 있다: "휴머니즘이란 인간에 대한 사랑이자 정치이며, 인간의 이념을 더럽히고 손상시키는 모든 것에 대한 반항이다"(Ⅲ, 222). 제템브리니는 처음부터 "사상의 자유와 삶의 기쁨을 옹호하였다"(Ⅲ, 223)고 한다. 나중에 한스 카스토르프는 보다 상세하게 『돈 카를로스』를 회상하며 쉴러의 의도와는 정반대로 이해하면서, "선생님, 사상의 자유를 주십시오"(Ⅲ, 411)라는 말을 다시 한번 반복한다. 사상의 자유를 달라는 말은 나프타가 떠올린 마지막 말이며, 나프타는 제템브리니가 대항해 싸우는 테러리스트이다. 그렇다고 나프타 자신이 "신의 아들"에 대하여 말하지 않는 것은 아니다(Ⅲ, 541). 고전주의적 생각의 자료——인간성의 교훈이 비록 오늘날 우리에게는 퇴색해 보이지만 고전주의적 생각의 자료는 1차 세계대전이 종식된 후와 꼭 마찬가지로 2차 세계대전 이후에도 즐겨 받아들여졌다.

『이피게니에』에 대해 한번 들어본 사람이면 이제 누구나 이 점이 잘 이해되고 분명해질 것이다. 아직 미결된 채 남아 있는 문제는 토마스 만이 왜 여기서 베르크호프를 무대로 고전주의적인 것을 재론하고 있는가 하는 점이다. 우리는 그가 단순히 시대적인 유행에 따른 것이라고는 생각하지 않는다. 비록 그 당시, 특히 『괴테와 톨스토이』를 집필할 당시에 시중에서 구할 수 있었던 괴테 전기들을 그가 충분히 검토하지 않은 채 매우 자의적인 해석에서 얻은 괴테 지식[6]이긴 하지만 말이다. 왜 조금은 무미건조한 이 중간의, 인간성의 철학이며, 왜 모든 가능한 것을 의미할 수 있는 개념인 "사랑"과 "선" 때문에 장황스레 죽음을 거부한다는 말인가? 예컨대 "사상의 자유"는 고전주의적일 뿐 아니라 서구적이고 프랑스 식으로 중개된 사상이기도 하며, "사상의 자유" 배후에는 다름아닌 미라보의 『전제 정치에 관한 시도』에서 피력된 "생각의 자유"가 숨겨져 있기 때문이다.[7] 프랑스인이 널리 알려야만 할 일을 왜 이탈리아인이 하고 있는가? 하는 물음은 결코 사소한 문제가 아니다. 이 물음은 근본적으로 그 해답과 연결된 것으로 또한 우리에게 토마스 만이 왜 굳이 고전주의적인 것을 여기서 확연하게 개진해야만 하는지 그 이유를 명료하게 밝혀줄 수 있을 것이다.

그 당시 몇 해 동안의 일기를 살펴보면 우리는 하인리히 만이 얼마나 그의 동생의 감정을 상하게 하고, 그에게 정말 얼마나 위협적

---

6) Herbert Lehnert/Eva Wessell, Nihilismus der Menschenfreundlichkeit. Thomas Manns "Wandlung" und sein Essay "Goethe und Tolstoi," Thomas-Mann-Studien, Bd. IX, Frankfurt / M., 1991, S. 177.

7) 이에 대해선 Paul Böckmann을 참조 바람: Schillers Don Karlos. Edition der ursprünglichen Fassung und entstehungsgeschichtlicher Kommentar, Stuttgart, 1974, SS. 508ff.

이었는지 알 수 있다. 토마스 만의 일기에는 하인리히에 대하여 반복적으로 언급되어 있는데, 거의가 부정적인 말들이다. 하인리히. 1921년 9월 18일자에서 읽어볼 수 있듯이 하인리히가 "그의 시대소설로써 큰 타격을 가할 준비중에" 있음을 토마스 만은 분명히 인식하고 있었다. 이 타격을 받을 사람이 과연 누구인지는 분명하다. 바로 토마스 만 자신이었던 것이다. 1920년 3월 3일 그는 다음과 같이 적고 있다:

　　하인리히의 위치는 지금 당장에는 그렇듯 빛나 보이지만 이미 일어난 사건과 경험들로 인하여 근본적으로 허물어지고 있는 중이다. 그의 서구적인 방향 감각과 프랑스인의 숭배, 윌슨주의 따위는 낡고 시들었다. 정말이지 질투심에 불타 소화 장애를 일으키는 것은 쓸데없는 짓이다.

　"유럽 문인의 유형은 오늘날 극작가와 산문 작가의 것보다 중요하다"고 1919년 4월 18일자 일기에서 쓰고 있다. 『신민』에 대한 친절한 평은 전혀 찾아볼 수 없고 작품의 저자에 관하여서도 역시 마찬가지다. 그 전에 이미 토마스는 하인리히를 "프랑스 급진주의자로서 사회민주주의를 추구하는 자가 아니며, 사회주의자는 더더욱 아닌, 현 프랑스 공화국의 추종자다"라고 일컬은 바 있었다(1918년 11월 18일자 일기). 그럼에도 형으로 인한 위협은 여전히 남아 있었다.

　여기서 인용된 예문들은 사실 『한 비정치인의 고찰』에 씌어진 것에 비하면 정말 부드러운 표현이라 하겠다. 『고찰』은 토마스 만이 형에게서 받은 위협을 얼마나 심각하게 받아들이고 있었는지 증명한다. 『고찰』의 마지막 장에서 하인리히에 대한 그의 공격은 매우 신랄하다.

여기 너희들이 보고 있는 그는 정치화된 유미주의자이고, 시적인 민중 유혹자, 민중 모독자, 웅변술의 열광에 탐닉한 자, 오락 문학 정치가, 정신에 있어선 이탈리아아인이며 민주적인 '인류'의 명예로운 기사이다! 이런 것이 우리 사회에서 부상해야 옳단 말인가? 이런 것이 우리를 지배해야 옳은가? 결코 그렇게 되진 않을 것이다. 적어도 나는 그런 비열한 난센스적인 행위에의 권력에 결코 '정신'을 내주지 않을 나라에 속해 있음을 다행스럽게 생각하고 있다(XII, 578).

이것은 『정신과 행위』에 대한 거의 단도직입적인 비꼼이다. 행동주의적 태도에 대한 말은 토마스 만의 기억 속에 각인되어 있다가 1944년에 가서 다시 "나의 돈으로 생계를 유지하며 이곳을 벗어나지 못하는 행동주의적 작가 활동으로 인해 형을 예찬하는 것에" 격분하며 "옛 고통이 다시 되살아난다"고 적고 있다(1944년 6월 24일자 일기).

『고찰』은 형 하인리히에 대한, 이 "정치적인 선동꾼"(XII, 576)에 대한 공격들로 가득 차 있다. 제템브리니가 『마의 산』에서 대변하는 것을 예컨대 프랑스인이 할 수 없다는 점은 이해가 간다. 그리하여 (나프타와 마담 쇼샤를 포함하는) 동쪽은 서쪽에 대립된 것이 아니라는 이상하게 잘못된 추측을 낳게 한다. 이 소설에서 서쪽이 인물을 통해 의인화되어선 안 되는 까닭은, 하인리히 만이 이미 이를 근본적으로 충분히 다루었기 때문이기보다는 남쪽이, 즉 계몽주의적 생각을 가진 제템브리니가 등장하기 때문이다. 제템브리니의 계몽주의적 생각은 프리메이슨 운동과 이탈리아의 부흥 통일 운동에서 차용되어 어느 정도 설득력을 보여준다. 어쩌면 이 또한 민주주의와 국민 행복이라는 평이한 형식이 예찬된 하인리히 만의『작은 도시』
에 반한 말은 아닐까? 그 당시 로마의 남쪽에 위치한 그 작은 산간
마을에서의 사건은 다른 곳보다 더 관습에 얽매임이 없이 더 자유
분방하며 표면적으로 진행되었다. 이에 비하면 제템브리니는 다른
층의 인물이었다. 이런 생각은『작은 도시』역시 반뤼벡적이라고 보
는 해석을 통하여 설득력을 얻는다. 위쪽, 즉 뤼벡에서는 귀족적인
것에 인접한 중산층 시민이 있고, 팔레스트리나에서는 단골 손님들
의 떠드는 소리와 시골 사람들의 열광이 있다. 그곳 위쪽, 뤼벡에는
사대에 걸친 가족 연대기가 갈수록 더해가는 추락 가능성과 잠행성
유전병, 파산, 재정 붕괴와 형제의 금욕 문제를 안고 있고, 여기 아
래쪽, 즉 이탈리아에서는 관용과 이성의 승리가 이야기되며 아름다
운 날과 "시민 화합의 상"에서 끝나고 있다.[8] 간략히 말하자면, 토
마스 만이 제템브리니를 통하여 간접적으로 하인리히 만의 소설에
응답하고 있음은 전혀 상상할 수 없는 것도 아니다. 왜냐하면 전보
다 더 위협적이 된 하인리히의 두번째 소설『신민』이 다시금 아주
강력한 경쟁 대상으로 부각되었기 때문이다. 바로 이런 연유에서
다보스에 위치한『마의 산』의 다수 민족 국가에서는 애정물을 위장
하기 위해 약간의 프랑스어가 사용되는 것을 제외하면 프랑스가 전
혀 등장하지 않는다. 교훈은 이런 것이고,『마의 산』의 교훈은 하인
리히를 공격하기 위한 것이며, 고전주의는 임시 변통적인 것이긴
하나 그러나 형의 이념들에 반한 것으로서 당시 넓은 독자층의 호
응을 얻었다. 토마스 만의『마의 산』은 적대적인 형제 관계를 입증
하는 책이다. 작품에서 그의 대변인은 다름아닌 제템브리니 자신인
셈이다. 제템브리니에 대해 말하자면, 그는 이미 카스토르프와 침

---

8) Heinrich Mann, Die kleine Stadt, Roman(＝Studienausgabe in Einzelbänden, hrsg.
  von Peter-Paul Schneider), Frankfurt / Main, 1986, S. 425.

센, 이 두 사촌과 나눈 첫 대화에서 "인간 중심주의와 교육학"(Ⅲ, 93)을 논하고 있다. 그의 생각들은 『마의 산』 세계를 두루 거친 것이며, 곧이어 카스토르프 자신이 "인간 중심적인 관심"에 대해 말하게 된다(Ⅲ, 363). 교회 사제들에게 아무 가치를 두지 않는 두 사람 간의 공통적인 견해를 제외하면 제템브리니가 그의 이탈리아적 원상과 공유하는 점은 그리 많지 않다. 카스토르프가 소설의 제템브리니처럼 폐결핵을 앓고 있다는 사실은 이것과 무관하다. 왜냐하면 역사적인 제템브리니가 행한 역할을 맡은 사람은 제템브리니가 아니라 그의 할아버지 지우제프이며, 그의 삶에 대해 토마스 만은 제템브리니의 『내 삶의 회상』을 통해서 잘 알고 있었던 것이 분명하기 때문이다. 그러나 할아버지와 손자는 문학적인 공생 관계를 맺고 있으며, 그리고 그 이상의 관계가 있다. 제템브리니는 토마스 만이 같은 시기에 『고찰』에서 고지하였던 사상들에 보다 더 가까이 접근하고 있고 또한 "인간에 대한 사랑"을 설교하며(Ⅲ, 222) 중심에 대하여 논한다. 제템브리니는 손풍금쟁이에서 소설 주인공의 친구가 된다. 카스토르프와 작별할 때 그의 그 몸짓은 침묵이었으나 그 속에 모든 것이 표현되고 있다. 그럼에도 소설의 독자는 이를 근거로 명쾌한 해석을 이끌어낼 수 없다. 왜냐하면 그가 또한 계몽된 프랑스를 모범으로 삼았던 적대적인 형이 말한 그 이념들을 다시 구현하고 있는 것은 아닌가 하는 의문이 들기 때문이다. 그렇지 않다면 제템브리니가 말하는 것은 사실 하인리히 만이 하였을 법한 생각이기도 하지만, 적어도 동생이 보기엔, 하인리히가 할 수 있었던 것보다 더 확신 있고 더 능숙하게 할 수 있다는 점을 보여주려 한 것이라 이해해야 옳을까? 따라서 제템브리니는 포괄적인 의미에서 토마스 만을 대변하는 인물이며, 때때로 정말 토마스 만과 동질성을 띤 인물인가? 이 물음은 제템브리니의 생각이 1909년에 발표된 에세이

『정신과 예술』에서 토마스 만이 제시하였던 생각과 일치하기 때문에 더욱 당연한 것이다. 그러나 그런 후 다시 우리는 하인리히 만의 『정신과 행위』에 접근하는 생각들을 찾아보게 된다. 토마스 만이 제템브리니 인물 때문에 고민한 것은 확실하다. 이 고민은 『고찰』이 탈고된 후에도 여전히 해결되지 않은 채 남아 있었다. 토마스 만은 1919년 11월 4일 일기에 다음과 같이 기록하였다:

제템브리니가 주는 교훈은 예술적인 연관성에서 문제가 있는 것이다. 그러나 정신적인 관점에서도 역시 마찬가지인데, 그 까닭은 이 교훈이 진지하게 받아들여지지 않음에도 불구하고 도덕적으로는 유일하게 긍정적인 것이며 죽음의 악습에 대립한 것이기 때문이다. 다른 측면에서 소설이 지닌 정신적 코믹은 몸의 신비주의와 정치적인 미덕간의 이 대립에 근거한다.

제템브리니의 역할은 모호한 것이고 또한 그렇게 남아 있을 것이다. 어쨌든 그는 다른 인물들에 비해 토마스 만의 견해를 많이 수용하고 있는 인물이다. 그렇다면 제템브리니는 형과 작가 자신의 문학적인 종합인가? 어쩌면 제템브리니는 그 이상의 의미를 지니고 있을지도 모른다. "제템브리니"가 옛날 베네치아 말로 동성 연애자를 뜻한다는 사실을 토마스 만은 알고 있었던 것일까? 그가 베네치아의 리도에서 휴가를 보내었을 때 어쩌면 이 말을 들었을는지도 모른다. 제템브리니와 한스 카스토르프 사이의 가벼운 동성애 관계는 그냥 흘러 넘겨버릴 수 없다. 이것은 물론 제템브리니 인물로 인한 고민을 해결해주기는커녕 더욱 심화시키는 결과를 가져온다. 그밖에도 그는 확실한 복음을 가지고 있지 않고, 그가 주는 교훈은 이전에 토마스 만 자신과 동시에 그의 형이 가졌던 것이기도 하며, 아무리 예리하게 그려져 있어도 그의 형상은 확신 있는 견해를 가진 예언자가 되기에는 필요한 이상으로 변화무쌍한 인물로서 남아 있다. 간략히 말하면, 소설 또한 이를 인식하게끔 제시하고 있는 바와 같이 제템브리니의 형상은 여기서 표현된 교훈이 아무리 확신에 차 보이더라도 결국 의심스러운 것임을 분명히 해준다. 무엇 때문에 하인리히가 토마스한테서 인간성의 정신, 문학의 정신 그리고 정치의 정신은 모두 "문명"(Ⅲ, 225)이란 말 속에 압축된 것이라는 혹독한 비난을 당했는가, 그리고 그 까닭을 만약 제템브리니가 설교한다면 우리는 이를 어떻게 이해해야 하는가? 어떻든 젊은 한스 카스토르프는 이것을 "구애받지 않고 그냥 들어볼 만한 것이며, 그리고 만약의 경우에 대비해 귀담아들을 만한" 것으로 받아들인다.

『마의 산』에서의 교훈은 분명 소설이 제시하는 최상의 것은 아니다. 소설의 결론이 안개 속에 가려져 미결인 상태에서 끝난 것은 놀랄 일이 아니다. 예고될 것은 그 전에 벌써 너무나 장황한 말로 이야기되었기 때문에 더 이상 새롭게 예고할 것이 없는 것이다. 물론 능변에서 예고된 것은 아니지만 본래의 교훈이 말하고자 하는 것은 어쩌면, 리얼리티에 있어서는 단지 그곳 위쪽뿐 아니라 어디에서도 그 나름의 정황이 결정적이라는 것이 아닐까? 『마의 산』은 이런 생각을 해볼 수 있는 계기를 준다. 그곳으로의 여행부터가 벌써 상징적이며 비밀스런 베일을 벗기고 있다. 고독으로의 여행, 사람이 살지 않는 아무도 없는 곳으로의 여행은 이제 그 특유의 이중적 의미를 띤다. "기차를 타고 이곳으로 올라왔을 때 난 밤인 줄 알았어"라는 구절을 우리는 어디선가 읽게 된다. 그 대답은, "그때 넌 객차 안에서 잠을 잤잖아." 이에 대꾸하기를, "완전히 잠든 건 아니었어. 작은 간이역들에서는 주위가 갑자기 고요해지는 것을 느꼈어. 〔……〕 간이역들마다 기차가 정차했거든. 〔……〕 기차에서 내리는

승객은 한 사람도 없었고, 그리고 승차하려는 사람도 없는데 기차
는 오랫동안 하염없이 정차해 있었어." 이것은 마의 산으로 향하는
카스토르프의 여행이 아니다. 그러나 마의 산에 이르기 전 겪게 되
는 비슷한 여행 경험들이 있다. 이 대화는 입센의 『만약 우리가 죽
은 자를 깨운다면』의 서두에 있는 말이다. 입센의 극작품 제3막의
무대는 우연의 일치로는 볼 수 없을 "높은 산속에 있는 한 요양소에
서" 전개되며, 연출 지시는 "배경에 가파른 낭떠러지가 있는 깎아지
른 듯 날카로운 높은 산. 눈 덮인 산 정상이 오른쪽에 우뚝 솟아 있
고, 산 정상은 안개 속에 묻혀 있다"고 씌어 있다. 이 작품에는 또한
눈 속에서의 산책 장면이 들어 있는데, "루벡과 이레네는 서로 손을
잡고 오른쪽 설원 위로 높이 올라 낮게 깔린 구름 속으로 사라진다"
고 되어 있다. 토마스 만은 필시 여기서 『마의 산』에서 "눈"의 장을
위해 몇 가지를 차용하였을 것이다. 그러나 애매한 점은 다른 곳에
서도 나타난다.

태양은 산 정상의 높은 꼭대기에 깔린 마치 해파리들이 운집해 있
는 것같이 보이는 안개 위로 붉게 떠올랐다. 〔……〕 사실 우리는 바
다의 수면 위에서 소요하고 있다. 다보스는 마술에 걸린 도시 비네타
이다. 우리는 이미 오래 전에 익사하였지만, 아직도 살아 있는 것처
럼 진주와 황금 목걸이를 목에 걸고 바다의 수면 위를 소요하고 있
다.

이 말 역시 토마스 만의 구절이 아니라, 크라분트가 그의 다보스-
산문인 『질병』에서 한 말이다. 제템브리니가 병자들은 높은 지대에
사는 지극히 타락한 존재들이며, 평지에서 온 방문객은 "죽은 자들
이 가치 없이 무의미하게 살고 있는" 깊은 곳으로 하강하는 것이라

고 알려주는 것처럼, 오디세이가 방황하는 곳은 죽은 자의 세계이지 비네타가 아니다. 그러나 위쪽으로 나 있는 길은 두 경우 모두 왜곡된 방향에서 목적지로 이끌며, 현실은 이중적 의미를 띤다(Ⅲ, 84). 어쩌면『마의 산』의 교훈은 현실을 무조건 나타난 그대로 받아들여선 안 되는 것이라고 가르치고 있는지 모른다. 마의 산 세계에서 말하고 있는 많은 것이 이미 토마스 만의 첫 산문 스케치「환영」이란 제목이 뜻하는 그것이다. 이는 쇼펜하우어와 절대적으로 연관된 것이 아니라 오히려 현실에 대한 아주 일반적인 유보에 관련한 것이다. 낭만주의자들은 이 유보를 다양하게 표현하였다——어쩌면『마의 산』은 작품 속에 편입되어 있는 고전주의에도 불구하고 모든 철학과는 동떨어진, 실로 낭만적인 책인지도 모른다.

　『마의 산』이 나오고 삼 년 후 하이데거의『존재와 시간』이 출판되고, 오 년 후 하이데거는『마의 산』에서 나프타와 제템브리니간의 다양한 논쟁과 같은 풍으로 에른스트 카시르와 토론을 벌인다. 존재와 시간.『마의 산』에서 존재와 시간은 불신되지만, 그러나『마의 산』은 실존철학이기도 하다. 비록 완고한 한 작가의 철학이긴 하지만 말이다. 이 완고한 작가는 "인류의 승리," 이것이 바로 "그 말"이고, 이 말은 "인간의 명예이며, 오직 이 말만이 삶을 인간답게 만든다. 휴머니즘뿐 아니라 인간성 전체가, 모든 인간의 품위와 인간에 대한 존경, 인간의 자긍심이 이 말과, 문학과 뗄 수 없는 관계에 있다"(Ⅲ, 224)고 생각하였으며, 이 생각은 또한 제템브리니가 피력한 것이기도 하다. 이 말을 하는 사람은 제템브리니지만, 이를 쓴 사람은 토마스 만이다. 이 생각은 다른 누구의 철학도 아니며, 또한 현실 극복의 의지를 보여준 쇼펜하우어의 철학도 아니다. 이것은 말 외엔 아무것도 아닌, 소설에서 가장 직접적으로 작가를 대변한다고 볼 수 있을 제템브리니가 뜻하는 것처럼 아름다운 말인 것이다. 아름다운 말. 현실을 인식시키고 또한 극복하게 도와주는 것은 오직 이 아름다운 말밖에 없다. 이로써 화자는 다시 한번 그리고 최종적으로 문학이 제공하는 아름다운 특성들로써 무엇을 해야 할지 모르는 맥주 양조업자 마그누스에게 답하고 있다. 카스토르프는 마그누스가 전적으로 옳다고 동의할 생각이 없고 "어떤 점에서 문학이 '아름다운 특성들'과는 다른 것인지" 알고 싶어질 것이다. 제템브리니가 인간성의 승리로서 말의 예찬에 대한 이야기를 하고 난 뒤, 카스토르프는 마침내 맥주 양조업을 하는 그 조야한 인사가 알 수 없었던 것을 깨닫는다. 얼마 지나지 않아 카스토르프는 그의 사촌에게, "문학에서는 아름다운 말이 중요하다는 점을 잘 이해하겠지? 난 그것을 금방 알았어"(Ⅲ, 224)라고 말한다.

제4장

『파우스트 박사』

1. 예술가 테마의 재수용

토마스 만은 오랫동안 예술가의 이야기를 쓰지 않았다. 『행복에의 의지』『트리스탄』『토니오 크뢰거』, 그리고 『베니스에서의 죽음』에 이르는 초기 토마스 만의 문학을 특징지었던 예술가 테마는 이미 반세기 전의 일이었다. 『대공전하』『마의 산』『요셉』소설과 『바이마르의 로테』에서 나타나고 있는 것은 단지 간접적인 곡예사 모티프일 뿐이다. 이 테마는 특히 세기 전환기에 특수한 예술가 문제성이 이미 종결된 것으로 여겼기 때문에 지나간 문제로 보였다. 아쉔바하, 토니오 크뢰거, 데트레브 슈피넬, 파올로 호프만은 각각 그들의 방식에서 사회에 저항하며 살았고, 설령 그들이 독일 낭만주의 이래로 등장한 기인과 같은 예술가 인물들의 긴 행렬을 잇는 것은 아니라 하더라도, 고립된 인물들이며 번번이 실패한 자로 묘사되고, 의심받고 쫓기며 사회로부터 추방당하고 버려진 자들이다. 세기 전환기 문학에는 이런 유형의 인물들이 많이 있는데, 대개는 유미주의자가 아니면 퇴폐주의자, 사기꾼 혹은 기식자, 병자가 아니면 그 당시 유행하던 어설픈 아마추어 예술가나, 세상을 경멸하는 인간 혹은 사회 비판가로서 등장한다. 그들 모두는 예술가로서 아웃사이더들이었고, 그들의 실존은 사회와의 대립에서 그 윤곽을 드러낸다. 그러나 바로 예술가의 사회 편입이 현실적으로 요구되는 시점에서 이 테마가 토마스 만의 작품에서 더 이상 논의되지 않는 점은 쉽게 납득될 수 있다. 토마스 만 자신은 그가 "어쩌면 그 누구보다도 형이상학적-개체적인 것에서부터 사회적인 것으로 변천되는 시대적 강요를 몸소 격렬하게"(XI, 136) 체험하였다고 말한 적이 있으며, 이것은 세계대전 시대의 경험이자 『한 비정치인의 고찰』, 새로운 공화국 이해의 경험이었다. 토마스 만 자신이 심지어 특정한 대표자의 역할을 맡고 있다고 믿었던 그 순간, 예술가 테마는 결정적으로 종식되고 만다. "사람은 분리된 행동을 할 수가 없다," "예를 들어 정신적인 것에 대해 알지 못하면 정치가로서 존재할 수 없고, 사회적인 양심의 가책을 내팽개치고 유미주의자로서, '순수 예술가'로서 존재할 수는 없는 일이다"(X, 173)라고 토마스 만은 쓰고 있다. 그가 한 이런 종류의 진술은 수없이 많다. 언젠가 말하기를, "나의 가슴속에는 시대와 보편성에 대한 말을 꺼내기 위해서는 그저 나 자신에 대한 이야기를 하면 된다는 신념이 살아 있으며, 이 신념이 없었더라면 나는 창작의 노고에 벌써 지쳐버리고 말았을 것이다"(XI, 571)라고 하였다. 이러한 자기 이해는 예술가의 형상을 처음부터 의심스럽게 보여준다.

그러나 뜻밖에도 오래 전의 예술가 테마가 다시 부상한다. 1943년 3월 14일 그는 "모든 요셉 자료들"을 치워버리고 난 뒤, 곧바로 오랫동안 미루어두었던 "단편소설 「파우스트 박사」에 대한 생각. 자료들 조사"(Tb, 1943. 3. 14)에 몰두한다. 그 전에 이미 1941년 6월 29일자 일기에는 "점심 식사 후 『파우스트』"라고 적혀 있다. 그렇지만 이것 역시 많은 기록들 중 하나에 불과하고, 처음으로 이 소재가 고무적인 자극으로서 나타난 때는 1941년 5월 4일자로 기록되어 있으며, 이때 그의 일기에는 "『파우스트』를 다시 읽다"라고 씌어 있다. 그리고 나서 1941년 5월 22일자 일기에서 "『파우스트』를 정독하다"라고 적고 있다. 이로써 토마스 만은 괴테의 『파우스트』에 새로이 몰두하기 시작하며, 이는 적어도 간접적으로 세기 전환기에 쓴 옛 이야기를 다시 수용하려는 그의 계획에도 영향을 미쳤을 가능성이 크다. 이 일은 1943년 3월 17일에 일어난 것이고, 그때의 일기는 다음과 같이 보고하고 있다:

> 오전에 옛날 노트들을 뒤적였다. 1901년에 쓴 3줄로 된 파우스트 박사의 구상을 발견함. P. E.와 토니오 크뢰거 시대와의 접촉. 『연인들』과 『마야』의 계획들. 청년 시절의 이 고통을 다시 대면하였을 때 가진 부끄러움과 감동／사랑을 이보다 더 강하게 체험할 순 없을 것이다. 마지막에 가서는 난 모든 결과의 책임을 다했다고 스스로 말할 수 있게 될 것이다. 이를 예술적으로 적합하게 만드는 것은 어려운 작업이었다.

토마스 만은 이 시점부터 거의 모든 것을, 특히 그 자신이 읽은 책들을 새로운 계획과 연관짓게 된다.

> 스티븐슨의 대작 『제키스 박사와 하이드씨』, 머릿속으로는 파우스트 소재를 생각하고 있지만 형상화하기엔 아직 멀었다. 설령 병리학적인 것이 동화적인 것으로 고양되고 전설적인 것에 접목될 수 있다 하더라도 그것에서 일종의 불안감이 생겨나며, 그 밖에 다른 어려움은 거의 극복될 수 없을 것 같다. 내가 줄곧 나의 마지막 작품이 되리라 생각해왔기 때문에 이 기획에서 겁먹고 물러서지 않을까 하는

추측이 뒤섞인다(Tb, 1943. 3. 21).

이제 남은 것은 괴테의 작품『파우스트』이다.

오래 전부터 구상해왔던 파우스트 계획에는 달리 연관지어질 수
없을 여러 테마상의 콤플렉스들이 한데 결부되어 있었다. 그 한가
지 예로 예술가 이야기는 이전처럼 자기 스스로를 유희 속으로 몰
아갈 가능성을 안고 있었다. 물론 자기 자신이 세상과 대립해 있음
을 인식하고 또한 그것으로부터 자신의 동질성을 구하였던 아웃사
이더적인 기인으로서가 아니라 대표자로서 말이다——여기서는 실
제로 보편성에 대해 거론하기 위하여 자기 자신을 이야기하고, 자
기 자신을 합법적으로 묘사하기 위하여 시대에 대한 보고를 할 수
있는 기회가 제공되어 있었다. 동시에 이 시대에 글자 그대로 악마
에게 홀린 독일의 운명을 테마화할 수 있는 가능성을 제공하였고,
세번째로 독일적 내면성과 연관된 오래된 이념들에 다시 한번 몰두
할 수 있는 전망을 주었던 것이다. 독일적인 것과 음악적인 것이 특
수한 방식에서 긴밀한 연관 속에 있음은 이미『마의 산』에서 표현되
고 있다. 그러나 이 작품 이후 삼십 년 세월 동안 축적한 경험을 바
탕으로 많은 것이 부가되었다. 낭만적인 밤의 몽상이 가져온 파국
적인 결말이 가시화되었고, 이로써 소재는 동시에 독일 시대사의
비합리주의를 청산할 계기를 제공하였다. 여기에 덧붙일 점은, 토
마스 만이 괴테의『파우스트』를 재차 정독함으로써 추측컨대 그 자
신의 파우스트 계획으로 다시 되돌아갔을 것이며, 여기서 이제는
경쟁적인 형식에서 괴테의 드라마를 분석하고, 말하자면 파우스트
의 이야기를 연장하여 한 민족의 운명으로 확대시키며, 동시에 이
모든 것에 자기 자신을 포함시킬 수 있는 기회가 주어진 것이다. 결
과적으로 이러한 소재는 다른 어느 작가보다도 토마스 만에게 인용

기법을 고도로 향상시키고, 따라서 이전에 기껏해야 암시적인 경우에 지나지 않았던 정도에서 서술적 가능성들을 사용하도록 자극을 주었다.

구성상의 고려는 물론 전면적으로 드러나지 않는다. 나중에 작품의 생성 과정에서 점점 강하게 소설 속에 삽입되긴 하지만 말이다. 그가 계획한 테마의 복합성에 관해서는 그러나 처음부터 의심의 여지가 없었다. 토마스 만은 소재의 다차원성을 정확하게 파악하고 있었던 것이다. 1943년 4월 27일자 클라우스 만에게 보내는 편지에서 그는 다음과 같이 쓰고 있다:

난 다시 뭔가를 쓰고 싶다. 그래서 아주 오래 전에 구상했던 것인데 그 사이 발전한 한 계획을 계속 생각하고 있어. 예술가(음악가)와 현대적인 악마의 서약 이야기. 운명의 지대를 탐색한 모파상, 니체, 후고 볼프 등등. 간략히 말하면 좋지 못한 영감과 악마에게 홀린, 다시 말해 완전 마비로 끝나는 천재화의 테마이지. 그렇지만 도취와 반이성의 이념이 이것과 강하게 결합되어 있고, 이로 인하여 정치적인 것과 파시즘, 그리고 독일의 슬픈 운명도 마찬가지로 연결되어 있다. 전체는 매우 고독일적-루터적인 색채를 띠지만(주인공은 본래는 신학자였다), 그러나 어제와 오늘의 독일에서 일어나는 일이야. 이 작품은 나의 '파르치팔'이 될 것이다. 이 생각은 1910년, 그러니까 정치적인 폭발이 아직 선취될 수 있었고 인정되었던 당시에 한 것이다. 그러나 나는 언제나 다른 일 때문에 바빴지(Br. II, 309).

이것과 거의 동일한 내용의 다른 편지가 이보다 하루 늦게 아그네스 E. 마이어에게 발송되었다. 세기 전환기의 계획이 실제로 "정치적인 폭발력"을 가지고 있었는지, 아니면 이를 얻어야 했는지는 더 이상 알아낼 방법이 없다. 그러나 적어도 『대공전하』와 『베니스에서의 죽음』은 1914년 이전에도 정치적인 테마가 토마스 만 작품의 배경에 깔려 있음을 시사해준다. 1943년 『파우스트』 계획에는 정치적인 테마가 여실히 드러난다. 처음 등장한 후 두 달 동안 테마의 구성과 모티프 콤플렉스에서 이미 내적인 줄거리 구조가 짜여진 것이 『파우스트 박사의 생성』에 밝혀져 있고, 여기서 토마스 만은 알프레드 노이만과 나눈 대화 내용을 보고하며 그가 알려주었던 『파우스트』 계획에 대한 노이만의 반응을 다음과 같이 적고 있다.

그에게 가장 깊은 인상을 준 것은 아마도 문화 위기라는 어려움에서 벗어나 악마와의 계약으로 빠지는 도피와, 자만심에 차고 생산 불능의 위협을 느끼는 정신이 어떤 대가를 치르더라도 심리적 압박에서 자유롭고 싶은 갈망, 그리고 갑작스런 탈진 상태에 이른 구제 불능의 병적 쾌감과 파시즘적인 국민적 열광간의 대비인지도 모른다 (XI, 163f.).

생산 불능의 위협을 느끼는 정신, 이 말은 『베니스에서의 죽음』을 새롭게 떠올리게 한다. 심리적 압박으로부터의 자유 또한 『부덴브로크 일가』 이후로 우리에게 알려진 모티프이다. 이와 같은 암시들은 어떤 정도에서 토마스 만이 의식적 무의식적으로 자기 자신의 예술가적 실존을 소설 속에 포함할 의향이 있었는지 분명히 해준다. 이런 관점에서 보면 심지어 작품의 전사가 되는 중세 독일의 루터적인 것, 수백 년에 걸친 정신적 중독의 준비 단계까지도 가장자리로 밀려나 있는 것처럼 보인다. 그렇지만 집필하는 동안은 중세 독일적 매너리즘을 띤 언어의 사용으로 인해 퍼스펙티브상의 단축이 있긴 하지만, 16세기의 독일로 깊이 하강한다.

2. 작품의 출처와 인용 방식

토마스 만의 소설 기획은 놀라울 정도로 대담했다. 한 전기 속에 퍼스펙티브를 배가시킬 뿐 아니라 시간적 차원들을 부단히 교차하게 만드는 개체 발생사적인 독일의 역사가 포함되어야 했기 때문이다. 그러나 이것만으로 충분치 않아 리얼리티의 순도와 파우스트 전기의 신빙성이 손상되지 않는, 말하자면 상징적인 방식에서 그 자신이 경험한 해들의 정치적인 파국이 소설의 사건 속에서 일어나게 해야 했다. 이렇게 하여 소설은 한편으론 고도의 정확성을 추구하면서, 다른 한편으론 이 사실적인 층위가 언제라도 파괴될 수 있으며 사실들이 도대체 무엇을 의미하는지 주의를 환기시킬 수 있게 된다. 이에 비교될 수 있는 단행들은 몇 가지 되지 않는데, 무질의 『특성 없는 사나이』와 헤르만 블로흐의 『몽유병 환자』에서처럼 개체의 역사 속에 시대 전체, 국민 전체의 역사를 삽입하는 시도들이 바로 그것이다. 반면, 이 시대 소설을 쓴다는 것이 얼마나 어려운 작업인가는 30년대 완성된 수많은 순수 역사적인 작품들이 입증한다. 역사적인 비유에서는 시대가 어쩌면 신빙성 있게 보이진 않을지 모르나, 직접성이란 대가를 치르긴 해도 어쨌든 보다 용이하게 묘사될 수 있었다.

퍼스펙티브상의 시간 단축. 이것은 물론 이미 『요셉』 소설에서도 나타난다. 이 작품에서는 복수 유신론에서부터 단일 유신론에 이르는 인류사적 과정이 함께 묘사되어 있고 또한 수백 년간에 걸쳐 완성된 사회적인 행동 방식의 변천이 명시되어 있으며, 무엇보다 의식의 변화와 동일성의 규정들, 그리고 마찬가지로 긴 세월 동안 발전하여온 갈수록 예민해지는 시간 의식도 특징지어져 있다. 그러나 결코 토마스 만은 그의 편지와 일기, 그리고 『파우스트 박사의 생성』에서 암시되는 것처럼 의미 복합체를 독일적인 것과 독일 역사, 독일적 내면성의 이 개체 발생사적 묘사와 관련시켰던 적은 없다. 『요셉』 소설이 쾌활하기까지 한 사실주의적인 것의 자세를 취하고 있긴 하지만, 이 새로운 소재의 경우에서 사실주의는 다른 종류의 것이었다. 이야기는 신빙성이 있어야 했던 것이다. 그렇다고 이야기를 개별적인 사실들로 흩어놓아서는 안 되며, 이야기는 개별적인 것들의 상징적 의미를 인식할 수 있게끔 전형적으로 묘사되어야만 했다. 이에 구성상 많은 문제들이 뒤따르는데, 토마스 만은 처음부터 이 문제를 잘 알고 있었다. 독일과 악마와의 계약 이야기 계획이 성공한다면, 책 전체는 실화소설이 될 필요가 없이 현실적인 것을 기술하면 되었다. 그리하여 토마스 만은 그가 이전에 "허구적인 것과 전기, 레버퀸 인물의 조각을 그림 알아맞추기처럼 정확하게 실현하기 위해 기울였던 노력"(XI, 165)에 대해 말하였고, 동시에 "내가 어린 시절에 보았던 '파노라마들'에서 손에 잡힐 듯한 실제적인 것이 원경의 그림과 환영적인 것으로 구분하기 어렵게 변해버렸던 것처럼 바로 그렇게 실제적 · 역사적 · 개인적 · 문학적 사실들을 조립"함으로써 얻어지는 "환상적인 역학"에 대하여 이야기하였다.

토마스 만은 이 모든 것을 이루어내기 위하여 상세한 출처 연구를 하였다. 이에 관해서는 G. 베르그스텐(1963), L. 보스(1975) 및 D. 아스만(1975)의 논문들이 알려준다. 토마스 만은 파우스트 소재에 관하여 1847년 슈투트가르트에서 발행된 요한 샤이벨의 저서 『첫 민중본이 발행되기까지 파우스트 박사에 대한 전설, 문학과 이에 잇따른 모든 것과의 비교〔……〕』를 참고하였다. 그 가운데 없던 『파우스트 박사 민중본』은 1911년 할레에서 발행된 로베르트 페취의 간행본을 사용한 것으로 추측된다. 출처에는 그 밖에도 니체 문헌이 속하며, 에리히 F. 포라하의 저서『니체를 둘러싼 형상들. 그의 생애와 작품 이야기에 대한 미출판된 기록들』, 바이마르 1932, 파울 도이센의 『프리드리히 니체에 대한 회상들』, 라이프치히 1901, T. W. 아도르노의 예술론 저서인 『새로운 음악의 철학』, 프랑크푸르트 1958, 『바그너에 대한 시도』, 베를린/프랑크푸르트 1952, 『철학적 단상들』(막스 호르크하이머와 공저), 뉴욕 1944, 그리고 또한 키에르 케고르의 『이것이냐 저것이냐. 삶의 단장[……]』, 드레스덴 1909, 막스 오스보른의 『16세기의 악마문학』, 베른 1893, 칼 케레니의 저 서들과 다른 예술사적인 것을 다룬 많은 책들, 후고 볼프의 편지들, 루터의 『편지』와 작품들, 그 밖에 음악 문헌 자료와 마찬가지로 파 울 틸리히의 한 편지에 이르는 개인적인 것도 출처에 해당한다. 대 부분의 출처 자료들은 『파우스트 박사의 생성』에서 명기되어 있다.

　이 모든 것이 "소재"를 제공하였고, 소재는 이렇듯 다양한 분야에 서 얻은 것이었다. 토마스 만은 전에는 결코 그 유례를 찾아볼 수 없을 정도로 『파우스트 박사』에 몽타주 원칙을 대거 적용했다. 『바 이마르의 로테』와도 역시 비견될 수 없는 것이, 이 작품에서 인용된 것은 곳곳에서 식별될 수 있지만, 『파우스트 박사』에서의 인용 층위 들은 서로 겹쳐 있어 언뜻 보기엔 아무런 연관성이 없어 보인다. 그 러나 인용 층위는 배치 방식을 통하여 배경적인 것, 즉 인용을 통하 여 이야기 속에 도입된 것에 비해 음악가 인물을 부단히 투명하게 만든다. 토마스 만은 "몽타주 원칙"(XI, 165)과 "상이한 영역들의 혼 합"(XI, 166)에 대하여 언급하였다. 이 혼합은 주인공 인물과 그의 삶을 말하자면 부단히 여러 방면으로 개방시켜 이질적인 소재들을 받아들이게 한다. 그러나 『요셉』 소설에서는 인물의 경계를 이처럼 확장하는 일이 특히 과거로 소급되고 또한 시대에 선행되기 때문에 시간적인 관점에서 어느 정도 직선적인 성격을 띤다 한다면, 『파우스트 박사』는 보편적인 인용 기법의 작품으로서 입증된다. 이 인용 기법은 소설의 결정적인 인물들이 사실상 시대들과 여러 의식의 영역 위로 펼쳐진 보이지 않는 관계망의 중심으로 되게 만들며, 이 관계망 안에서 특징적인 인물의 경계들은 언제나 새롭게 모든 방향을 향하여 열려 있다. 그래서 끊임없이 직접적 간접적으로 인용이 되며, 전래된 것은 여러 겹의 의미층을 이룰 때까지 용해된다. 근본적으로 이것은 바로 토마스 만이 의미하는 신화적으로 서술하려는 시도, 즉 묘사된 인물들의 일회성 속으로 부단히 낯선 현실을 유입시켜 시간을 지양하고 전후의 연상을 가능케 하기 위한 시도이다. 그리하여 인용을 통해 묘사된 현실은 몇 배로 투명해진다. 우리는 또한 토마스 만이 예술가의 대표성에 대한 그의 상상을 소설의 서술 기법으로 옮겨놓고 있다고 말할 수 있을 것이다. 따라서 이제 주인공은 비범하고 여러 관점에서 선택된 인물이나, 정선된 삶의 테두리와 축복받은 예술가의 운명을 지닌 특별한 영웅의 형상이 아니라 어느 정도 발전적인 실존을 갖게 되며, 주인공은 그럼에도 불구하고 서술된 실재성을 지닌 종합적인 인물로서 묘사된다. 토마스 만이 각 인물이 지닌 신화적인 종속 구조에 대한 그의 이론을 서술적으로 이런 정도의 외연에서 변형시킨 적은 없었다. 신화적인 종속 구조의 첫 자취는 『마의 산』에서 찾아볼 수 있다. 『요셉』 소설 또한 분명 신화적인 작품이긴 하지만, 이 작품에서는 오히려 반대 방향으로 전환되어 있다. 불분명하고 희미하게 사라지는, 개인적인 것의 윤곽이 해체되는 신화적인 외곽 지대에서 주위의 모든 인물들에 비해 훨씬 강한 개성을 지닌 요셉의 형상이 만들어졌다. 이때 물론 요셉은 아무리 생생하게 그려진다 하더라도 어쩔 수 없이 계속해서 신화적으로 동떨어진 인물로 남게 된다. 도대체 자신이 어떤 시대에 살고 있는지도 모르고 자신의 동질성조차 번번이 모호해지는 노

예 엘리처에서 요셉의 고차적인 의식에 이르는 길, 이것이 동시에
소설이 추구한 방향이었다.

3. 신화적인 서술

요셉 인물과는 대조적으로 『파우스트 박사』의 중심 인물인 아드
리안 레버퀸 속에는 다른 성질을 띤 현실들과의 경계가 부단히 개
방되어 있다. 신화적인 것의 본질에 속하는 것이 무궁무진한 연관
들이고, 신화적인 자기 이해에서는 개성적인 것이 타당성과 가치를
지니지 않고 시대의 막은 부단히 열릴 수 있어 시간적으로 멀리 동
떨어진 것을 독자적인 의식의 정립을 위해 받아들일 수 있게 되며,
이러한 신화적 의식이 수백 년 동안 역사적인 경계들을 의식하지
못한 채 자신 속에 존재하여온 것을 알고 있음을 전제로 한다면,
『파우스트 박사』는 사실상 신화적인 소설 작품인 것이다. 여기서 물
론 신화적인 것은 신화적인 의식, 신화적인 실존 형식의 특수한 현
대성을 보여주는 고도의 의식성 정도와 결부되어 있다. 여기서 독
자는 이러한 형상과 그 삶이 지닌 신화적인 배경을 통찰할 수 있어
야 한다. 레버퀸이 몇 차례에 걸쳐 어떤 낯선 의식의 내용들이 그의
내면에 자리잡고 있는지 인식시켜주고 있고, 화자 차이트블롬 역시
그의 몫을 다하고 있지만, 그러나 결국 소설의 풍부한 연관성과 묘
사된 리얼리티의 배후에 한데 모아져 있는 현실의 다차원적 특성과
인용의 다양한 의미, 그리고 이에 결부된 다른 현실에 대한 환기를
인식하는 것은 독자가 풀어야 할 과제이다. 토마스 만 자신은 이 풍
부한 연관성을 그의 소설 특유의 고유한 음악적인 것으로서 이해하
였으며, 그리고 서사적인 구성 계획은 없었기 때문에 작품의 특색

을 음악적인 이론들을 사용하여 해명함으로써 위기를 모면하곤 했다. 그러나 근본적인 부담은 물론 독자가 짊어질 수밖에 없다. 독자에게는 레버퀸의 실존과 의식이 단독적인 실존이 아니라, 보편적인 것, 역사, 선지식을 함께 내포하는 신화적인 우주로서 인식되게끔 주어져야 한다. 헤르만 블로흐는 신화적 소설을 구상하면서 이와 유사한 것을 시도하였는데, 그의 신화적 소설은 물론 토마스 만과는 달리 "미래의 대우주진화론"의 상징적인 선취로서 정신적-시적인 영역에서의 세계 창조라고 정의한다. 토마스 만에게 있어서 신화적 소설은 『파우스트 박사』와 관련지어볼 때 언제나 인물의 경계선을 없애고, 그가 가장 큰 불안을 느끼면서 가장 많은 설명을 필요로 했던 영역인 역사를 끌어들이는 시도와 결부되어 있다. 그러나 역사 속에서는 인간의 과거가 지양되어 있을 뿐 아니라 인간의 현재 상황 역시 밑그림되어 있기 때문에, 우리는 여기서 단순히 역사적 사실들에 관한 학식을 읊는 낡은 의식은 피하고자 한다. 『마의 산』이 세계대전 전 시대를 다시 한번 정리하고 1914년 파국의 실제적인 요인들보다는 정신적인 요인들을 서술적으로 분석하는 시도였다면, 『파우스트 박사』는 파시즘의 파국을 서술 가능하게 만들려는 한 시도이다. 이것은 또한 처음부터 개별 인물이나 줄거리에 집중되는 것을 막는다. 여기서 상징적 소설이나 상징적 소설 인물에 대해 이야기하는 것 역시 옳지 못할 것이다. 왜냐하면 이것들은 오랜 독일적·괴테적 전통에 따라 보편적인 것, 궁극적으로는 무의식적인 것, 근본적 힘과 실존적인 원초적 조건들을 암시하기 때문이다. 물론 이에 대해서도 『파우스트 박사』에서 이야기되고 있다. 그러나 소설은 다름아닌 역사의 주지화를 꾀하려는 노력이다. 이 역사의 배경들이 완전히 밝혀질 수 없고, 그리고 18세기 이후의 역사에 그토록 결정적으로 영향을 미쳤던 비이성적인 힘이 여전히 크게 작용하고 있는 사실을 인식하고 있었음에도 불구하고 말이다. 그래서 주요 인물들의 경계선이 부단히 지양되는 신화적인 소설은 동시에 장대한 역사소설이 되는 것이다. 토마스 만의 관점에서 신화적인 것과 역사적인 것은 잘 화합해 보였다. 늦어도 『요셉』 소설 이후부터 역사와 신화는 단지 선사 시대의 상이한 양태에 지나지 않는다는 점에서 더욱 그랬다. 결정적인 것은 개인의 역할이 끝난 것으로 보이는 점이다——토마스 만은 나이가 들면서 개성적인 것에서부터 전형적-신화적인 것 자체로 전이되는 과정을 자기 자신에게서 경험한 바 있다고 말한 적이 있다. 이런 경험에서 한편으로 개인적 삶의 발전 기록을 발견할 수 있다 한다면, 이 확신에는 다른 한편으로 작품의 프로그램이 배태되어 있다. 토마스 만 소설들의 중요한 대목에는 단독으로 나타나는 인물이 없다. 이런 인물이 이따금씩 이야기의 변두리에 등장할 때면, 그는 가난과 무지를 폭로한다. 우리가 후기 작품까지 폭넓게 살펴볼수록 소설의 중심부 곳곳에 보편적 경험을 수용하기 위한 창이 열려 있음을 알게 된다. 오직 이런 방식에서 아드리안 레버퀸에 관한 소설이 독일적 소설로 될 수 있었고, 오직 이런 방식에서 현재를 함께 결정하였던 역사적인 영역들이 인용될 수 있었던 것이다. 좀더 자세히 살펴보면, 토마스 만이 이런 방식으로 쇼펜하우어 철학의 본질적인 부분들을 그 자신의 소설 구성으로 옮겨놓은 사실이 드러난다. 적용 범위가 넓은 포괄적인 인용과 주 모티프는 이미 『마의 산』에서 중요한 구성 수단이었지만, 그러나 후기 작품에서도 특히 『파우스트 박사』에서는 개성의 거부가 재수용되며, 동시에 개성의 고유성을 탈취하는 모든 것이 부가되어 있다. 따라서 이러한 신화적 서술에 대한 가장 의미심장한 보증은 아마 쇼펜하우어가 될 것이다.

4. 화자 차이트블롬

토마스 만은 새 소설이 "엄청나고 복잡한 작업"임을(DüD Ⅲ, 10) 잘 알고 있었다. 그리고 소설에 "독일 운명의 슬픔" 또한 함께 포함되어야 했기 때문에, 비이성적인 것은 따라서 처음부터 테마와 소설의 심층 구조의 일부가 되었다. 이로써 소설은 어떤 의미에서 처음부터 측정될 수 없지만 말할 수 있는 것의 경계 밖에 있는 현상들을 언어로써 표현하고 있다. 토마스 만 역시 마찬가지로『파우스트 박사』가 발하는 빛은 "신화적인 요소가 가미된 현대적인 것"이라 특징지었다(DüD Ⅲ, 10). 집필 초기에 벌써 토마스 만은 소설 구성상의 중대한 결단을 내렸다. 화자 제레누스 차이트블롬을 도입하였던 것이다. 토마스 만은 처음에(1943년) 이와 같은 내레이터 활용의 근거에 대한 해명으로, 악마의 서술에 대한 좋지 않은 이야기가 "아주 이성적-인간적으로 사유하는 보고자라는 매체를 통하여"(Br Ⅱ, 324) 이야기에 있어야 할——그리고 그 자신이 필요로 한——불가결한 "명랑성"을 얻는다는 이유를 들었다. 이런 유의 화자 인물은 이전 작품에서는 찾아볼 수 없는 것이었다. 철학적인 생각을 표현하는 작가의 대변인 역할을 맡은 그런 보이지 않는 보고자가『마의 산』에서나『요셉』소설에서는 등장하지 않는다. 토마스 만은『파우스트 박사』의 화자에게 다른 과제들을 부여한다. 즉, 인문학적 소양이 있는 김나지움 선생을 통하여 어두운 역사를 말하게 하는 발상은 그 자체부터가 소설에 희극적인 특성을 줄 뿐 아니라, "엄청난 구상의 바탕이 되는 모든 직접적인 것, 개인적인 것, 고백적인 것으로 인한 자극을 간접적인 것으로 밀어내고 혼동과 불안한 심령의 손떨림 속에서 트라베스티화하여 나타나게 한다"(XI, 164). 동시에 토마스 만은 화자가 또 다른 중요한 구성적인 기능을 갖고 있음을 강조하였다. 화자가 보고하는 전기적 사건 부분을 "먼 곳에 투하된 폭탄으로 인한 진동과 내적인 경악으로 인해 그의 손떨림이 모호해지고 그러다 다시 분명하게 해명하는"(XI, 165) 글쓰는 자의 의무와 교차시키는 다성부 구성을 만들어내는 것이다.

토마스 만은 이후에 자신이 차이트블롬이나 레버퀸과 동일하지 않음을 누누이 강조하였다. 그렇지만 그는 매번 이 두 인물 속에 똑같이 강하게 자리잡고 있다는 인상을 주었다. 차이트블롬의 도입은 엄청난 소재로부터 거리를 취하는 동시에 가능한 직접적으로 소재에 접근하기 위한 수단이었다. 이러한 관점의 중복, 즉 레버퀸과 차이트블롬의 이중적 동질성에는 안나 제거스와 알프레드 되블린, 그리고 많은 다른 작가들의 망명문학에서 우리가 여러 차례 접한 바 있는 망명의 경험들이 반영된 것을 알 수 있다. 여기서는 물론 단순히 정신적인 동질성의 확보가 문제되는 것이 아니다. 토마스 만은 망명으로 인하여 그의 문학적 실존에 심각한 불안을 느끼기에는 너무나 자부심에 차 있던 작가였다. 우리는 글을 쓸 수 없는 시대적 여건에도 불구하고 그가 얼마만한 끈기로 집필을 계속하였고 그의 계획들을 실천해나갔는지 알고 있다. 이보다 더 엄청난 이중적 동질성은 멀리 캘리포니아에서 글쓰는 토마스 만과 독일에서 사는 그의 연대기 저자간의 것이 아니라, 실은 선한 독일과 악한 독일간의 동질성으로, 토마스 만은 다른 한쪽을 건드리지 않고선 한쪽에 대해 쓸 수가 없었던 것이다. 특히 일방적으로 편을 드는 모든 행위는 그릇되고 세상 경험과 맞지 않는 것이었기 때문에, 독일의 경계선 내에는 단지 악한 독일만이 있고 경계선 밖에 선한 독일이 있다는 단순한 논리가 아니라, 선하고 악한 독일이 구분할 수 없을 정도로 서로 밀착된 관계를 갖고 있음을 토마스 만은 너무나 잘 알고 있었

다. 동시에 여기서 중요한 것은 정치적이거나 역사적인 대립항이
아니라, 자기 내면의 가능성과 위협이 문제된다는 것을 알고 있었
다. 이 점에서 토마스 만은 그 자신을 배제하지 않았고, 그리고 그
럴 수도 없었다. 그러나 차이트블롬은 이 점에서도 거리와 근접을
허용하였고, 독일 편에 서 있는 레버퀸의 어두운 운명에 동감을 표
시하였으며, 이와 동시에 다시금 내적인 거리를, 내면적인 동요에
도 불구하고 아웃사이더로서의 입장을 고수하고 있다.

  화자의 도입으로 얻어지는 구성적인 장점들 역시 매우 많다. 소
설의 소재는 화자라는 매체를 통하여 굴절되어 나타날 뿐 아니라,
부가적인 연상 영역과 연결 가능성들을 지닌 그 이상의 차원이 서
술에 포함된다. 특히 화자 차이트블롬은 토마스 만에게 어떤 의미
에서 시간을 지양시켜준다. 왜냐하면 차이트블롬이 보고하는 것은
모두 과거에 일어난 일로서 이미 완결된 것이며, 그리하여 그가 임
의대로 전후의 이야기를 전개시키고 사건의 전체를 알고 있다는 확
신 있는 의식에서 이야기를 이끌어가기 때문이다. 이것은 차이트블
롬이 서술하는 동안 레버퀸의 슬픈 이야기의 종말이 늘 예시되는
점에서 말하자면 서술적인 영원한 현재성을 허용하는 셈이다. 이리
하여 차이트블롬은 오래 전에 일어났던 일을 서술적으로 완성하며,
그 자신은 글을 쓰기 이전에 벌써 종결된 한 파국의 연대기 저자가
된다. 한 대륙 전체를 잔혹 행위와 살인의 수렁으로 몰아넣은 독일
의 숙명조차도 이미 레버퀸의 이야기 속에 일어났던 사건이다. 그
리하여 연대기 저자에게는 레버퀸 개인의 비극이 완결되고 난 후
국가적인 비극이 어떻게 완결되는지 말하는 일만 남아 있을 뿐이
다. 물론 이것은 이미 오래 전에 있었던 한 개인의 파멸에 대한 이
야기를 다시금 위협적이고 침울하게 하는 현재의 이야기로 만든다.
1943년부터 이야기되는 시대적 사건들은 개인의 비극을 대규모로

반복하고 있으며, 이를 통하여 화자는 레버퀸의 질병과 몰락의 역사가 결국엔 어떻게 독일 몰락의 역사와 동질적인 것이 되는지를 설명하게 된다. 후자의 역사가 하나의 역사적인 보고라 한다면, 소설은 전자가 지닌 후자와의 동질성으로 인하여 시대소설이 된다. 독일의 몰락은 여기서 완성되며, 비단 유럽의 전장에서 이루어진 것만은 아니다. 그리고 독일의 몰락은 차이트블롬이 아드리안 레버퀸에 관한 책을 그의 종말 묘사로써 종결지었던 바로 그 순간에 완전해졌다.

따라서 개인의 역사와 마찬가지로 국가의 역사가 끝난다는 것은 소설의 배후에 깔린 생각이며, 그리고 어쩌면 역사가 이렇게 대단원의 막을 내리고, 레버퀸의 비유에서 이미 이 역사가 종결된 것을 아는 것은 또한 서술자 토마스 만의 보호 수단이자, 파국의 두려움에 대한 통찰에도 불구하고 역사를 의식적으로 견지하고 의식적으로 만듦으로써——지적 회상의 엄습이 가능한 한에서——역사를 엄습할 수 있는 가능성이었다.

차이트블롬은 확실히 역사와 역사들의 끝점에 서 있고, 그는 역사에서 살아 남았다. 그러나 주의력 깊은 독자는 차이트블롬이 "그 친애하고, 그토록 무서운 운명의 시련을 겪은, 상승했다가 추락한 남자이자 천재적인 음악가에 대한 첫번째이자 분명 매우 잠정적인 이 전기에"(VI, 9) 자기 자신에 관한 몇 가지와 그의 "사정들"을 먼저 서두에 내세우며 이야기하는, 호머를 모방하고 있는 첫 문장에서 벌써 앞으로 전개될 모든 것을 짐작할 수 있게 된다. 시련을 겪은, 상승했다가 추락한 천재 음악가. 이 말 속에는 레버퀸의 인생 행로가 밑그림되어 있다. 여기서 이를 보지 못하면, 소설의 종결부에서부터 다시금 그 속에 독일의 운명적 길에 대한 한 비유를 볼 수 있게끔 독자의 연상 능력이 종용된다. 1943년 5월 23일, 차이트블롬은 그의 수기를 쓰기 시작하고, 토마스 만은 그의 소설을 쓰기 시작한다. 일기에는 간결하게 "오전에 『파우스트 박사』를 쓰기 시작./(차이트블룸의 서문)"이라 적혀 있다. 그 밖에 이 주위에서 발견할 수 있는 것은 몇 안 되는 실제적인 일에 대한 메모들뿐이지만, 그러나 이 메모들에는 극도로 신경이 예민해지고 의기소침하며 고통스러운 그 즈음의 분위기가 암시되어 있고, 마찬가지로 우리는 "명랑성은 불가결한 것이라 생각하며, 그렇기 때문에 차이트블룸이란 매개체"(Tb, 1943. 2. 6)라는 글귀를 읽게 된다.

5. 전범들

1943년 7월 26일 토마스 만의 일기에는 "예술이 처한 절망적 상태는 조화로운 유발점. 도취 속에 사라지는 애써 얻은 영감의 기본 구상이 시야에서 잃지 않도록"이라 적혀 있다.

도취를 통한 영감: 니체의 삶이 이야기의 모델을 제공한다. 니체의 이름은 『파우스트 박사』에서 명명되진 않지만, 그러나 그의 운명과 그의 비극은 토마스 만 자신이 시인하였듯이(XI, 165) 레버퀸의 비극과 매우 직접적으로 연관되어 있다. 토마스 만은 『파우스트 박사의 생성』에서 가장 본질적인 복합적 관념들에, 즉,

니체가 겪은 쾰른의 사창가 경험과 그의 질병 증상을 글자 그대로 인용한 것과, 악마의 에쎄 호모* 인용들, ──독자가 거의 알아볼 수 없는──니스에서 보낸 니체의 편지들에서 따온 다이어트 식단의 인

---

* Ecce Homo, 이 사람을 보라.

용, 혹은 도이센이 꽃다발을 안고 정신적인 밤에 침잠해 있는 사람을
방문한 눈에 뜨이지 않는 인용(XI, 165f.).

에 주의를 환기시켰다. 여기서 니체의 전기는 소재가 될 뿐 아니라,
동시에 인용이며 전기적인 사실들을 사용한 몽타주이다. 다시 말해
니체-소설을 쓰려 한 것은 아니었지만, 니체는 토마스 만이 소설의
기본 구상──애써 얻은 영감과 예술의 절망적 상태에서 벗어나게
하는 도취──을 실현하고, 몽타주로 연결되고 인용된 이 전기의 도
움으로 독일의 역사를 독일적 내면성과 독일 영혼의 역사로서 서술
하기 위해 도입한 의미심장한 중심 인물이다. 토마스 만은 또한 니
체 전범을 그대로 놔두지 않고 여기에 항상 다른 전범들과 다른 문
학적 인용들을 접목시켰는데, 이런 전범들은 레버퀸 인물의 종합적
인 성격을 분명히 해줄 뿐 아니라, 동시에 그처럼 풍부하게 표현되
는 니체의 출현을 통하여 예컨대 셰익스피어 드라마들, 차이코프스
키의 삶에서 일어난 사건들, 쇤베르크의 12음 기법, 아도르노의 예
술 문화 비판적인 진술들, 루터 연설 등등과 연결되는 관점들을 열
어준다. 토마스 만 자신은 그의 작품을 "매우 험난하고 불경스러운
한 예술가 생애의 이야기로 가장된 내가 사는 시대의 소설"(XI, 169)
로서 특징지었다. 그리고 그의 당시대적 소설에 또 독일적 비합리
성의 역사가 삽입되어 덧붙여진다. 이 역사는 토마스 만에게 있어
서(레버퀸의 전기를 "뒤로," 즉 시간의 심연 속으로 거슬러 올라가는
시점상의 연장에서) 뒤러 시대에서부터 시작된다. 레버퀸의 양친은
뒤러 시대를 대표하는데, 그의 아버지 요나탄은 필립 메란크톤을
그린 뒤러의 동판화를 모방하여 초상된 인물이고, 그의 어머니는
대략 1507년경의 그림인 "베니스에서 온 한 독일인의 초상"을 모방
한 인물이다. 이것은 『파우스트 박사』에 유입된 매우 풍부한 그림

자료들 중 두 가지 실례에 해당한다. 카이저스아쉐른에 있는 삼촌 니콜라우스 레버퀸의 집은 뉘른베르크에 있는 뒤러의 집을 모델로 기초된 것이고, 니콜라우스 레버퀸 자신은 뒤러가 그린 건축 기술 자였던 히로니무스 폰 아욱스부르크의 초상화를 본딴 것이다. 물론 이것들은 모두 표면적인 "인용들"에 불과하다. 이보다 중요한 것은 이로써 환기되어지는 정신 자세, 영혼의 분위기이다. 처음으로 이 소설에서 악마적-비합리적 특성이 나타나고, 전설적인 것이 역사 속에 개입된다. 아버지 레버퀸에 의해 마치 르네상스 시대 때처럼 본질적 요소들이 사유되고, 부분적으로 환상적인 것에 빠져드는 경 건성을 띤 루터 시대가 현존하며, 중세 독일적인 것이 나타나고, 악 마학과 악마와의 동맹 기질이 소설에 배어들어 있기 때문에, 여기 서는 어떤 "영혼의 삶"이 제시되고 있다. "영혼의 삶"은 토마스 만 의 견지에서 볼 때 매우 독일적일 뿐 아니라, 의문스럽고 섬뜩한 특 징을 띤 것이었다. 이야기들은 모두 때로 희극적이다가 파국적으로 되는 방식에서 악마적인 것과 상관하고 있기 때문에, 처음에는 단 지 서술적인 부속물에 불과한 것처럼 보이지만, 다른 측면에서 보 면 이 이야기들은 동시에 니체 전기의 예에서 매우 소상하게 이야 기되는 악마와의 동맹에 대한 전조가 된다. 레버퀸의 삶 속에 말하 자면 루터 시대 이후 지속적으로 이어져온 독일 정신과 영혼의 역 사가 다시 한번 총괄되는 셈이다. 레버퀸에 의해 표현되지 않은 것 은 그를 둘러싼 인물들, 즉 파국적인 민족주의를 열렬히 신봉하고 이후에 일어날 파멸을 배태하고 있는 사상을 가진 대학 교수들이나 학우들 같은 인물들을 통하여 말해진다. 실제적인 파국은 악마와의 계약을 기점으로 일어난다. 토마스 만은 작품 소재를 장별로 정확 하게 분류하고, 또한 형식적인 면에서도 정밀성과 상징적인 묘사를 추구하였기 때문에 악마의 장인 25번째 장을 거의 정확하게 소설의 중앙에 오게 하였다. 이 장에서는 중세 독일의 악마 묘사를 본보기로 형상화된 악과의 동맹이 이루어진다. 악과의 동맹은 레버퀸에 의해 구현되는데, 소설의 첫 구절에서 벌써 악마적인 상승과 그리고 이에 걸맞은 악마적인 종말이 분명하게 이야기된다. 토마스 만의 전 작품을 두고 볼 때 이 구상은 그가 적어도 『베니스에서의 죽음』에 이르는 초기 작품에서 언제나 추락과 몰락의 이야기를 써왔고 모두가 데카당스의 묘사라는 점에서 새로운 것이다. 쇼펜하우어의 철학에 따르면 죽음은 전적으로 해방과 해탈의 작용을 하지만, 그러나 죽음이 동시에 완전한 소멸을 의미함은 속일 수 없는 사실로서 곳곳에서 미학적으로 형상화된다. 이 초기의 단계가 지나면 상승의 이야기들이 나타나는데, 독자에게 불분명해 보이는 결말에서 끝나는 『마의 산』 이후 『요셉』 소설은 상승에서, 즉 몰락과 파괴를 극복하고 삶에 대한 승리에서 끝이 난다. 그러나 소설 『파우스트 박사』는 상승과 몰락, 영감의 고조와 죽음의 두 가지를 모두 수반한다. 악마와의 동맹은 예로부터 계약 전통이 그래왔듯이 레버퀸에게 처음에는 놀라운 전성기를 보장해준다. 악마는 실제로 신뢰감을 주는 사람으로서 나타난다. 악마는 외적인 합법성을 포기할 수 있기 때문에 더욱더 확신을 준다. 악마는 레버퀸의 면전에 생생한 인물로 앉아 있음에도 불구하고, 도스토예프스키의 작품 『카라마조프의 형제들』의 전형에 따른 자기 내면의 유출로서 나타난다. 악마는 사악한 영혼의 화신이며, 동시에 현실이다. 악마에 대한 토마스 만의 이 구성은 천재적인 것이다. 이로써 그는 악마를 내면적 악으로서 특징지으며, 내적인 리얼리티에 동시에 현실적인 사악한 외부 세계가 상응하고 있음을 제시해 보일 수 있었다. 이리하여 독일에서의 사건과 연결짓는 가교가 눈에 띄지 않게, 그리고 암시적이고 강조적으로 완성된다.

6. 악마와의 대화

작품에서 결정적인 이 장은 또한 레버퀸이 지불해야 할 대가를 말하고 있다: "넌 사랑해서는 안 돼," 그리고는 냉기가 그를 둘러쌀 것이다. 레버퀸은 악마가 그의 주위로 얼음같이 찬 기운을 퍼뜨렸을 때 이미 이 냉기를 느꼈다. 냉기는 레버퀸이 악마와 계약함으로써 빠져드는 인간적인 고독의 상징이다. 나중에 메타 감염으로 되어 형이상학적인 것으로의 상승을 가능하게 하는 일종의 성병 감염이 그에게 잠재해 있는 사실도 역시 악마가 알려준다. 그리고 그는 다시 한번 "본질적 요소들을 사유하려" 했던 아버지에 주의를 환기시킨다. 그리하여 과거와의 연관이, 가족의 과거뿐 아니라 독일의 과거, 초기 근대와의 연관이 이루어진다. 토마스 만은 이 냉기의 모티프로써 민족적인 고립과 모든 공동체로부터의 제명, 경직과 그리고 또한 종말을 예시하려 한 것이었을까. 이에 대하여 소설은 아무것도 말해주지 않으며 이러한 연상을 금하고 있다. 암시의 불분명함은 집필 프로그램에 들어 있는 것이다.

토마스 만은 이 악마의 장을 사용하여 동시에 예술론적인 고찰이 소설 속에 유입되게 한다. 이 장은, 토마스 만이 여기서 아도르노의 견해를 차용하여 간명하게 표현하고 있는, "시민적 예술 작품이 지닌 허상의 특성"(VI, 322)에 대한 거부이며, 혹은 음악적인 용어로 옮기면 "구성적 예술 작품으로 보이는 느낌들의 외양"에 대한 거부로서 "음악의 자기 만족적인 외양 자체가 불가능한 것이 되어버렸고 더 이상 유지될 수 없음"(VI, 321)을 보여준다. 그리고 "보편적인 것이 특수한 것 안에 조화로이 내포된 것으로 믿으려는 요구 자체가 부인된다"(VI, 322). 이는 함축적으로 예술 작품에서 보편적인 것

은 언제나 특수한 것 속에서 나타난다고 보는 견해를 거부하는 말
이다. 그러나 이는 또 전통적인 예술의 종식이란 테제를 내세워 앞
으로는 예술에 아름다운 제2의 세계를 선사해야 할 임무가 부여될
수 없다는 인식을 마련해주기 위한 시도이기도 하다. "예술이 처한
절망적 상태는 조화로운 유발점"이라는 1943년 7월 26일자 일기에
서의 기록은 소설의 제25장에서 서술적인 현실로 바뀐다.

소설의 핵심은 따라서 악마와의 계약 이야기이다. 독자는 이제
누가 혹은 무엇이 악마이고 악인가 하는 의문을 가질 수밖에 없으
며, 악마와의 대화는 적어도 인식하기에 충분한 암시를 통하여 그
대답을 주고 있다. 악마가 말하기를,

지옥은 비방될 수 없고, 언어로 표현될 수 없으며, 다만 존재할 따
름이요, 신문에 실리지도 만인에게 공개되지도 않으며, 어떤 말을 통
해서도 비판적으로 인식될 수 없는 것, 이런 사실이야말로 지옥의 은
밀한 쾌감이요 확실성이지. 다만 '지하적인,' '지하실,' '두터운 벽,'
'소리 없는 것,' '망각,' '절망'의 말과 빈약한 상징들로 대신될 뿐이
야. 여보게 친구, 지옥을 이야기하려면 상징들만으로 만족할 수밖에
없다네. 왜냐하면 거기에서 모든 것이 정지되고 마니까 말일세(VI,
326).

여기서 파시즘의 테러 세계가 의미되고 있음은 오인의 여지가 없
다. 지하실은 게슈타포의 지하실이며, 이제는 악이 가령 매독과 같
은 중병을 가리키는 것이 아니라 파시즘의 파국으로 치닫는 독일
정신과 영혼의 역사 범주 속에 있는 것이 분명해진다. 음악가 소설,
천재적인 음악가의 이야기는 여기서 마침내 독일의 역사가 되었으
며, 그리고 "두터운 벽"은 독자에게 소설의 첫 페이지에서 말하고

있는 "반전된 요새 유럽"과 동시에 소설의 종결부에 오는 침묵을 가
리킨다.

7. 토마스 만의 해설

　토마스 만이 독일의 운명과 이 운명이 지닌 악, 그리고 독일 영혼
의 역사를 가시화하고 납득시키는 데 과연 성공하였는지, 그 여부
를 가리는 것은 부득이한 일이겠으나 그 해답은 역시 찾을 수 없다.
그러나 이는 반드시 공적을 평가하려는 의도에서가 아니다. 토마스
만이 의도한 바는 소설에 대한 매우 직접적인 주석인, 1945년 2월과
3월에 작성되어 같은 해 워싱턴 미국 국회 도서관에서 발표되었던
「독일과 독일인들」에 관한 강연이 분명히 해준다. 이 강연은 축약하
여 다시 한번 독일 숙명의 역사를 담고 있을 뿐 아니라, "독일인으
로 태어나면 독일의 운명과 독일의 죄과를 짊어져야 한다"(XI,
1128)는 자기 고백이기도 하다. 토마스 만은 스스로를 이 죄과에서
사면시키지 않았고, 마찬가지로 자신을 선한 독일의 대표자로서 생
각하지도 않았다. 이 강연에서 그는 또한 왜 독일의 운명을 의인화
하는 인물이 음악가이어야 하는가에 대하여, "음악은 악마적인 영
역이다"라는 함축적인 표현을 통하여 설명하고 있다. 쇠렌 키에르
케고르의 견해와 같이 토마스 만은 음악을 독일적인 것의 심리적인
등가로서, 그리고 파우스트를 "독일 영혼의 대변인"(XI, 1131f.)으로
서 보았다. 여기서 다시 한번 마르틴 루터로부터 현재에 이르는 선
이 그어지며, "독일적 본질의 거대한 윤회"(XI, 1132)가 이루어진다.
토마스 만은 자신이 이 강연에서 "독일 '내면성'의 역사"를 이야기
하고 있음을 각별히 강조하였다.

이 역사는 한 가지 사실을, 즉 악한 독일과 그리고 선한 독일이란 서로 상이한 두 독일이 있는 것이 아니라, 다만 하나의 독일이 최선의 것을 악마의 계략으로 인하여 빼앗기고 악한 것으로 되고 만 것이라는 사실을 우리로 하여금 느끼게 해줄 것입니다. 악한 독일, 그것은 실패한 선한 독일이며, 불행과 죄악, 몰락에 처한 선한 독일입니다. 따라서 독일에서 태어난 정신적 인간이 악하고 죄악을 진 독일을 완전히 부인하며, '나는 새하얀 옷을 입은 선하고 고귀하고 정당한 독일이며 악한 것을 근절하는 것은 너희가 할 일이다'라고 해명하는 것은 있을 수 없는 일입니다. 제가 여러분들에게 독일에 관하여 말하고자 하는, 혹은 피상적으로나마 암시하고자 하는 것은 자신과는 무관한 낯선 것에 대한 냉담한 지식에서 나온 것이 아닙니다. 오랫동안 저의 가슴속에 묻어놓았던 것으로, 제가 몸소 체험한 것들입니다(XI, 1146).

8. 『파우스트 박사』와 괴테의 『파우스트』

이 강연에서 보여주는 것처럼 소설은 독일의 자기 비판이다. 토마스 만에게 있어 소설은 동시에 그 자신의 뿌리와 정신사에 대한 비판적인 검색이었다. 그가 차이트블롬과 레버퀸의 관계 속에 동시에 니체에 대한 자기 자신의 관계를 함께 서술하였다는 것은 확연히 증명될 수 없는 문제다. 이후에 나온 『우리들의 경험에 비추어본 니체의 철학』이란 방대한 에세이에서 그들 관계의 불일치가 다시 한번 분명해진다. 그러나 한 가지 점에 있어서는, 즉 소설이 괴테 『파우스트』의 연속으로 씌어진 것이 아니라, 오히려 이로부터의 전향이라는 점에 있어서는 분명하다. 소설에 파우스트 인용들이 들어 있긴 하지만, 토마스 만은 그의 소설이 괴테의 『파우스트』와는 아무런 관련이 없음을 여러 차례 강조하여 설명한 바 있다. 토마스 만이 지나치게 직접적으로 괴테를 본받지 않으려 한 것은 별 중요성이 없다. 그러나 괴테의 『파우스트』를 이처럼 배제시키는 이유에는 어쩌면 그 이상의 무엇, 즉 괴테로부터의 전향과 괴테 전승을 종식하려는 의도가 숨겨져 있는지도 모른다. 괴테 추종의 종식은 1932년에 처음 시작된 것은 아니지만, 그러나 그 당시와 그리고 그 후 『바이마르의 로테』에서 그냥 간과할 수 없을 만큼 분명해진다. 왜 괴테 전승이 여기서 명백하게 끊겨버리는지에 대해서는 물론 추측만이 가능할 따름이다. 토마스 만은 이로써 괴테에 의해 그렇듯 결정적으로 각인된 '인간성'이 파시즘의 돌발 시도에 대항할 수 있는 확실한 것이 아님을 말하려 했던 것일까? 괴테 100주년 기념 행사시 곳곳에서 다시 한번 괴테의 인간상이 맹세되고 난 후 일년이 지난 이즈음, 그는 괴테 식의 인간성 철학의 종말이 이미 독일에 도래하였음을 암시하려 했던 것이 아닐까? 말년에 토마스 만이 성대한 쉴러 연설을 하면서 괴테는 그냥 주변적으로만 조금 언급하고 말았던 것은 우연일까? 이 점에서 또한 작품은 "고백서"(DüD Ⅲ, 254)일는지 모른다. 토마스 만은 1950년 8월 8일과 8월 12일 엔초 파치에게 보낸 편지에서 다시 한번 아주 간략히 요약을 하며 자전적인 계기를 역설하였고, 동시에 레버퀸의 운명이 "나아가 독일의 운명으로" 되어버렸음(DüD Ⅲ, 253)을 시사하였다. 따라서 우리는 넓은 의미에서 종국에는 한 정치적인 소설인 작품을 보고 있는 것이다.

9. 작품 해석들

소설에 대한 해석들은 범람할 정도로 많다. 몽타주 기법이 연구의 대상이 되고, 출처들과 소설에 삽입된 구상 모델들(G. Bergsten, 1963; L. Voss, 1975), 그리고 동시대적인 음악 이론들의 사용(H. Dörr, 1970; J. Albrecht, 1971) 역시 연구되었다. 정신분석학적인 문제 제기들은 신화적인 숙고(H. Petriconi, 1958)와 구조주의적인 방향 설정들로(H. Orlowski, 1969) 교체되어 나타났으며, 담론 분석까지도 이루어졌다(M. Frank, 1982; R. G. Renner, 1985). 물론 일찍이 눈에 띄는 괴테 원경을 보았으며, 여기서 독일 파국의 역사가 묘사되어 있음이 분명해졌다(H. Mayer, 1959; D. Sternberger, 1977). 『파우스트 박사』에서 극단적인 자서전(E. Heftrich, 1977)과, 그리고 한편으론 베토벤 교향곡 9번의 철회(E. Heller, 1977)가 강조되었으며, 이 작품을 예술가 소설로서(P. Pütz, 1963), 그리고 똑같은 정당성에서 방대한 사회소설과 시대소설로서 보았다(P. G. Klussmann, 1976; H. Wisskirchen, 1986; H. Wiegand, 1982). 『파우스트 박사』에서 니체의 분석을 식별해낼 수 있다고 믿었으며(M. Colleville, 1948; M. W. Roche, 1986), 그렇지만 또한 상징적 의미가 더 이상 확신을 주지 않는 소설로서 파악되기도 하였다(K. Hamburger, 1969). 소설은 한편으로 토마스 만과 관련된 가장 직접적인 작품이며, 다른 한편으로는 모든 것이 패러디로 나타나는 빼어난 몽타주 유희로서 간주되었다. 후자의 경우는 물론 토마스 만 자신이 한 진술들을 통하여 그 계기를 부여받고 있다. 이 모든 해석들은 타당하다 하겠으나, 그러나 사실상 그 어느 것도 소설을 충분히 논구하지 못하고 있다. 아주 미약하게나마 망명소설로서 소설의 진가가 평가되어왔고(S.-H. Ahn,

1975; H. Koopmann, 1983), 토마스 만의 망명에 대한 내면적 분석 역시 종전보다 더 강도 있게 소설 속에 다루어져 있는 것으로 보았다. 파우스트 박사에 관한 소설은 토마스 만의 다른 소설들에 비하여 "작품 그 자체로서" 고찰되지 못하고 있다. 소설은 말년의 토마스 만의 삶을 총괄한 것이며, 그렇게 절망적이진 않다 하더라도 언제나 당대에 대한 그의 견해와 그 자신이 당면한 종말 의식을 담고 있는 작품이다.

제5장

『선택된 인간』

1. 토마스 만의 소설작 엮음 속에 있는 소설

『선택된 인간』역시 그 전의『요셉』소설과 이후의『펠릭스 크룰』처럼 상승 이야기로서, 전기 작품에서 자주 찾아볼 수 있는 그런 몰락의 보고서는 아니다. 그러나『대공전하』가『부덴브로크 일가』에 대한 대답이고,『마의 산』이『베니스에서의 죽음』에 대한 대답이듯이,『선택된 인간』은『파우스트 박사』에 대한 한 대답이기도 하다. 물론 여기서 그 적법성을 논할 수는 없겠으나, 그러나 토마스 만이 말하자면 자기 본연의 욕구에서 밝은 것을 쓰려 하였던 것은 사실이다. "희극적인 것, 웃음, 유머는 나에게는 세월이 더해갈수록 더욱더 영혼의 치유로서 여겨진다. 나는 이를 갈망하고, '파우스트'의 두렵고 놀라운 이야기가 극히 필요한 만큼 명랑하게 채색되기를 갈망하며, 너무나 암울한 세계 정세에서 가장 밝은 것을 창작해내는 일을 나의 과제로 삼는다"는 말이 1947년 10월 10일자 토마스 만의 한 편지에(Br II, 557) 씌어 있다. 이로써『선택된 인간』은 역사소설과 시대소설에 의식적으로 대립된 것이 된다. 토마스 만은 전설의 형식을 사용하는데, 이 형식은 역사를 드높이는 것이 아니라 말하자면 역사를 부정한다. 토마스 만은 애초에 이 작품을 삼부작으로 구상하였는데, 이 구상에 따르면 『모세』 이야기와 「뒤바뀐 머리」, 그리고 "중세적인 전설 노벨레"인 『선택된 인간』은 하나의 통일체를 이루어야 했다. 전설적인 것은 한편으로 암울할 수밖에 없는 시대 묘사의 거부라면, 다른 한편으로는 서술의 새로운 가능성들을, 즉 물질에 대한 정신의 승리에 대한 가능성들을 열어주었다.

소재는 토마스 만에 있어서 흔히 그렇듯 전혀 새로운 것이 아니었다. 소재는 『로마인의 모습』에 대한 말이 있는 『파우스트 박사』 제31장에서 이미 언급된 "교황 그레고르의 탄생에 관한" 이야기이다. 아드리안 레버퀸과 아울러 토마스 만을 매혹시켰던 이 이야기는,

죄악이 낳은 탄생의 기이함에서 끝나는 것이 아니다. 영웅이 처한 끔찍스러운 상황은 모두 궁극적으로 그를 지상에서 그리스도의 목자로서 상승시키는 데 아무런 장애가 되지 않을 뿐 아니라, 기적 같은 신의 은총이 있은 후 그가 바로 특별한 부름을 받고 이렇게 예정된 사람으로 나타나게 한다. 복잡하게 얽힌 운명의 사슬은 길고, 나는 여기서 고아가 된 왕족 남매의 이야기를 계속하려 한다. 오빠는 누이를 지나치게 사랑한 나머지 자제력을 잃고 호기심의 선을 넘어 그녀로 하여금 빼어나게 아름다운 용모를 지닌 소년의 어머니로 만들었다. 이 소년이, 조악한 뜻에서 남매 사이에서 태어난 이 아이가 바로 이야기의 모든 사건이 선회하는 축이다(VI, 422).

그레고리우스 성담은 여기에서 죽음에 이르기까지 아주 간결하게 스케치되어 있다. "악마는 우리를 지옥으로 데려갈 생각이었으나, 신의 전능이 이를 막아주었다"(VI, 425). 따라서 악마의 이야기지만,

그러나 이 작품에는 『파우스트 박사』에서 거론될 수 없던 반전된 전조인 구원이 나타난다. 『파우스트 박사』에서 차이트블롬 역시 바로 이 이야기가 레버퀸을 (그리고 토마스 만을) 그토록 깊이 감동시킨 까닭에 대해, "그것은 어떤 정신적인 매혹으로, 종말에 임박한 한 예술 시대의 과장된 비장함에 대한 비판적인 반격에서 생겼기 때문에 악의와 해체적인 트라베스티가 가미된 것"(VI, 425)이라 보았다. "과장된 비장함"이란 『파우스트 박사』에 대한 숨은 자기 비판일까? 그렇게 생각해볼 수 있다. 분명 토마스 만은 "종말에 임박한 예술 시대"를 의식하고 있었으며, 이에 대해서는 『파우스트 박사』에서 이미 상세히 이야기되고 있다. 그는 성담과 전설을 소재로 삼아 현실적으로 언제나 불가능하였던 새로운 예술 시대를, 즉 심판 대신 구원이 나타나는 시대를 열고자 했던 것일까? 『선택된 인간』은 그러니까 막연한 희망과 동시에 확실한 파괴가 이야기되는 『파우스트 박사』의 결론에 대한 대답인가? 따라서 반묵시록이며, 소재 자체에서뿐 아니라 현실을 대신해 나타나는 우스꽝스러운 것과 익살스러운 것, 불가사의한 것, 혼란스럽고 불합리하며 완전히 비이성적인 것의 묘사에 의해 명랑하게 꾸며진 바로크적 기형적인 것은 아닐까? 여기서 토마스 만은 어쩌면 그가 평생 동안 써왔던 사실주의적 소설에서 전향하고 있는 것은 아닐까?

2. 작품의 소재와 출처

이러한 물음들은 제기될 수 있을 뿐, 결코 대답될 수 없는 것들이다. 어쨌든 『로마인의 모습』은 『선택된 인간』의 소재상의 동기가 되며, 소설 자체는 『파우스트 박사』의 제31장에서 읽을 수 있는 것을 상세하고 정확하게 서술한 것에 지나지 않는다. 그러나 『선택된 인간』의 다른 부분들은 그 이전으로 소급된다. 이미 『한 비정치인의 고찰』에서 토마스 만이 들었던 한스 피츠너의 음악 성담인 『팔레스트리나』에 관한 보고를 찾아볼 수 있는데,

　　최후적인 것, 의식적으로 최후적인 것은 쇼펜하우어적-바그너적인 낭만주의적 영역에 근거하며 뒤러적-파우스트적 본질의 특성과 형이상학적인 분위기, '십자가, 죽음 그리고 무덤'의 에토스와 음악, 염세주의, 유머의 혼합을 띠고 있다(XII, 407).

　　피츠너의 음악을 들으면서 토마스 만은 환상적인 시청각상의 환영을 가졌고, 피츠너의 『팔레스트리나』에 관해 다음과 같이 그 자신의 말로 재구성하여 보고한다.

　　자, 보아라! 팔레스트리나의 좁은 작업실 창문을 통하여 로마의 둥근 지붕들을 볼 수 있다. 맨 처음, 벌써 첫 장면의 마지막 부분에서 플로렌스의 미래파 예술가들과 관계하는 희망에 찬 음악가 질라가 창밖으로 로마 시내를 내려다보며 여유 있게 아이러니한 말을 던지며 보수적인 오랜 둥지와 작별하고 오케스트라 속에서 장엄하게 펼쳐지는 도시의 모티프 다음에 일순간 비교적 강하고 단조로운 칠현금을 타기 시작하는데, 끝이 없어 보이는 이 칠현금 연주의 의미는 언뜻 이해할 수 없어 보인다. 사람들은 이 기묘한 반주에 놀람과 미소의 눈길을 주고받았다. 〔……〕 점점 멀어져가는 천사의 글로리아는 땅 위에 여명을 남겨놓았고, 태양은 붉게 타오르며 빠르게 창밖 로마의 둥근 지붕들 위로 떠오르며, 그의 강렬한 테마가 넓고 화려하게 오케스트라에서 예고된다. 그때, 정말로, 잊고 있었던 어제 저녁

의 노래가 또 가세되어 마치 종 치는 소리처럼 들린다. 그렇다, 그것
은 정말 종소리, 로마의 아침 종소리로, 실제로 교회에서 치는 종소
리가 아니라 오케스트라가 모방한 것이었지만, 진동하며 소리내고
크게 울려퍼지는 교회 종의 노호하는 소리는 예술적으로 결코 다시
흉내낼 수 없는 것이었다. 위험스럽게 조화된 순간의 육중한 흔들림.
〔……〕 굉장한 효과다!(XII, 410)

토마스 만은 이 종소리를『선택된 인간』의 서두에서 음향적-희극
적 모티프로서뿐 아니라, 추측컨대 또한 반사실적으로 글을 쓰기
위하여, 그러니까 선택된 인간의 이야기가 지닌 특징들에 삽입될
어떤 영역을 열어주기 위하여 재수용한다. 음악은 실제적인 것에
반한 것이고 종소리들 역시 마찬가지이며, 이로써 선택된 인간에
대한 이야기 전개의 테두리가 그려지는 셈이다.

이 밖에 또 다른 간접적인 "출처"를 볼 수 있다. 그것은『파우스
트 박사』에서 이미 비교적 넓은 공간을 차지하고 있는 고독일어의
언어 유희들이었다. 젊은 아드리안 레버퀸의 스승들이 쓰는 루터적
인 어법과 동시에 다른 언어 모방을 통하여 이루어져 있던 그 유희
적인 언어 풍경이었다. 토마스 만은 이때 구상 모델을 견지하기는
하지만, 결코 그의 전범들을 맹목적으로 따르지는 않았다. 이보다
는 실재의 저편에 놓여 있고 현실을 중재하는 시적인 유희 공간을
창조하였는데,『파우스트 박사』의 경우에서 보자면 16, 17세기 독일
영혼의 역사를 대표하는 그 분위기이다. 이러한 언어 유희의 시초
들은 물론『바이마르의 로테』에서도 찾아볼 수 있으며, 이 작품은
괴테와 그 동시대 시인들이 지녔던 언어적으로 결정된 문체적 특징
이 강하다. 언어 유희들은 심지어『요셉』소설에서도 나타난다. 그
러나 소재와 연관지어진 것이 아니라, 기껏해야 현대적인 독자를

위하여 이 소재를 밝게 채색하는 데 기여하였을 따름이다. 토마스 만은 언젠가 왜 그가 『선택된 인간』을 집필하였는가 하는 물음에 다음과 같이 답한 적이 있다:

작가가 한 소재에 사로잡히게 되는 이유는 보통 외부적으로는 인식되기 어렵다. 새로운 것의 싹은 지나간 것 속에 있는 법이다. 시는 언어 작품이며, 언어 작품으로서 『선택된 인간』은 『파우스트 박사』에서 독일 소설의 바로크적이고 루터적인 언어 시점이 어린아이 에호의 스위스어를 통하여 중고지독어로 심화되는 곳에 접목되어 있다. 거기서는 언어 이념이 대두된다. 〔……〕 나는 여러 연구 서적들을 참고하여(『요셉』의 경우에 비하면 비교가 되지 않을 정도로 적지만) 상당히 손쉽게 기독교적-초국가적인 혹은 전국가적인 중세를 만들어내었고, 일차적으론 언어 유희였지만, 그러나 선택된 죄악성의 테마와 무관하지 않은 것이었다(DüD III, 408).

이 대답은 왜 토마스 만이 소재의 전설적인 요소를 감소시키기는 커녕 더욱 강화하여 확장하였는지 이해시켜줄 것이다. 예술 작품으로서 언어 유희. 토마스 만이 『파우스트 박사』 이후 예술의 이러한 영역을, 즉 예술의 자율성을 추구하였다는 것은 생각해볼 수 있는 일이다. 이는 전혀 새로운 것을 기술하기 위해서일 뿐 아니라, 무엇보다 동시에 소설의 종말을 보여주는 듯한 종말 시대의 그 소설 이후 오직 시적인 유희만이 이로부터 벗어날 가능성을 제시하였기 때문이었다. 문학 속에서 현실은 단지 가상적인 것일 뿐이라는 점이 소설로 하여금 정신의 유희물로 만들었고, 토마스 만은 이러한 소설이 심지어 "우아한 느낌"을 줄 수 있으며 "인간 정신에 순화적이고 자유로우며 만족스런 작용"(DüD III, 407)을 준다는 확신을 가졌다.

언어 작품은 유희 작품이며 여러 요소들로 결합된 것이다. 토마스 만은 무엇보다 하르트만 폰 아우에가 쓴 불쌍한 죄인에 대한 이야기를 고수하였는데, "사전을 사용하였던"(DüD III, 406) 까닭에 물론 이따금씩 발견되는 오류들을 완전히 없앨 수는 없었다. 그러나 여기에 또 다른 것이 부가되었다. 토마스 만은 『니벨룽엔의 노래』에서 몇 가지와 또한 볼프람 폰 에쉔바하의 『파르치팔』에서 따온 여러 가지를 패러디하였고, 중세의 마리아 노래들과 아담과 이브의 신비극, 거기다 에피쿠르와 루크레츠의 그림과 상상들, 카알 케레니의 저서 중 『원인간과 신비』 『제우스와 헤라』에서 신화에 대한 지식을 얻었다. 출처에는 그 밖에도 지그문트 프로이트의 저서들 가운데에서 『토템과 타부』, 그리고 1926년 드레스덴에서 출판된 페르디난트 그레고로비우스의 『중세 로마시의 역사』를 꼽을 수 있다. 게르만족에 대한 전문 지식은 베른 대학의 교수였던 사무엘 징어가 전수해 주었다. 이 출처들과 다른 출처들에 관하여선 H. 비슬링(1963, 1967)이 상세히 알려준다. 물론 개인적으로 창작한 것도 여러 가지가 있고, 특히 고프랑스적인 것과 같은 다른 것들은 그가 중세 속담 모음집에서 발견한 것이다. 이런 점에서 소설은 이전 작품들에 비해 정도가 훨씬 더한 인용과 몽타주 작품이며, 상이한 자료들이 토마스 만 자신의 언어에 의하여 하나로 결합된다. 인용들이 지닌 패러디의 근본 특징, 모든 것이 침잠해 있는 밝은 언어 영역은 낯선 수용들을 자신의 작품으로 제본하는 데 유용할 뿐 아니라, 동시에 인용이 익살스러운 구성을 위한 초석이 되는 그런 유희적인 분위기를 조성한다. 『파우스트 박사』에서와 같이 물론 이 작품에서도 이렇게 통합된 인용은 인용을 따온 부문들을 통찰하게 해준다. 그리하여 여기서도 복합적인 언어 유희가, 연관성이 풍부하고 마찬가지로 다차원적인 형상이 생겨난다. 그러나 이 형상은 더 이상 역사와 역사적인 것을 연상시키지 않고——이 점에서 『파우스트 박사』와는 다르다——여기서 표현된 것을 훨씬 넘어선 유희 공간을 창출하며, 그 속에 고프랑스어와 마찬가지로 중세 문학이 함께 포함되는 것이다.

3. 『파우스트 박사』의 대립소설로서의 소설

그럼에도 작품 전체는 낯선 영역들에서 임의적으로 따온 자료들을 완전히 자유롭게 처리한 것이긴 하지만, 허황된 것은 아니다. 『선택된 인간』은 무엇보다 『파우스트 박사』에 대한 대립소설이며, 그것도 여러 가지 관점에서 그러하다. 첫째, 밝은 것이 『파우스트 박사』에서의 어두운 분위기에 의도적으로 대비되어 있고, 역사적인 것과 동시대적인 것이 트라베스티화되어 무시간적 전설적인 것으로 탈바꿈되어 있는 듯하다. 자세히 보면 『선택된 인간』은 심지어 악마소설의 서술적 곡선인 가파른 상승과, 그리고 이에 걸맞은 가파른 급강하가 반전되는 의미에서 『파우스트 박사』에 대립적으로 씌어진 작품이다. 죄악에 찬 굴욕 후, 토마스 만의 이야기에 따르면, 그레고리우스가 바위섬에서 작은 동물로서 대지의 젖으로 생명을 연명하였던 십칠 년간의 삶이 지난 후 승리에 찬 상승인 교황으로의 임명이 따른다. 그래서 레버퀸의 전기적 곡선에 반대 곡선이 그려지게 되고, 소설은 매우 낙관적인 소설로 되며, 특히 토마스 만이 여기서 이야기하는 것은——그레고리우스의 운명만큼이나 특이한 것도 없을 테지만——개별적인 운명이 아니라 인류의 테마에 관한 문제이기 때문에 다시금 『요셉』 소설과 연결된다. 여기서 종교적인 기본 생각들은 밝은 것으로, 정말 희극적인 것으로 세속화되어 있긴 하지만, 소설을 함께 규정하고 있음은 의심할 여지가 없다. 토마스 만은 죄악과 은총의 테마를 전혀 종교적인 선택성이나 타락의 의미에서가 아닌, "인간적인 어떤 것"(DüD III, 415)으로서 이해해야 함을 거듭 강조하였다. 소설의 배후에 실제로 신앙의 윤곽이 드러나는데, 이 신앙은 『선택된 인간』에서의 모든 과정에도 불구하고 근본적으로 진정한 죄악과 참된 은총의 모티프와는 무관한 것이다. 이를 잘못 이해해서는 안 된다. 형제간의 근친상간, 어머니와 아들간의 근친상간은 토마스 만에 의하여 어느 곳에서도 죽음의 죄악으로서 표시된 적이 없다. 이 점은 소설에서 분명하게 나타나며, 그 밖에도 토마스 만은 근친상간을 "사실 특권의 금기일 뿐이다"(DüD III, 415)라고 해명하며 주의를 환기시키고 있다.

신들과 왕들에게 있어 근친상간은 과거에 허용되었지만, 대다수의 사람들에게는 금지된 것이었다. 이지스와 오지리스는 형제였고, 파라오넨가에는 이 전범에 따른 여러 차례의 혼인이 이루어졌다. 제우스와 헤라 역시 오빠와 누이동생 사이였다는 것은 거의 고려되지 않았다. 심지어 어머니와 아들의 관계에 관한 것도 기독교와 성모 숭배 사상에 강한 영향을 준 원시 아시아적인 초기 종교들과 신화들에서는 종종 기묘하고도 복잡한 중요성을 지닌다(DüD III, 415).

토마스 만의 이 생각은 『요셉』 소설의 집필 당시 카알 케레니에게서 전해들었던 신화 연구의 영향을 받고 있음이 분명하다.

소설에서는 삶에 대한 공감이 이야기되며, 토마스 만은 이 책이 존재와 삶에 대한 그의 기본 입장을 표현하고 있음을 강조하였다.

나는 결코 인간을 혼란스럽게 하려 한 것이 아니라 만족감을 주고 위로하려고——인간을 쾌활하게 만들려고 노력했다. 쾌활성은 인간을 선하게 만들고 미움과 어리석음을 해소시킨다. 그래서 나는 즐겨 인간을 웃게 만든다. 이것은 허무주의적 웃음이 아니며, 내가 가져다 주는 웃음은 비웃음이 아니다(DüD Ⅲ, 415f.).

토마스 만이 이 소설에서 묘사하고 있는 것은 신학적인 것과 관련된 흥미있는 사건이기보다는 한 생의 철학이다. 기독교에 대한 토마스 만의 입장은 언제나 저변적인 것이었고, 이에 대한 직접적인 증거들은 「종교적인 것에 관한 단상」에서밖에 찾아볼 수 없다. 분명 모든 독단론이나 심판에 대한 요구, 종교적인 독선과는 거리가 먼 것으로, 전혀 그가 의도한 바가 아니었다. 다른 측면에서 매우 진지한 농담 속에 가려진 것이 오직 언어 유희와 명랑한 몽타주 뿐이라 파악한다면 『선택된 인간』을 올바로 평가할 수 없게 된다. 이 소설은 인간화되고 인간화하는 책이며, 토마스 만 역시 그렇게 쓰기를 원하였다. 만약 독자들이 어떤 교훈을 찾고자 한다면, 부조리한 것과 불가사의한 것 속에서, 인간의 운명을 뒤바꾸는 끔찍스러운 우연 속에서 어떤 인간적인 것을 인식하게 될 것이다. 이 인간적인 것은 세상의 우연들이 그토록 그로테스크하기 때문에 종국엔 익살스럽기까지 한 방식에서 견뎌낼 수 있는 것이다. 또한 이런 의미에서 『선택된 인간』은 『요셉』 이야기에, 인간화하려는 이 이야기의 의도와 연결되며, 여기서 소개되고 언어적으로 낱낱이 밝혀져 있는 인간성은 궁극적으로 종교적인 요구를 띠게 된다. 따라서 한 인류의 역사는 참담한 역사로 반전될 가능성을 항상 안고 있지만, 그럼에도 밝은 초연함에서 제시되고 그리고 오직 이런 식으로만 견뎌내어질 수 있는 것이다. 이와 유사한 절대교감, 즉 삶에 대한 선하고 긍정적인 관계에 대해서는 나중에 『펠릭스 크룰』이 증명해 보일 것이다. 이 작품에서 이러한 삶의 교훈을 말로써 표현할 수 있는 인물은 쿡쿡 교수이다.

이미 수십 년간 토마스 만의 작품에서 등장해왔던 테마들과 모티프들이 『선택된 인간』에 미치고 있는 것은, 특히 이 테마들과 모티프들이 『바이마르의 로테』와 마찬가지로 『파우스트 박사』 『요셉』 이야기들에서도 인식해낼 수 있기 때문에 너무도 잘 납득된다. 토마스 만, 아니 그보다 그의 화자인 아일랜드의 수도사 클레멘스는, 차이트블롬이 "상승했다가 추락한 한 남자의" 이야기를 서술하였던 것처럼(전기들의 대립성은 사실상 이 한 문장에서 분명하게 드러난다), "끔찍스럽긴 하나 정신을 매우 고양시키는 이야기"(Ⅶ, 14)를 서술한다. 이는 물론 한 범부의 이야기가 아니다. 선택된 한 인간의 이야기이며, 이것은 단순히 신학적인 의미에서 이해될 수 없는 것이다. 비범한 실현, 그러나 또한 비범한 요구에 대해 다루고 있는 소설의 사건들은 아주 초기에 해당하는 토마스 만의 산문들에서 중대한 의미를 지녔던 예술가 모티프, 즉 아티스트Artist의 선택성 모티프를 재수용하고 있다. 파우스트 박사 또한 실제로 음악가였다면, 그레고리우스는 토마스 만이 뜻하는 의미에서 분명 그에 못지 않은 예술가이다. 그는 뛰어난 재능의 소유자인 동시에 위험스런 고독 속에 살며, 미래에 대해 낙관적이긴 하지만 자기 자신에 대한 의혹을 품고 있는 인물이다. 이 테마는 이미 토마스 만의 가장 초기적인 노벨레 『환영』이란 산문 스케치에서 암시되어 있으며 초기 전 작품을 관류하고 있다. 『베니스에서의 죽음』과 마찬가지로 『대공전하』에서도 나타나며, 『마의 산』에서 비로소 패러디되어 전환된 것으로 보인다. 『바이마르의 로테』 역시 예술가 소설은 아니며, 요셉은 좀 동떨어진 예술가 인물이다. 『파우스트 박사』에 이르러 소설이 한 예술가의 마력을 다루게 되면서 다시 옛 테마로 복귀한 것이다.

『선택된 인간』은 『파우스트 박사』에 대한 대립소설로서 그 구상에서 예술가 유형의 일반적인 특성들이 다시금 드러난다.

4. 선택성의 모티프

선택성은 토마스 만에게 있어서 항상 그렇듯 벌써 외형적 형식에서 나타난다. 그레고리우스의 부모들은 아름답고 독특한 개성의 소유자이다. 그레고리우스 역시 그의 아름다움에 있어 선택받은 인간이며, 세련된 언어를 구사하고 사람들을 좋아하며, 무엇보다 자기자신을 사랑할 수 있는 능력을 타고난 인물이다. 여기서 자기 자신에 대한 사랑은 동시에 그레고리우스가 빠져들었다가 마침내 다행스럽게 풀려나는, 지독히 복잡하게 얽힌 관계에 있는 어머니에 대한 사랑이기도 하다. 선택성과 능숙함, 아름다움과 기민함을 지닌그레고리우스 인물 속에 요셉의 특징이 다시 반복되며, 형제들이없다는 점에서 다를진 모르나, 그레고리우스에겐 주먹싸움으로 결별하고 만 젖먹이 형제가 하나 있다. 그가 배척받고 버려진 자식이라는 사실은 예술가로서의 실존을 더욱 고조시키고, 예전부터 늘그래왔던 예술가의 생활처럼 그로 하여금 정처없이 방황하게 만든다. 선택된 자는 동시에 아웃사이더이며, 이방인이자 고독한 인간으로 레버퀸이나 요셉, 토마스 만 소설 속에서의 괴테가 이에 해당하는 인물이다. 고독의 모티프는 그레고리우스가 보낸 속죄의 세월에서 지배적으로 나타나며, 그러나 예술가가 되기 위해선 또한 그가 사회 속에, 세계 속에 융화할 줄도 알아야 하는 것이다. 이런 관점에서 후기 소설들은 전기 작품의 예술가 테마에서 벗어나게 된다. 우리는 여기서 토마스 만이 전기 작품에서의 예술가 테마를 『마의 산』이래 대두되는 후기의 사회적인 테마와 결부시키려 한 것임을 분명히 알 수 있으며, 또한 이런 이유로『선택된 인간』은『파우스트 박사』에 대한 한 대립소설이 된다.『파우스트 박사』에서 격리와 개별화, 고독과 고립이 몰락의 징후들이라면,『선택된 인간』에서는 그레고리우스가 기독교 세계로 귀환함과 동시에 사회적 행위와 같은 무엇이 이루어지게 된다. 옛 테마인 미혹과 현실이 함께 작용하고 있음은 지빌라의 참회에서 분명히 인식될 수 있다. 이 세계의 형상과 사건을 늘 가리고 있는 가상은 쾌활한 방식으로 전개되긴 하지만 종국엔 무너지고 만다. 토마스 만이 예술가 테마를 다시 끄집어낸 까닭이 희극적으로 일그러진 형식에서라도 죽음과 삶에 관한 자기 자신의 입장을 표현하고자 했기 때문인지는 확인될 수 없다. 예술가 테마와 선택성의 테마는 언제나 그 자신과 관계된 것이었음을 우리는 일기에서 읽어볼 수 있다. 토마스 만이 이런 관점 아래 종교와 세계, 삶과 죽음에 대한 그의 입장을 말하자면 종교적인 생각들의 트라베스티에서 조정한 것은 예전부터 프로테스탄트적인 철저함을 지녔던 그의 정당화에 대한 욕구에서 비롯된 것임을 증명하는 자료는 많다. 동시에 일기에 나타나는 것처럼, 토마스 만의 경우와도 관련이 있고 이미「벨중족의 피」에서 묘사된 바 있는 에로틱한 혼돈 속에 있는 남성적인 것과 여성적인 것간의 합일 모티프가 작용하고 있는지도 모른다. 그러나 만약 이것으로써 한편으로 일종의 해명이 주어졌다 할 것 같으면, 그렇다면 다른 한편으로 전체적인 것은 결국엔 다시 모든 것이 정신분석학적으로 측정되고 동시에 쾌활해지는 유사 신학적인 유희에 지나지 않는다. 사람들이 여기서 마치 토마스 만이 자신의 품위를 손상시키고 있다고 생각한다면, 이는 지나친 억측이다. 그러나 소설의 신학이 밝은 성질을 띠는 것은 그 근거가 없지 않다. 작품에서 죄악과 죄과는 영적 고양으로 바뀐다. 이 점에서 소설은 분명 매우 유희적-패러디적인 것이며, 동시에 은폐된 방식에서 토마스 만의 세계와 신에 대한 그의 입장을 기록하고 있다. 전설적인 동기들은 「뒤바뀐 머리」에서도 등장하듯이 토마스 만 특유의 자기 시험과 자기 고백의 성향과 연결되며, 따라서 소설은 이야기가 처음에 일견될 수 있는 그 이상의 의미에서 전적으로 한 생의 증서인 셈이다.

5. 망명소설로서의 소설

위와는 또 다른 관점에서 소설은 삶의 이야기를 담은 증서라 할 수 있다. 그레고리우스의 모험적인 유랑, 그의 허황한 미혹의 길, 실향, 빈곤, 그가 처한 상황의 절망감, 미래의 어두움과 언제고 그를 함몰시킬 듯한 동질성의 상실은, 토마스 만이 사실상 이러한 방식으로 경험할 필요는 없었겠지만, 그러나 정신적·심리적·실존적 경험들로서 그의 의중에 매우 적중하였던 ——어느 정도였는지는 다시금 일기책들이 입증한다—— 망명의 경험들과 연관지어볼 수 있을 것이다. 그레고리우스의 실향과 세계를 두루 거치는 우여곡절의 기이한 방랑, 어디에도 안주할 곳을 찾지 못하는 삶, 이것은 망명 경험들을 문학화하고 동시에 중고지독어의 이야기 속에 은폐시키면서 ——어쩌면—— 이를 극복하기 위한 한 방편으로서 작가 자신의 경험들을 폭로하려는 시도라고 상징적으로 이해될 수 있다. 그리고 섬에서 그레고리우스가 보낸 십칠 년간의 삶, 이 절대적인 고립과 세상으로부터 버림받음, 세상 밖에서 존재할 수밖에 없던 이 삶은 속죄로서 이해될 수 있겠다. 또한 이 점에서도 다른 사람들처럼 무서운 불안과 궁핍을 겪진 않았지만, 그래도 내면적이고 정신적인 경험으로서 토마스 만이 1945년이 지난 후에도 수년 동안 통절하게 느껴왔던 망명 경험과의 연관성을 이끌어낼 수는 없을까? 망명의 테마들은 토마스 만 작품에서는 언제나 은폐되어 있다. 이 테마는 『바이마르의 로테』에서 나타나며, 요셉 역시 망명을 사는 한 인물로서, 우리는 『요셉』 소설 제3권에서 작가가 이집트의 하늘을 그 당시 이 부분을 집필하였던 캘리포니아의 푸른 하늘과 비교한 것을 알고 있다. 우리는 또 루스벨트가 요셉의 경제 관리에 아주 전범적인 역할을 하고 있고, 이미 그때부터 소설과 자기 삶의 경험을 연결하는 토마스 만의 뛰어난 장기가 발휘되고 있음을 알고 있다. 토마스 만의 작품 인물인 바이마르의 괴테는 적어도 부분적으로 정신적 망명을 사는 한 괴테이다. 작품 속의 괴테는 독일 사람들이 그에 대해서 아무것도 알려고 하지 않기 때문에 그들에 대해서 아무것도 알고 싶어하지 않는 인물이다. 이것은 토마스 만 자신에 관한 매우 진지한 진술이지만, 소설 속에서는 진담이 아닌 익살로 나타날 수 있다. 세상을 등진 채 혼자 늙고 병들어가는 레버퀸의 망명 상황과 같은 국내 망명의 경험들이긴 해도, 차이트블롬 인물이 이 망명 경험들을 자신 속에 묻어두고 있는 것도 마찬가지로 오인의 여지가 없다. 물론 『선택된 인간』에서 이 경험들은 고통의 경험들로서 묘사될 뿐 아니라 강제 고립과 불가능한 것의 성공적인 극복으로 귀결되어 있어, 실로 매우 유리한 삶의 정황에서조차도 어쩔 수 없이 강요되는 낯설고 새로운 환경에의 적응에 지나지 않는 것이 소설 속에서는 마치 이상화되고 추상화된 듯 보인다.

토마스 만은 어떤 관점에서 이 소설이 망명 경험들을 담지하고 있다고 보는 견해를 부정하였다. 그러나 언어적인 혼융과 표현의 재빠른 전환은 그가 미국에서 처하였던 언어적인 망명 환경의 반사로 해석될 수 있을 것이다. 그럼에도 불구하고 토마스 만은 1951년

6월 3일 이에 대한 자신의 견해를 다음과 같이 명백히 하고 있다.

언어 해학은 내가 처했던 망명자의 운명과 무관하며, 어쨌든 고프랑스어는 아니다! 나는 내가 즉흥적으로 만들어낸 초국가적인 중세를 그저 언어적으로 다채롭게 엮어놓은 것으로 상상하였을 따름이다. 중고지독어로 쓴 시는 몇 마디 프랑스어를 받아들이기에 안성맞춤이었고, (영국의 영토인) 노르만 섬의 어부들이 북독 해안 지방의 저지독어를 영국 식으로 가미하여 말한다는 것은 전혀 농담을 받아들이지 못하는 사람한테는 화만 돋우게 할 뿐인 유머러스한 착상이다(BrA, 71).

그럼에도 하필이면 몇 마디 영국식 표현이 중고지독어를 부가적으로 강화하고 있는 점이 이목을 끈다. 이것은 하인리히 만의 후기 소설 작품에서도 분명하게 관찰할 수 있고, 명백하게 망명 경험과 망명자 상황의 표징이 되고 있는 현상이다. 다른 측면에서 토마스 만은 떠남의 모티프를 분명히 강조한 바 있는데, 물론 오늘날 알 수 있는 것처럼 명확하진 않지만 그래도 특별한 동기에서 말하고 있다.

그리고르스의 떠남의 모티프는 나에게 있어 이중적인 것이다. 그가 가슴속에 묻어둔 채로 살고 싶지 않은 수치와 자신을 낳은 땅과 부모를 찾아내고 싶은 갈망이다. 그리고르스가 사악한 공작의 하인들한테서 야유와 조롱을 받는 것이 나의 창작인지 아니면, 내가 이미 말했던 것처럼 간접적으로 프랑스 식 표현 양식에서 따온 것인지는 결국 별개의 문제다(DüD III, 432).

이름하여 이민의 모티프는 물론 소설의 문맥 속에서 다름아닌 수

치로부터 벗어나려는 도피이며, 태어난 조국을 찾고자 하는 노력일 뿐이다. 그러나 이 모티프가 그토록 커다란 의미를 부여받은 점은 소재적인 것과 출처들에 대한 서술적 의존성을 넘어서서 다시금 망명자 모티프 전체로서, 즉 1933년 토마스 만이 실행에 옮겼고 어쩌면 은폐된 형식에서 또한 이 소설 속에 작용하고 있을 바로 그 떠남에 대한 문학적 반사로서 해석될 수 있다.

서술 어조가 아무리 밝다 하여도 토마스 만은 언제나 소설을 일종의 종결로서, 최종적인 어떤 것으로서 이해하였다. 그는 소설이 "후기 작품"임을 거듭 강조한 바 있다(DüD Ⅲ, 401, 그리고 다른 여러 곳). 이는 이 소설의 집필 당시 그 자신의 삶과 자기 자신에 대한 이해에 상응한 것이었다. 1951년 5월 28일 토마스 만은, "너무나 기력을 소진시켰던 악마소설을 쓰고 난 후 내가 이 작품을 아주 만족스런 조그만 책자로 엮어낼 수 있은 것은 정말 행운과 '은총'이라 말할 수 있을 것이다"라고 적었다(DüD Ⅲ, 392). 그러나 아무리 즐거운 성과라 하더라도, 이것은 바로 그의 생의 말기에 집필된 작품이다. 한 편지에서(1951년 4월 6일자) 토마스 만은 다음과 같이 쓰고 있다.

나는 나를 늦둥이, 마지막 사람, 종결짓는 사람이라 보는 견해에 반대하지 않으며, 나 이후에 여러 차례 서술된 이 이야기가, 요셉 이야기들 역시 마찬가지겠지만, 다시 한번 서술되어지리라고는 믿지 않는다. 내가 한창 젊었을 때는 어린 한노 부덴브로크로 하여금 가족의 계보가 끊어진 것으로 여기게 하였고, 사람들이 그에게 그 해명을 요구하였을 때는 그가 말을 더듬으며 '난, 난, 더 이상 어떤 일도 일어나지 않으리라 생각해요'라는 대답을 하게 하였다. 더 이상 어떤 일도 일어나지 않는다. 야만 행위가 침몰하고, 어쩌면 긴 밤과 깊은 망각이 찾아든 것이다. 이 소설과 같은 작품은 야만 상태 이전에 도래하는, 이미 시대에 대해 거의 낯선 시선으로 바라본 후기 문화이다(Br III, 200f.).

거의 같은 뜻으로 토마스 만은 1951년 「소설 『선택된 인간』에 대한 논평」에서 말하며, 이에 부가적으로 다음과 같이 덧붙였다.

그러나 만약 이 작품이 옛 것과 신성한 것, 성담을 패러디하여 웃음거리로 만든다면, 이 웃음은 부박하기보다는 멜랑콜리한 것이며, 그리고 성담의 마지막 형식인 밝고 유희적인 문체 Stil소설은 매우 진지하게 그 종교적인 핵심인 기독교, 죄악과 은총의 생각을 보전하고 있는 것이다(XI, 691).

6. 몽타주 원칙

토마스 만의 후기 소설들이 작품에 결핍된 명확성을 바로 미학적인 프로그램으로 끌어올리고 있는 사실에서 분석의 출발점을 찾아야만 한다. 후기 작품들의 다층성은 개별적인 테마들의 확정을 전혀 허용하지 않는다. 토마스 만 자신의 진술들 역시 그의 소설들 중 한 작품에 다른 모든 것을 배제한 가운데 이해될 수 있을 두드러진 의미층의 부여를 목적으로 한다면, 이런 조건 아래 이해될 수 있다. 이로써 어떠한 해석도 명백히 잘못된 것으로서 배척될 수 없을 뿐 아니라, 어떠한 해석도 독단적인 타당성을 주장할 수 없게 된다.

『선택된 인간』은 토마스 만의 다른 후기 소설들처럼 —— 해석의 수가 물론 『파우스트 박사』나 『펠릭스 크룰』에 관해서보다 훨씬 적은 점에 대해서는 고려해보아야 할 일이지만——오늘날까지 상이한 해석들을 보이며 격렬하게 논의되고 있다. 그 까닭은 이 작품의 유희적인 성격에 놓여 있을 것이며, 어쩌면 또 이 소설이 패러디적인 것을 넘어서서, 『바이마르에서의 로테』를 필두로 하는 다른 대작의 소설들에 항상 적용되어온 그런 척도에서, 삶의 작품으로서 간주될 영속성을 충분히 지니고 있는지에 대한 숨은 의혹에 놓여 있을 것이다. 이때 두 가지의 해석 방법이 두드러진다. 몽타주 작품에서 이 소설의 본래적인 의미를 찾는 해석과 그리고 정신분석학적인 방법으로 다루는 해석인데, 후자의 해석은 선한 죄인에 대한 이야기를 토마스 만 자신의 삶과 그의 삶의 정당화, 그리고 또 여기서 다시 한번 문학적인 작품 속에 반영되어 있는 것으로 보이는 그의 삶의 유혹들과 연관짓고 있다. 이 근본적인 견해 차이를 가진 두 입장들 간의 결합은 거의 시도되지 않고 있으며, 아직까지 그 연결점을 찾지 못하고 있다.

출처들에 대한 토마스 만의 입장은 그의 편지들과 일기책들, 해설들에서 인식될 수 있는 것보다 훨씬 더 세분되고 광범위한 것임은 오래 전에 밝혀진 사실이다(K. Stackmann, 1959; H. Wysling, 1963, 1967). "지적 결합 능력"(H. Wysling)은 개관하기가 거의 불가능한, 매우 상이한 것에 연관된 풍부한 암시를 낳았고, 현실을 창출하고, 따라서 기록적이거나 혹은 유사 기록적인 인용문들을 통하여 묘사된 것을 확증하는 결과를 가져왔다. 젊었을 때부터 이 원칙을 고수하여왔던 토마스 만이 나이가 들면서 그의 해석자들로 하여금 종종 해석술의 한계를 느끼게 만든 결합술ars combinatoria에 전력할 수 있는 지식을 스스로 갖추고 있음을 발견한 것은 자명한 일이다. 그 배경에는 외견상 후기 자연주의적인 현실 파악의 성향뿐 아니라, 흡사 세계 창조적인 글쓰기와의 관계가 깔려 있다. 이것은 모두 토마스 만의 서술을 처음부터 규정짓고 있으며, 그 밖의 다른 해명을 필요치 않는다. 범람하는 조립된 세계의 위험과 마찬가지로 단순히 차용된 현실의 위험은 처음부터 불 보듯 분명한 것이었다. 엄청나게 방대한 소재들로 인하여 이야기가 변질되고 부차적인 것과 부설적인 것을 계속 삽입한 결과로 초래될 수 있을 위험을 토마스 만은 자기 규제와 전체 구상을 준수함으로써 비켜나갔다. 한편, 『파우스트 박사』를 시작으로 하는 만년의 작품과 그리고 『선택된 인간』에서도 적지 않게 주제를 벗어난 여담들이 증가하는 사실을 누가 부인할 수 있겠는가? 형 하인리히가 그의 『졸라』에세이에서 토마스 만의 창의력이 완전히 바닥날 지경에 이르렀다는 부정적인 평가를 내린 이후로, 토마스 만은 분명 창의력의 강박감에서 벗어나기 위해서라도 더 많은 자료들을 그의 서술된 세계 속에 받아들여야 했을 것이다. 본래적인 창작 과정은 자료들의 수집이 아니라 서술적인 기능성의 확립을 통하여 이루어지며, 일찍부터 음악적인 전범들을 통하여 이 풍부한 소재의 정리와 기능화를 모색하였다. 토마스 만은 그의 "예술 작품들"에 대해 "언제나 좋은 악보였다"(XII, 319)고 말하였으며, 또한 『선택된 인간』에서도 그가 묘사하고자 했던 세계를 신빙성 있게 보이기 위하여 어느 정도의 범위에서 조립하고 있는지 식별하기는 어렵지 않은 일이다. 한가지 점에서 『선택된 인간』은 『파우스트 박사』와 이전의 작품들과 구분된다. 즉 『파우스트 박사』에서의 정확성이 작품에 수용된 루터적 언어가 보여주는 것처럼 적어도 외양상으로는 역사적인 엄밀성이라면, 『선택된 인간』은 의도적으로 이 신빙성의 척도를 아쉬워하게 만들며 정확한 것과 정확성을 부조리하게 이끎으로써 이 작업 방식을 패러디하고 있다. 종말의 소설 『파우스트 박사』 이후 토마스 만의 문체에 대한 요구들이 변화되는데, 이 변화는 점진적이 아닌 확연한 것이었다. 이미

『요셉』 소설의 첫째 권들에서부터 시작하여 이전에는 현실성을 강요하고 실재의 외양을 구성하거나 혹은 적어도 올바르게 보존하기 위하여 가능한 한 모든 것에 정확성을 기하는 것이 문제였다면, 지금은 바로 실재의 이 외양적 특성이 그 자체로서 묘사된다. 이를 위해 언어적 통합이 유용하게 쓰이며, 아니 그보다는 상이한 자료들의 의식적인 비통합이 조화로운 서술 속에 이루어지고 있다는 편이 옳을 것이다. 왜냐하면 『선택된 인간』에서 이야기된 것은 이제까지보다 현실적이지 못한 것이기 때문이다. 언어 혼융은 중고지독어에서도 고프랑스 단어들이 발견된다는 토마스 만의 언표로써 해명되고 있지만, 그러나 이것은 바로 중고지독어의 언어적 국제성을 모방하지 않으려는 입장에서 나온 궁색한 변명에 불과하다. 중고지독어의 국제성은 오히려 패러디되고, 그리하여 본래적인 서술층을 이루는 것은 패러디로, 작품들에서 이전에 서술된 것의 "올바름"을 독자에게 확신시켜주어야 했던 그 외양적인 실재가 더 이상 아닌 것이다. 『선택된 인간』에서 수도승 클레멘스에 의해 서술된 세계는 이제는 결코 그 자체로서 개연성을 요구할 수 없게 된다. 아무리 둔감한 독자라도 저지독어와 영어, 중고지독어와 고프랑스어가 실제로 이처럼 기이한 혼합 형식에서 주어질 수 없다는 것을 알기 때문이다. 자세히 들여다보면 볼수록 이 소설에서는 정확성과 리얼리티의 충실함을 높이 평가하고 신빙성 있는 것을 서술해야 하는 요구가 더 이상 문제되지 않음을 알게 된다. 서술된 것이 확실한 것은 단 한가지 점에서, 즉 서술된 것이 실제로 일어나는 현실일 수 없고, 또한 전혀 이러한 것이 되어선 안 된다는 점에서이다.

이로써 몽타주 원칙에 현실·공증·기록적인 것을 창출하는 기능과는 다른 기능이 부가된다. 다른 소설들보다 이 작품 속에 양적으로 훨씬 많이 수용된 자료들은 채석장으로 수합되고, 이 채석장에서 유일무이한 한 건물이, 다시 말해 오래 전에 현실을 그럴싸하게 보이려는 요구를 체념한 한 소설이 만들어진다. 몽타주는 여기서 원칙적으로 고수되고(H. Wysling, 1963), 언어 작품을 단지 그 자체 속에서, 그리고 그 자체로부터 벗어나 존재할 수 있게 만든다. 여기에 묘사되어 있는 것은 하이네가 그의 생전 괴테주의자들의 예술에 이름 붙인 바 있던 "구속받지 않는 제2의 세계"이다. 조립되어진 리얼리티는 현실이 문학적인 성질이나 사실적인 성질을 띠건 상관없이 이 제2의 세계 속에서 다른 현실, 즉 소설 자체의 현실을 위하여 극복되고 무력해져 있음을 우리에게 상기시킨다. 소설의 현실은 독자로 하여금 힘들이지 않고 소설이 묘사하는 세계에 친숙해지게 하지만, 그러나 모든 외적인 리얼리티의 충실함에도 불구하고 첫 페이지부터 벌써 사건이 분명 그렇게는 일어날 수 없다는 점에 독자의 주의를 환기시킨다. 토마스 만이 그레고리우스의 모험적이고 기이한 운명에 대해 이야기하는 것은 분명 이런 까닭에서이다. 만약 그가 중세적인 세계를 구축하려 하였다면 반드시 그처럼 황당무계한 우연과 섭리를 끌어들이지 않고서도 가능하였을 것이다. 그러나 이와 같은 현실 접근에 대한 생각은 모두 『선택된 인간』에서 멀리 사라져야만 했다. 그리하여 토마스 만은 기교적인 면에서 비허구적인 것을 수단으로 완전히 허구적인 어떤 것을 부여하는 데 성공한다. 그가 일찍이 허구적 창작이 아니라 자기 것으로의 습득이 그의 문학의 본령이라 천명하였던 말은 여기서 거의 역으로 반전되는 셈이다. 습득된 것은 방대한 표현 양식의 허구화로, 단지 소설 자체속에서 그렇게 존재하는 세계를 묘사하는 보고서로 된다. 따라서 전체는 압도적인 규모의 언어 유희이며, 분명 의미 구조가 아닌 "연관 마술"(IX, 520)인 것이다. 그러나 연관 마술은 더 이상 세계와 문학간에 형성되는 것이 아니라, 허구적인 세계 위에 펼쳐진다. 사장되어 있던 문서의 채석 자료는, 다른 소설들보다 이 작품에 더 밀도 있고 더 분명하게 스며들어 있는 리얼리티에도 불구하고, 한낱 허상에 지나지 않는 세계 속에서 활성화되고 전환되어 적절한 설득력을 얻는다. 이런 의미에서, 어쩌면 오직 이런 의미에서 소설은 "패러디"로서 이해될 수 있으며, 실제로 오로지 그 자체 내에서와 그리고 그 자체에서 벗어나 존재할 수 있는 후기 작품으로서 이해될 수 있을 것이다. 이 소설은 또한 궁극적으로 읽은 것을 자기 말로 재구성한 것이 아니라 실제적인 대상을 소재로 한, 실로 매우 "자유롭게 하르트만 폰 아우어를 모방한"(DüD Ⅲ, 357) 독창적이고 환상적인 작품이다. 토마스 만이 언젠가 한스 라이징어에게 쓴 적이 있듯이 (DüD Ⅲ, 361), 사실상 환상적이고 초민족적인 중세는 바로 언어 작품이며, 오직 언어 작품에 다름아니다. 이때 토마스 만은 순수하게 전설적인 것에서부터 단지 서술되어진 세계로, 오직 서술된 것으로서만 신빙성을 얻는 세계의 묘사로 결정적인 일보를 내딛고 있었던 것이다.

7. 작품 해석들

최근의 토마스 만 연구에서 이러한 숙고들이 너무나 미흡함을 볼 수 있다. 정신분석학적 방향에 깊이 천착하여 전개되는 토마스 만 관련 서적들은 바로 『선택된 인간』의 경우에서 다른 소설들에 비해 풍부한 정신분석학적인 소재를 발견할 수 있다고 끈질기게 주장해 왔다. 그리하여 그레고리우스 인물의 배후에서 기독교화된 오이디푸스를 보았고(H. Kurzke, 1985), 무지의 상태에서 이루어진 어머니와의 결혼과 이어지는 속죄를 포함하는 신화적인 전승의 모든 세목

들이 열거되었다. 그레고리우스가 동시에 그리스도의 모방이라는
것은 물론 오이디푸스 전설과는 상반되어 보이는데, 이는(특히 토마
스 만 자신에 관련된 의미가 이로써 식별될 수 없기 때문이다) 이보다
극단적이진 않지만 이전에 이미 토마스 만의 모든 후기 소설들에
공통된 신화적 토대와, 서술된 것의 표면적인 배후에서 그의 "신화
적 견해"(XI, 680)를 알려주는 서술 정신이라 할 수 있는 것에 대한
암시가 있었다(H. Wysling, 1969). 이렇게 보면 그레고리우스의 형상
은 신화적인 사건들과 인물들에 있어서 말하자면 명백하게 구분될
수가 있으며, 그의 인물 속에는 엄밀히 원역사적인 것만이 특징적
으로 강조된다. 그리하여 그의 실존은 신화적인 토대에 있어 투명
해진다는 의미에서 전적으로 대표적인 실존이 된다. 이러한 주장의
근거들은 모든 삶이 회귀와 반복임을 암시하였고, 나아가 그 자신
의 삶에서 전형적인 것을 넘어서 다시 신화적인 것에 접근하기를
요구하였던 토마스 만의 확신들에 기초하고 있다. 이러한 연구들은
서술된 인물들 속에 어느 만큼 배경이 스며들어 있는지 이해시키려
고 한다. 그 밖의 해석들은『선택된 인간』에서 토마스 만이 스스로
자기 정당성의 입증을 부추기고 있다고 추정한다(H. Kurzke, 1985).
이렇게 보면 소설은 곧바로 선택된 예술가가 처해 있는 복수를 다
루고 있는 셈이 된다. 선택된 예술가는 모든 점에서, 특히 그의 나
르시시즘에서 프로테스탄트적 죄의식에 대하여 스스로를 정당화해
야만 하고, 이런 관점에서 십칠 년 동안 바위 위에서 행한 속죄는
신학적으로도 정당화될 수 있어 보인다. 그러면 후기 토마스 만이
가진 프로테스탄트적인 에토스에 대한 의구심 또한 생길 수 없다.
그러나 이와 같은 해석은 종국엔 특수한 것으로서 설득력을 얻기엔
너무도 일반적이다. 그렇게 되면 모든 작품들이 정당성을 입증하기
위한 작품이 될 것이며, 설령 어떤 의미에서 이 말이 옳다 하더라도

이로써 『선택된 인간』의 특수성을 밝히기엔 불충분하다. 이런 이유에서 토마스 만이 노년에 어느 의미에서 종교와의 화합을 시도하려한 것이 아닌가 하는 추측이 유력해 보인다. 종교적인 것이 이 작품에서 사실상 경시되는 대신 오히려 경외되어 나타나고, 특정한 종교에 대해 토마스 만이 직접 고백한 적은 없지만 일반적 성격의 인도주의적 종교와 같은 무엇이 『선택된 인간』에서 표현되어 있는 듯하다. 작가 토마스 만은 인도주의의 설교자가 되어, 기독교적 성담의 세계를 우스꽝스럽게 만들려는 것이 아니라 모든 관점에서 이 극단적인 이야기가 "어딘가 인간적인" 것을 담지하고 있음을(DüD III, 371) 보여주기 위하여, 이 기독교적 성담 세계와 유희하는 것이다. 그는 또 "종교적인 유머"(DüD III, 370)와 "죄악과 은총"의 역사에 대해서도 말하였다. 1950년 토마스 만은 다음과 같이 쓴 적이 있다.

나는 결코 종교적인 인간의 이름을 부당하게 취하진 않을 것이며, 요셉 이야기들에서 기독교가 상대화되고 세계-신화적인 것으로 해체되어 있음을 인정한다. 그럼에도 불구하고 나 자신은 이미 괴테와 니체를 따를 때부터 철저히 프로테스탄트적인 기독교인임을 느낀다. 〔……〕 많이 이야기된 그레고리우스 전설의 후기 현대적인 모방에서 죄악과 속죄, 선택성의 테마는 다시 전적으로 수줍은 농담 속에 은폐되어 있다(DüD III, 373).

이 진술은 실제로 그러했는지 않았는지 상관없이 개인적인 정당화의 강요를 훨씬 넘어서서, 물론 성담의 서술적 재구성에 그치고 말았던 통합적인 인간성의 종교에 귀결된다.

제6장

『고등 사기꾼 펠릭스 크룰의 고백』

펠릭스 크룰은 혈통이 좀 미심쩍은데다 사기꾼의 이력이 있고, 도둑이자, 위조된 이름으로 여행하며 의문스러운 연애에 몰두하는 사기꾼이며, 한동안 호텔의 종업원으로 종사하면서도 공동체에 봉사하기를 꺼리는 인물이다. 고등 사기꾼 펠릭스 크룰의 삶은 일상적인 자기 시험에 시달리며 자신을 조국의 양심이라 여기고, 프로테스탄트적 강한 성격의 소유자로서 외면적인 형식에 이르기까지 언제나 지나치게 정확하며 작업과 자기 자신의 규제, 형식의 엄격함을 신봉하는 작가와는 판이하게 다른 것이다. 그렇지만 토마스 만의 그 어떤 소설도 1905년까지 거슬러 올라가 반세기에 걸쳐 전개되는 그의 마지막 작품보다 더 직접적이고 자전적이며 고백적이지는 않다. 토마스 만은 노년에 더욱 심각해진 발상의 곤궁함 때문에 『파우스트 박사』의 집필 때처럼 『펠릭스 크룰』의 소재들을 적게 수용하였고, 게다가 소설을 완성해야 한다는 외부적인 압박까지 받고 있었다. 그는 노년에 접어들어 다시 한번 자화상의 완성을 시도하였는데, 이 자화상이야말로 다른 어떤 작품보다 토마스 만다운 것이며 동시에 소설의 가능성들을 의미했다. 후기 작품인 『파우스트 박사』와 『선택된 인간』 이후 아직 그에게 남아 있었던 이런 가능성들이 이 작품에서 철저히 활용된다.

1. 예술가 모티프와 교환 가능성의 발상

소설의 소재는, 구상이 처음으로 떠올랐던 당시 토마스 만에 의해 이미 반복하여 사용된 바 있던 테마인 예술가 테마를 다루고 있는 점에서 애당초 자서전적 틀을 가지고 있었다. 예술가는 사회로부터 추방당하지만 그래도 이 사회에 융합하는 인물이며, 어떤 공동체적 관계에도 순응하려 들지 않지만 그러나 끊임없이 이와 관련을 맺고 있는 뛰어난 재능의 외톨박이라는 특수한 입장에 있는 인물이다. 토마스 만은 그 당시 소재를 여러 가지로 구상하였다. 그리하여 물론 소설 작품으로 완성되진 못하였지만 마야 구상과 마찬가지로 소설로서 실현되지 못한 프리드리히 구상이 이루어졌으며, 그리고 소설의 주인공이 세상과 동떨어진 삶, 고독에의 욕구, 우월감과 선택받음, 그리고 또 사회와 민중, 타인들과 화합해야 하는 압박과 같은 예술가의 명백한 특징과 징후를 띤 『대공전하』가 탄생되었다. 토마스 만에게 있어서 예술가 모티프는 결코 세계와 현실로부터 동떨어진 외톨박이의 이상화를 지향하는 것이 아니라, 고립된 외톨박이가 세계와 동시대적인 것, 사회에 관여할 수 있는 가능성과 동시에 불가능성을 다루고 있다. 이러한 긴장의 순간이 일평생 지속되어왔으며, 이 테마가 결코 합의점에 이르지 못하고 작품의 작가가 가진 삶의 문제성과 같은 생의 계획과도 매우 직접적으로 연관되어 있음은 절로 이해되는 일이다. 마찬가지로 예술가 테마가 완전히 결정된 소재 세계 속에서 최종적으로 다루어질 수 없었음도 수긍된다. 토마스 만은 그보다는 예술가 실존의 윤곽들을 반복하여 다양한 방식으로, 그것도 언제나 극단적인 상황에서 형상화해내었다. 『대공전하』에서의 예술가는 지체 높은 귀족이고, 그의 세계와 주위는 귀족적이며, 그의 취향은 고상하고, 그의 사교 대상들 역시 정선된 인간들이다. 『펠릭스 크룰』에서는 이와 정반대로 보헤미안이고 사기꾼이자, 이런 환경에서 출세의 기회를 엿보는 경범죄자로서의 예술가가 묘사되어야 했으며, 이 구상은 50년이 흐른 후에도 거의 변함이 없었다. 두 소설에 특징적인 것은 희화화하는 계기들과 명랑하고 희극적인 것, 그리고 이러한 실존이 내맡겨져 있는 우스꽝스러움에 이르는 역설들이다. 『대공전하』에서 이러한 특징은 재정적인 곤경으로서, 그러니까 전적으로 비정신적-비예술가적인 것으로서 또한 정신적 실존이 투쟁해야 할 대상이 되며, 부유한 미국인 슈폴맨을 소저택으로 끌어들임으로써 이 희극적이고 우스꽝스러운 테마의 삽화는 더욱 활력을 띤다. 『고등 사기꾼 펠릭스 크룰의 고백』에서는 명랑한 사기와 기만의 행각들이 나타나는데, 자기 자신과 거침없고 무한한 세상 편력에 대한 보고자인 나이 든 펠릭스 크룰의 명랑성은 오히려 소설을 대규모 양식의 유머러스한 소설로 만들며 유럽 악한소설의 한 계승 작품으로서 파악하게 한다.

　예술가 문제는 일차적으로 예술가적 행위를 통하여 표현되는 것이 아니다. 난감하고, 항상 위험에 처해 있으며 늘 새로이 대처해야 할 세계와의 관계는 예술가의 자기 평가와 자기 이해에 있어서 특징적이다. 달리 말하자면, 그렇듯 빈번히 취급되어온 예술가 문제는 실로 실존적인 문제이며, "다른" 관점에서, 즉 사회나 주변 세계, 동시대적인 것의 관점에서 본 자기 개성의 가능성과 한계에 대한 물음과 결부되어 있다. 여기서는 모든 시대에 있어 안정된 세계 관계의 확립이 문제되는 것이 아니라, 세계 관계가 부단히 새롭게 정의되어야만 한다. 이것이 예술가의 실존을 언제나 일시적인 것에 지나지 않는 삶의 형식으로 만들었으며, 이러한 삶의 형식에서 세계 정복감은 자신을 외부와 경계지으려는, 즉 예술가가 또한 더불어 살 수밖에 없는 편협성과 항상 충돌하고 있다.

토마스 만이 이 작품에서 평생 동안 고민하여온 한 문제를 다루고 있다는 사실은 소재를 오랫동안 간직하여왔던 점과 이 소재를 최종적으로 확정하려는 반복적인 노력이 말해준다. 토마스 만은 『펠릭스 크룰』을 자기 것으로 만들기 위하여 여러 차례 시도한 적이 있었다. 1905년의 첫 기록들에 따르면, 그는 분명 그 이듬해들에서도 계속하여 사용하고자 했던 디테일들을 모았지만 기록의 범주를 넘어서지는 못하였다. 어쨌든 그는 1910년에 이 작업을 착수하였고, 그의 『약력』에서 추가적으로 다음과 같이 보고하였다:

『대공전하』를 밀쳐두고 나는 『고등 사기꾼 펠릭스 크룰의 고백』을 쓰기 시작하였다. 많은 사람들이 추측하였던 것처럼, 마노레스쿠스의 회상록에서 착상을 얻은 기묘한 구상이다. 여기서는 물론 예술과 예술가 모티프의 새로운 전환과 비실제적-환영적인 실존 형식의 심리학이 문제된다. 그러나 문체상에서 나를 매혹시킨 것은 아직까지 전혀 실행된 적이 없는 자서전적인 직접성으로, 여기서 나는 나의 대략적인 견본을 시사받았으며, 그리고 환상적 정신적 매력의 출발점은 즐겨 이어져온 전승의 한 요소인 괴테적-자화상적-자서전적인 것, 귀족적-고백적인 것을 범죄적인 것으로 이역하는 패러디의 착상에서 얻었다(XI, 122).

추가된 이 메모는 어쩌면 그 당시 실제로 저술 의도에 활용될 수 있었던 것보다 더 많은 뜻을 내포하고 있을 듯하고, 토마스 만이 도대체 그의 고등 사기꾼 회상록에서 문제삼으려 하는 것이 바로 "비실제적-환영적 실존 형식의 심리학"임을 확인시켜준다. 이는 『펠릭스 크룰』뿐 아니라 토마스 만의 전 작품에 있어 열쇠가 되는 생각이다. 작가에게 매우 중요한 이 중심 생각은 여러 차례 인용된 바 있다. 예술가는 그의 비실제성에서 모습을 드러낸다. 다시 말하면, 토마스 만은 애매모호하고 현실과는 거의 관계하지 않는 예술가의 실존 형식을, 따라서 어느 곳에서도 안주할 수 없고 보호받지 못한 채 유랑하는 예술가의 실존과, 시대와 사회에 융합하지 못하고, 비소속적인 삶의 느낌을 매번 갖게 하는 사회의 경계 밖에 존재하는 삶을 이 비실제성에서 파악하였던 것이다. 그러나 고독과 고립의 불운을 짊어진 이방인으로서 예술가는 바로 이 경계 밖에 있기 때문에 오로지 그의 예술에 전념할 수 있게 된다. 이러한 생각은 1900년경 널리 퍼져 있었을 뿐만 아니라, 토마스 만의 자기 이해에도 깊은 영향을 미쳤다. 니체와 쇼펜하우어는 이런 예술가의 이해에 사전 작업을 가능케 해준 철학자들이며, 토마스 만은 또한 세기 전환기의 동시대적 문학을 통하여 이를 알고 있었다. 사회로부터 진지하게 받아들여지지 않고 경멸당하는 동시에, 어쩌면 은밀하게 경탄되는 인물인 예술가, 그러나 이는 이른바 예술가 문제의 한 측면에 지나지 않는다. 토마스 만이 비실제적-환영적 실존 형식의 심리학에 대해 말할 때는 뭔가 다른 것을 의미하기도 하는데, 즉 사회의 시선으로 보면 예술가는 의문스런 본업에 전념할지 모르지만, 반대로 사회 역시 마찬가지로 예술가의 혜안에는 비실제적이고 환영적인 것으로 비친다는 뜻이 된다.

세계의 허상을 꿰뚫어보는 자가 바로 예술가이고, 이를 묘사하는 것은 예술가의 과제이다. 이렇게 보았을 때 예술가의 실존은 물론 유일하게 실제적인 것이 되며, 이 실존을 둘러싼 다채로운 윤무인 삶에는 현실을 제외한 모든 것이 귀속된다. 현실은 단지 인식하는 자에게만 존재한다. 니체가 표현한 이 생각은 이미 초기의 토마스 만을 특징짓고 있다. 예술가가 지닌 특수한 자만심과 자의식, 선택받은 느낌, 자기 확신감과 흩트려질 수 없는 우월감이 예술가의 내면에 각인되어 있으며, 그가 처한 사회적 위치는 자신을 굴욕적으로 만드는 것만큼 고양시켜주기도 한다. 예술가의 혜안에 비친 다른 모든 것이 실로 허상에 지나지 않는 까닭은, 예술과 이로써 예술가 자신이 유일한 가치를 인정하는 본질적인 리얼리티를 묘사하기 때문이다. 『펠릭스 크룰』에서 나중에 교환 가능성의 발상이 떠오르고, 크룰이 파리에서 호텔 종업원으로서 시중들었던 그 사람들도 크룰과 꼭 같은 종업원이 될 수 있으며, 그 자신은 신사가 될 수 있을 것이라 생각할 때, 자아와 사회와의 상호 관계가 조금 분명해진다. 이 상호 관계는 사회와 더불어 세계 전체가 의심스러운 무엇으로서, 의문스럽고 완성되지 못한 유령과 같은 것으로서 비쳐지는 사실을 통하여 예술가의 입장에서 규정되고 있다. 그리하여 마침내 세계는 예술가가 움직이는 유희장으로 된다. 밖으로는 예술가가 세계에 종속되어 있는 것처럼 보이겠지만, 그러나 실제로 세계가 예술가의 유희 대상이 되는 관계로 전환될 수 있다. 한편 사회의 관점에서 예술가는 굴욕적이고 데카당스한 별종의 실존으로 비쳐진다 할 것 같으면, 예술가 자신은 이와는 정반대로 세계가 거친 리얼리티 상태에서 예술가의 손길에 의해 다듬어져야 하기 때문에, 세계의 진정한 지배자로서 등장할 수 있는 사람은 바로 예술가라는, 완전히 다른 견해에서 세계와 예술가의 관계를 이해한다. 이때 문제되는 것은 물론 실제적인 세계 지배가 아니라 상상과 지성, 의지를 수단으로 한 세계 지배이다. 그러나 토마스 만의 추가적인 자기 보고에서 분명하게 나타나듯이, 묘사될 수 있는 것은 분명 예술가의 심리학, 따라서 그 자신의 자기 이해와 자아 감정, 세계에 대한 내적 관계이다. 기록들에서 소설의 주인공은 단지 "고등 사기꾼"으로 서 등장하며, 이 기록들에는 이전에 다루었던 고통의 테마에 대한 것이 들어 있어 예술가의 세계 관계가 갖는 다른 측면을 밝혀주고 있다. 전능의 느낌 속에 자기 상상의 무기력에 대한 통찰과 자기 자신과 마찬가지로 세계로 인한 고통이 서로 교감하며 나타난다. 고통받고, 그리고 동시에 자기 확신에 차 있는 고등 사기꾼의 이 심리학이 그림자 같은 무엇이라 하더라도 소설의 소재인 백작이란 가명 아래 행해지는 고등 사기꾼의 여행과 그리고 "고상함과 부유함"(H. Wysling, 1982, S. 390)에 익숙함은 본질적인 특성에 내재된 것이다. H. 비슬링이 증명하였던 것처럼, 소설의 심리학적인 맥락에는 이 당시에 발표된 예술가의 심리학에 관한 많은 것이 진술되어 있는 에세이 『달콤한 수면』이 속한다.

2. 생성 단계들과 역점의 변화

토마스 만은 1910년 진지하게 착수하였던 『펠릭스 크룰』의 작업에서 옳은 진전을 보지 못하였다. 그래도 어쨌든 1913년 무렵까지 몇 가지를 적었고, 1916년경에는 『크룰』의 한 부분을 뮌헨에서 낭독하며 그 서두에서 시대 상황에 비추어본 소설의 특정한 성격들, 예컨대 "전쟁 전과 정치 이전의 강한 성격"에 주의를 환기시켰다(H. Wysling, 1982, S. 393):

따라서 이것은 환상적인 방식으로 한 사기꾼의, 한 고등 사기꾼의 자서전처럼 꾸며진 소설이다. 우리는 독일어로 된 위대한 자서전을 갖고 있다. 〔……〕 이 소설 유형은 전형적인 독일적인 것이 아닌가.

이제 이 고백과 성장의 그림에 펠릭스 크룰이라는, 과거에 고등 사기꾼이자 호텔 도둑이었으며 어쩌면 현재도 그러하고 앞으로도 그러할 한 남자의 회상들이 연결된다. 이것은 내가 수년 전 주인공의 청소년기와 유년을 포괄하는 일련의 장들을 썼다가 다른 일들 때문에 밀쳐 두었던 것이다(H. Wysling, 1982, S. 394).

1910년에서 1914년 사이 수많은 자료들과 메모들, 신문 기사 발췌문들, 그리고 이와 비슷한 것들이 수집되었다. 그런 가운데 고등 사기꾼의 심리학과 문제성, 욕구들이 다양하고 정확하게 윤곽을 드러내게 된다. 역할 교환과 정체성 변화가 테마의 중심을 차지한다. 그리하여 일컫기를, "항상 똑같은 '나'로 있는 권태는 살인적이다. 예술. 형이상학. 에로틱. 하나의 역할 속에 세계 한 부분과의 신비적인 합일이 이루어진다"(H. Wysling, 1982, S. 414). 어쩌면 이 부분에서 하인리히 만의 소설들이 준 영향을 찾아볼 수 있을 것이다. 하인리히 만의 『게으름뱅이의 천국』에서 안드레아스 춤제는 의심할 바 없이 크룰에 선행되는 인물 형상화이며, 그리고 『여신들』에서의 다른 인물들 또한 크룰이란 인물 배경에 영향을 주었다. 그 한 가지 예가, "직업적이고 아름다운 남자의 본능은 벌써 그에게 어디에 여자가 있는지 말해주었다"(여신들, 디아나 장 IV)라는 구절이 지칭하는 피젤리라 이름하는 인물의 특성화이다. 이에 상응하여 크룰은 에로틱한 카리스마를 지니고 있으며, "여자들이 매혹당하는 그의 목소리, 눈, 입가의 미소, 그의 몸 전체는 사랑스럽다. (결혼 사기행각들을 그는 얼마든지 저지를 수 있다.) 그는 어쩌면 여자들의 도움으로 생활하며 자신을 버텨나갈 수 있을 것이다"(H. Wysling, 1982, S. 415). 그 밖에도 이 노트들에는 나중에 소설을 완성하기 위해 필요한 자료들과 그 이상의 많은 디테일들이 수록되어 있다. 큰 여행들과 이에 따른 관찰들, 계획되었으나 실현되지 못한 결혼소설에 대한 몇 가지 구상과 또한 크룰의 구금에 대해서도 스케치되어 있다. 이 노트들에서는 이따금씩 크룰 실존의 특징적인 것을 다시 조명해볼 수 있는 핵심적 문구들을 찾아볼 수 있는데, "위태롭고 긴장된 그의 삶은 그가 경멸하는 일반적이고, 안전보장국가에서의 시민적인 삶에 대립해 있다"(H. Wysling, 1982, S. 467)라는 경구가 그 한 예가 된다. 이 노트들은 또한 토마스 만의 작품 출처와 그 사용 범위에 대해 설명한다. 게오르게스 마누레스쿠스의 『도둑의 군주. 회고록과 그리고 실패. 한 범죄자의 영혼에서 바라본 수기』는 중요한 출처로 꼽힌다. 그 밖의 출처들에 대해서는 비슬링이 알려주고 있다(1982, SS. 483f.).

여러 차례 착수되었지만 완성될 수 없었던 소설은 부분적으로 따로 출판되어 나왔는데, 미완성 원고의 첫 단편은 이미 1911년(「연극관람」)과 1919년에 각각 발표되었다. 1922년과 1923년에는 「고백. 유년의 책」이, 『고등 사기꾼 펠릭스 크룰의 고백』에서 첫째 권과 둘째 권(1~5장)은 1937년 출판되었으며, 1948·1951·1952·1953·1954년에 각각 최종적인 소설의 부분적인 발표가 있었다. 그러다가 1954년에 와서 소설의 전체인 『회고록의 첫 부분』이 출판되었다(이에 대한 상세한 보고는 H. Wysling, 1982, SS. 543f.를 참조 바람). 만약 크룰 계획이 토마스 만의 전 생애를 동반해온 것이라 주장한다면, 이는 과장된 것이다. 20년대와 30년대에는 오히려 『크룰』과 상반되는 작품들이 씌어졌다. 예술가의 고귀성과 위태로움에 대한 관심은, 토마스 만이 『한 비정치인의 고찰』과 『마의 산』에서 보여준 것처럼 자기 자신을 사회적 연관성을 지닌 작가로서 규정지음과 동시에 사라지게 된다. 독일 공화국에 대한 입장의 정리, 일상적인 요구들의 수렴, 우익 세력의 위협에 대항한 민주주의의 방어, 이 모든 것은 나르시스 신화에 몰두할 여지를 주지 않았다. 소설은 물론 거듭하여 일기책에서 언급되는데, 시간상으로는 『파우스트 박사』의 집필 착수 시기와 거의 동시적인 일이었다. 이는 어쩌면 자신의 삶과 작품의 "명랑성"을 원하는 노년의 토마스 만이 가진 소망에 연관된 것일는지도 모른다. 소년기 때부터 좋아하였던 행복의 테마 역시 토마스 만이 노년에 접어들면서 다시 중요하게 부각되는 듯하다. 하인리히 만의 경우에도 행복의 테마는 『호흡』『세상의 환영식』과 같은 후기 소설 작품들에서 나타난다. 여기서 문제되는 것은 단순히 유년기와 청소년기 때의 테마로 복귀하는 것이 아니다. 『고등 사기꾼 펠릭스 크룰의 고백』 역시 『선택된 인간』과 마찬가지로 소설 『파우스트 박사』에 대한 한 반응으로서, 그러니까 소설에서 보고되는 지극히 개인적인 곤경으로부터 스스로를 해방시키려는 시도로서 이해될 수 있다. 토마스 만은 매우 일찍부터 소설이 지닌 독특한 패러디의 특성을 분명히 인지하고 있었으며, 성장과 고백의 소설은 여기서 희화화된다. 그러나 1951년 이후 패러디적인 것은 또한 언어 유희의 일부가 되며, 소설이 증명하는 명랑하고 자유롭게 세상사를 처리하는 방식의 일부로 된다. 토마스 만은 언젠가 아이러니를 서사 문학의 본질로서 명명한 바 있었는데, 이 말은 매우 의미심장하다. 서사 문학의 본질이란 간극과 거리, 평정한 심적 상태를 지향하며 객관화의 시도를 목표로 삼지 않는가. 펠릭스 크룰은 이 외형적 도식으로써는 파악될 수 없는 것이, 인식론적인 범주와 마찬가지로 문학사적인 범주 안에 묶어 넣을 수 없는 세계 이해가 여기서 관철되고 있기 때문이다. 명랑성. 이 용어는 우선 도식적인 요소들을 의미하는 듯 보인다. 그러나 실은 그 이상의 것으로, 세계에 대해 갖는 거리를 둔 현명하고 인간적인 관계이며 또한 감정 자유의 표현이기도 한 것이다. 토마스 만은 확실히 지속적인 상태로서 감정의 자유를 누리지 못하였을 뿐 아니라 노년에 접어들면서부터는 그 표현을 위해 심한 장애를 극복해야 했다. 토마스 만의 마지막 소설이 입증해 보이는 것은 세계가, 리얼리티가 예술 유희로, 쉴러적 의미에서 허상으로 뒤바뀔 수 있는 것, 묘사적이고 언어 창조적인 능력들을 제시하는 무한한 변신 가능성, 바로 그것이다. 이 소설은 세계에 대한 그의 요구와 관계에 있어서 자유의 책이며, 다른 사람들의 여러 철학적 요소들을 담고 있긴 하지만 어쩌면 토마스 만 자신의 가장 커다란 업적으로 평가될 수 있을 것이다. 이는 유머러스한 소설이라는 범주로써는 결코 해명될 수 없는, 오직 문예학적인 분류의 의미에서만 이해될 수 있는 것이다. 명랑성은 주변 세계의 어려움을 극복한 인간 승리로서의 세계 관계에 관련된다. 이 어려움에 대해서는 후기에 쓴 토마스 만의 일기책에서 매우 절실하게 이야기되어 있다.

3. 쇼펜하우어의 영향

　명랑성을 통해 극복된 한 세계의 의미 콤플렉스에 제2의 문제가 결부되어 있음은 의심할 여지가 없다. 그것은 바로 『마의 산』이나 『선택된 인간』에서와 꼭 마찬가지로 이 작품에서 서술적으로 변형되어 나타나는 실제적인 세계의 허상성에 대한 쇼펜하우어의 학설이다. 여기에는 앞서 언급된 교환성의 발상이 해당하며, 또한 사랑, 수면과 꿈, 삶과의 일치에 대한 동경과 세계와의 합일, 그리고 무엇보다 계획되었던 마야 소설이 분명히 보여주는 "삶의 환영적 성격"(IX, 562)에 대한 통찰이 속한다. 크룰이 감지하는 세계는 그가 잘 알고 있는 것처럼 연극과 기만으로 이루어져 있으며, 세계는 오직 현혹일 뿐이다. 크룰 자신은 이를 간파하며 독자에게 이 사실을 간파하도록 종용한다. 그가 세계에 참여하는 방식은 단지 역할 연기자로서일 뿐이며, 그는 자신의 환영적인 성향을 잘 알고 장대한 세계극을 함께 공연하며 이 세계극의 의심스러움을 늘 인식하고 있다. 자신이 맡은 배역을 연기한다는 의식은 크룰의 내면에 깊이 새겨져 있고, 크룰은 세계가 거대한 극장이라는 사실을 절감하며, 바로 이것이 그로 하여금 자신의 역할을 그토록 진실하게 보이게끔 연기하게 만드는 원동력이 된다. 그러나 이는 모두 세계에 대한 저주와 무상함의 생각에 결부된 것이 아니라, 크룰의 실존이 지닌 독특함인 "부드럽게 떠도는 것"(VII, 584)에 대한 고백에 연관된다. 이 점에서 토마스 만이 추구하는 트라베스티와 서술적 역할극 또한 이해될 수 있다. 독자 역시 모든 것이 단지 역할일 따름이며, 그 이면에 있는 현실이란 인식하는 자에게 존재하지 않는다는 명랑한 인식에서 이를 간파해야 할 것이다. 토마스 만의 자기 이해가 어느 만큼 쇼펜하우어의 영향을 입고 있는지, 쇼펜하우어가 『펠릭스 크룰』에 얼마만한 영향을 미치고 있는지에 대해서는 한스 비슬링(1982)이 설득력 있게 해명한다. 노년의 토마스 만이 전보다 더 강도 높게 다시 쇼펜하우어에게로 관심을 기울였다는 것은 분명 우연한 일이 아니다. 하인리히 만의 후기 작품에서도 이와 유사한 경우를 찾아볼 수 있다.

4. 망명소설로서의 소설

그렇지만 왜 토마스 만이 그간 방치해오던 『펠릭스 크룰』의 계획과 구상을 1951년에 다시 착수하였는지, 이 까닭을 설명하려면 다른 두 가지의 복합적인 문제가 언급되어야 한다. 왜냐하면 어떤 동기에서 토마스 만이 초기 단계에서 크룰 소설을 중단하였는가 하는 것보다는, 무엇이 그로 하여금 그 후 다시 소설을 잠정적으로 종결짓게 하였는지에 대한 의문이 풀리지 않기 때문이다. 그로 하여금 『펠릭스 크룰』을 다시 착수하도록 한 동기가 역시 그의 망명 경험 ─ 세번째 콤플렉스 ─ 때문이라는 점을 뒷받침하는 몇몇 증거들이 있다. 1943년 그는 새로이 그의 소설 계획을 숙고하기 시작하였고, 이 당시 예술가 테마는 이미 잊혀진 지 오래였으며, 유미주의자의 고독 모티프 역시 마찬가지로 오래 전에 잊혀진 상태였다. 그 대신 추방의 경험이 부가되는데, 추방의 경험은 내면에 깊이 파고드는 정체성 상실의 위협과 또 실제적인 삶의 조건들이 지닌 일시성에 대한 인식, 끝으로 정도 차이는 있지만 거주지를 계속 옮겨 다녀야만 했던 이전의 경험들과 국적 문제, 뿌리의 상실, 원하였든 원치 않았든간에 그럴 수밖에 없었던 떠남의 경험을 말한다. 만약 이 모든 것이 노년의 토마스 만 소설 작품에서 다루어지지 않는다면 이상한 일일 것이다. 그래서 『크룰』이 토마스 만 자신의 망명 실존과 모종의 관련을 맺고 있으리라는 생각이 우선 떠오르게 되고, 여러 가지 점에서 소설은 한 망명객의 고도로 양식화되고 승리에 찬 초상화에 어울린다. 곤궁을 덕으로 삼고 끝없는 방랑에 오른 그의 망명은 물론 보통 망명자가 어쩔 수 없이 처하게 된 그런 조건에서는 아니었다. 그리하여 그의 삶은 지속적인 도피 행각이 아닌 여행에서 자기 스스로를 확인하려는 시도로 이루어지게 된다. 일련의 모티프들 역시 마찬가지로 이러한 해석을 뒷받침해준다. 펠릭스 크룰은 여행에서 어떠한 장애도 받지 않는다. 여권 걱정이나 승차권 문제도 없고, 비자도 필요 없으며, 어디서나 환영받고, 『마의 산』에서 언젠가 말하듯이, 종종 속과 겉이 다른 상투적인 어법이긴 하여도 그는 몇 가지 외국어를 구사할 줄 알며, 특히 그의 인생 역정은 지속적인 굴욕이 아니라 언제나 상승선을 타고 있다. 왜냐하면 그레고리우스처럼 크룰 역시 모든 개연성에 어긋난 인간이며, 그리고 모든 정황에 반하여 선택된 인간이기 때문이다. 무엇보다 크룰에게는 자기 정체성에 대한 의문이 없다. 그는 역할들을 바꾼다. 여기서는 역할 교환과 자기 실존의 일시적인 성격에 대한 쇼펜하우어의 생각이 다양하게 변형되어 살아난다. 이것은 단지 소설 속에서만 가능한 일이다. 남의 심부름꾼에 지나지 않는 운명에서 상류 사회로 진출하고 낯선 나라에 도착하여 금방 고향처럼 여기는 태도나 항상 해결되는 돈 문제, 크룰 자신이 매번 확신하는 삶과의 순탄한 관계, 최고의 행복으로서 느끼는 끝없는 여행, 장난처럼 쉽게 극복되는 한계점들, 엘리베이터 보이에서 백작으로의 출세, 크룰이 늘 움직이는 국제적 사회, 이주민의 문제에서 공격 대상이 되는 민첩함, 이 모든 것은 보기에 따라선 단순히 고등 사기꾼의 유머러스한 삶의 이력이 아닌 망명 모티프들이 된다. 그래서 토마스 만이 크룰 소재를 이용한 것은 어떤 의미에선 일기책들에서 분명하게 입증되고 있는 그 자신의 통렬한 망명 체험들을 말하자면 추후적으로 되살리고 크룰의 인물 속에 그 당시 모든 망명객들과 마찬가지로 토마스 만 자신에게 끊임없이 위협적이었던 문제들을 부단히 극복하며 승리의 확신을 얻게 되는 망명객의 한 원상을 초상하려 한 것임을 생각해볼 수 있다. 망명객들이 실제적으로 처했던 상황은 절망적이었고 때때로 아무런 희망도 없었다. 그러나 이상적인 망명객인 크룰이 처한 상황은 결코 그런 것이 아니었으며, 그는 언제나 자신에게 유용한 방법들을 찾아낼 줄 아는 인물이다. 이것은 망명객에게는 임시 변통적인 수단이었을 뿐 아니라 최상으로 안락한 생존을 보장해준 하나의 기술Kunst이기도 하다. 또한 여기서도 끊임없이 위협하는 경찰과 관청의 추적에도 불구하고 추락의 역사는 개선 행렬이 된다. 그리고 망명객인 토마스 만에겐 실제적인 위험을 펠릭스 크룰이라는 인물의 능력을 빌려 크게 힘들이지 않고 빠져나오게 되는 상상적인 위협으로서 묘사하는 일이 나중에 가서 분명 즐거운 일이었을 것이다.

5. 자서전적인 것

그 밖에도 소설은——네번째 콤플렉스——『요셉』소설과 『파우스트 박사』처럼 하나의 자서전이기도 하다. 토마스 만은 다시 한번——트라베스티와 아이러니의 형식에서——자기 자신을 쉽게 간파할 수 없으면서도 동시에 폭로적으로 묘사하고 있다. 기만적인 것과 속임수적인 것으로 전이시켜 반영한, 명랑하게 일그러뜨린 이 자기 묘사는 토마스 만 자신의 실존과의 청산이다. 이는 물론 외형적인 것들에나 토마스 만의 삶과는 매우 다른 펠릭스 크룰의 인생 항로에 관련한 것은 아니다. 그러나 그의 본질이 지닌 요인들이 모두 여기에 다시 한번 총괄된다. 아이러니하고 이상적인 상황에서 표현하자면, 세상과 맺고 있는 그의 관계는 한편으로 세상이 속기를 원하며, 다른 한편으로는 세상으로부터 인정받고 사랑받고 싶어하는 요구를 예증한다. 때때로 아주 힘겹게, 극도의 자제로 유지되는 긴장과 일상적으로 필수적인 것의 해결은 이미 『베니스의 죽음』에서 아쉔바하에 의해 일상적 시련으로서 특징지어졌고, 『펠릭스 크룰』에서 다시 한번 정황들의 그로테스크한 전도에서 묘사된다. 에로틱한 세계 이해와 세계 관계가 진술되고, "절대교감 Allsympathie"과 동시에 날카로운 사회 비판, 그리고 다시 상류 사회에 소속되고 싶

은 소망이 표현된다. 귀족 칭호를 얻게 되는 펠릭스 크룰의 여행은
물론 귀족이 되려는 빌헬름 마이스터의 노력을 패러디한 것이기도
하다. 후기 작품에서는 모든 것이 패러디이고, 심각하게 받아들일
것이 전혀 없음을 토마스 만은 거듭 확인시켜주었다. 그러나 패러
디적인 특성 배후에서 또한 자아상이 드러나며, 시와 진실은 일기
책들이 공식적인 출현과 연설에서 주는 인상과는 전혀 다른 토마스
만을 보여주는 것처럼 새로운 형상을 띤다. 근본적으로 토마스 만
은 여기서 다시 한번 세상에 대한 그의 관계를 정리하고자 시도하
고 있으며, 이 관계를 아이러니컬하게 굴절시켜 그 자신의 기본적
인 특징들 속에서 형상화하고자 하였다. 한스 비슬링이 "조화로운
일치에의 갈망"은 크룰적 실존의 원동력이 되고 있다고 지적한(H.
Wysling, 1982, S. 85) 것은 타당한 견해이며, 이 일치에의 갈망, 세상
에 대한 그리고 세상으로부터의 인정에 대한 이 원천적으로 에로틱
한 요구에서 크룰의 실존이 그토록 분명하게 전하는 절대교감이 일
어나게 된다. 물론 토마스 만의 자기 이해가 이것과 일치된 것은 아
니다. "일치에의 갈망"은 매번 고독의 욕구와, 그리고 토마스 만이
다른 한편으로 자기 자신과의 조화를 알고 싶어하였던 그 리얼리티
가 너무도 일시적인 것이라는 인식을 바탕에 깔고 있기 때문이다.
내적인 전체성은 물론 결코 이루어낼 수 없다. 따라서 종국엔 언제
나 자기 자신에 귀착되고 마는 문제적 자아의 여행을 예시하는 여
행과 여행 모티프의 의미 역시 마찬가지 경우가 되겠다.

6. 나르시스의 승리

　　한스 비슬링은 『펠릭스 크룰』에서 토마스 만의 삶과 또 그의 자기

묘사가 이해될 수 있는 상징 인물을 나르시스라 하였다. 그러나 여기서는 예컨대 고유한 행동 형식과 상상의 정체를 폭로하는 것뿐 아니라, 자기 정체성에 과도한 중요성을 부여하는 것 역시 문제시된다. 이는 나르시스의 범주를 넘어선 크룰 인물의 상승과 그에게 부여된 신적인 부속물이 보여준다. 여기서 나르시스는 분명 헤르메스이며, 신의 사자이자 아름다움의 화신, 천상의 도둑이며 유혹자이다. 헤르메스 신화의 이중 형상화가 토마스 만에 의하여 능숙하게 속속들이 활용되고 있는 것이다. 헤르메스, 철저히 모순에 찬 행위들과 특성들을 한몸에 결합할 수 있고, 그리스 신화의 전래에 따르면 실제로 그 자신 안에 이를 내포하고 있는 이 인물은 또한 『펠릭스 크룰』에서도 이중적 존재로서 나타난다. 이는 에로틱한 영역에 해당하는 것으로 그의 양성애와 그에게 내재된 아름다움과 죽음의 동맹에 이르는 여성적인 것과 남성적인 것의 합일을 말한다. 크룰의 유희적 특성, 심지어 전령적인 것과 그의 능숙함, 또한 결코 정복되지 않을 천진성과 그리고 이와는 다른 측면에서 어디서나 환심을 사는 그의 아름다운 용모. 이 모든 것은 헤르메스가 지닌 특징이며, 이 관점은 다른 여러 가지 측면에서 보완될 수 있다. 크룰의 절도 사건들은 신화적으로 전승되어온 것을 변형한 것이며, 귀족적인 특성들은 그가 신의 아들임을 나타낸다. 어떤 역경이라도 무사히 헤쳐나가는 것은 그를 행운의 왕자로 만들며, 그가 바로 신적인 불가함을 겸비하고 있음을 증명한다. 이런 의미에서 크룰은 작업과 자기 규율, 작품에 대한 의식과 끝없는 긴장 속에서 삶을 마모시키는 아셴바하와는 대립된 인물이지만, 그러나 이 두 인물은 모두 토마스 만 자신인 것이다. 즉 한번은 가차없는 자기 분석의 리얼리티한 조준에서, 또 한번은 토마스 만이 물론 웃으면서 인정하였던 그 자신이 바라는 희망적 관측의 미화된 반영에서 말이다. 정치적인 관점은 이 작품의 어디에서도 이야기되지 않고 있으며, 배제되었거나 대담하게 건너뛴 부분이다. 언어의 유머러스함 역시 마찬가지다. 유머러스함은 크룰의 언어이지만, 그러나 또한 후기에 보여준 토마스 만의 언어이기도 하다. 이런 언어로써 예술이, 오로지 예술만이 제공할 수 있는 "보다 차원 높은 명랑성"(H. Wysling, 1982, S. 309)이 표현되며, 이런 가운데 마침내 프로이트가 이미 이름한 바 있는 "자아의 승리"가 이야기된다. 프로이트 또한 실제적인 상황의 불리함에 대항할 수 있는 것은 오직 "명랑성"밖에 없다고 말함으로써 "명랑성"이 지닌 본래적인 기능을 인식하였다. 이것은 곧 토마스 만 자신이 말한 것처럼 "농담과 진지함을 넘어선 현실 극복의 의미에서 명랑성"인(XI, 159) 것이다.

현실 극복. 크룰은 매일매일 유희적으로 대수롭지 않게 현실 극복을 일삼는다. 모든 고통은 한쪽으로 제쳐둔 채 더 이상 실존에 대한 역겨움이 이야기되지 않으며, 인간에게 적대적인 세계 상황에 그 탓을 돌리지도 않고, 모든 것이 미혹일 따름이라는 사실이 잔잔한 미소로서 인정되고 있다. 작품에서도 빈번히 이야기되지만, 토마스 만이 평생 동안 기울인 리얼리티와의 투쟁을 이런 방식으로 끝맺은 것은 그의 마지막이자 또한 최고의 업적이 될 것이다. 적어도 소설 속에서는 그렇다. 일기책들은 어둡고 때때로 한없이 깊은 절망에 빠진 토마스 만을 보여준다. 그러나 소설은, 예술은 이를 극복할 수 있었고, 적어도 다른 인물의 예에서 이 인물에 대해 이야기되는 동안만큼은 극복될 수 있었다. 토마스 만이 자기 자신은 아니지만, 그러나 그 자신의 분신이기도 한 작품 주인공에게 신적인 시조상을 부여하였음은 전혀 그의 오만에서 나온 것이 아니다. 여기서도 어떤 정체성을 확립하려는 미소짓는 노력을 엿볼 수 있는데, 이러한 노력은 정체성이 단지 예술 영역에서의 정체성일 따름이며 진지하게 논쟁될 수 없는 것임을 그가 잘 알고 있었던 소치이다. 그래서 토마스 만의 마지막 소설은 동시에 그가 가졌던 그때까지의 그렇듯 난감하고 의혹과 의문에 찬 세계와의 관계에 대한 승리이자 리얼리티에 대한 예술의 승리이며, 끝으로 75세가 된 그에게서 이젠 상실되고 없었지만, 그러나 그가 간직하고 높이 평가하고 싶었던, 문학적으로 충분히 그릴 수 없었던 자신의 아름다운 자화상에 대한 노년의 승리인 것이다. 어린 한노 부덴브로크, 토니오 크뢰거, 타치오, 젊은 요셉, 이들은 모두 크룰의 인물 속에 다시 한번 투영된다. 이것은 거울 속에 자신의 모습을 비추어보며 혐오감만 일으켰고 거울에 비친 자신의 얼굴에서 받은 역겨움으로 때때로 깊은 절망에 빠졌던 만년의 토마스 만과는 반대되는 상이다. 『고등 사기꾼 펠릭스 크룰의 고백』은 희극적으로 일그러져 있고 토마스 만이 살았던 것과는 상반되는 환경에서 벌어지는 이야기이긴 하지만, 이전보다 향상되고 더 적절하며 보다 본래적인 작가의 거울상이 차원 높은 방식에서 이루어진 것임을 우리는 나중에 가서 알게 된다.

7. 작품 해석들

이전에 독문학자들의 물음은 『펠릭스 크룰』의 특성을 규정하는 문제에 치중하였다. 『펠릭스 크룰』이 독일 성장소설의 전통에 속한다는 견해는 논란의 여지가 많고 결국 내용이 없는 공허한 것이었다. 성장소설과의 유사성에 관하여서는 이미 언제나 일치된 견해를 이루어왔다. 성장의 요소들은 또한 펠릭스 크룰의 삶에 있어서 중대한 역할을 하며, 성장소설의 모험과 경험들, 성장소설의 담화와 통찰들은 구조적으로 『펠릭스 크룰』에서도 찾아볼 수 있다(J.

Scharfschwerdt, 1967). 사회화와 사회적 책임의 필요성에 대한 확대
된 통찰 역시 성장소설에 해당한다.『고등 사기꾼 펠릭스 크룰의 고
백』첫 부분에서는 물론 이에 대해 아직 거론되진 않지만, 펠릭스
크룰의 계획된 결혼은 이 방향에 대한 암시가 될 수 있을 것이다.
반면, 이 작품을 단순히 독일 성장소설의 한 계승으로서 단정짓기
에는 불충분한 점들이 많다. 게다가 패러디의 요소가 너무 많으며,
후기 작품의 패러디적 기본 특성에 대한 토마스 만의 확신 또한 너
무도 분명하게 진술되어 있지 않은가. 만약 이 범주를 타당하게 본
다면 이미『마의 산』이 성장소설의 패러디였고,『펠릭스 크룰』역시
이에 못지않은 작품이라 하겠다. 여기서는 한 인격의 수양에 대하
여 더 이상 긍정적으로 이야기될 수 없음이 너무나 확연하다. 마찬
가지로 세계와 사회는 한 특출한 개인의 형성이 지표로 삼고 행동
하는 기준점을 거의 제시해주지 않는다. 그 밖에도 여러 역할들을
연기하는 크룰의 특성은 독문학자들이 보여주었던 것처럼(J. Jacobs,
1972) 전통적인 성장 이념에 모순되는데, 이는 특히 여기에서 연극
적 계기들이 빌헬름 마이스터의 경우보다 훨씬 높은 정도로 교훈적
인 작용을 하고 있기 때문이다. 교양의 이념과 고등 사기꾼의 행위
들은 어차피 서로 배리된 것이다. 그러나 보다 중요한 점은 고등 사
기꾼이 자기 수양을 목적으로 방랑하는 여행객이 아니라 역할 연기
자로서 어떠한 변화에도 불구하고 그 자신은 결코 변하지 않는 사
실이다. 그가 묘사하는 것은 그가 지닌 한 본질의 돌연변이다. 따라
서 이러한 고찰들은 작품에서 보여주는 것이 성장소설이 아닌 악한
소설, 피카레스크 소설의 한 변형임을(K. Hermsdorf, 1968) 명백히
한다. "밑바닥" 인생에서부터의 출발, 그럼에도 비교적 고상한 주인
공의 환경, 상류 사회의 무리에 소속되려는 출세욕, 또한 교양을 쌓
기 위한 옛 방식의 여행을 패러디하고 동시에 어딘가 피카로의 세

계 여행과 닮은 그의 희한한 세계 여행, 끊임없는 모험과 끊임없는 승리, 연애 정사와 에로틱에 관한 해박함, 또한 자기 과장과 역할적인 특성. 이 모든 것은 사실 어떤 의미에서는 소설 속에 함께 묘사된 피카레스크적인 세계 관계를 말해준다. 물론 이에 대한 이견들도 제기되었다(M. Nerlich, 1969). 라사리오 데 토르메스에 의해 전해져온 피카로가 처한 사회적 상황은 어떤 방식에서도 펠릭스 크룰이 처한 삶의 정황들과는 일치하지 않으며, 피카로가 처해 있는 곤경역시 펠릭스 크룰이 경험한 자기 삶의 확보에서 생기는 일시적인 애로점들과는 비교될 수 없다. 사회와의 관계에서 피카로가 지닌지속적인 저항의 역할과 펠릭스 크룰이 거듭 반복하여 추구하는 사회와의 화합 또한 서로 일치하지 않는다. 디테일들을 검토해보더라도 역시 마찬가지다. 악한소설, 성장소설, 성장소설의 패러디와 같은 카테고리는 실로 『펠릭스 크룰』을 해석하기엔 불충분하다. 어쩌면 개별적인 특성들을 찾아낼 수는 있겠지만, 여기에서 소설의 기본 전형을 이끌어내기는 어렵다.

그리하여 이때부터 정신분석학적 입장에서 본 해석들이 더욱 중요하게 부각된다. 물론 지나치게 사변적인 정신분석학적 기술(P. Dettmering, 1969) 역시 위의 방법들과 마찬가지로 작품의 복합성을 해명하는 데 타당하지 않다는 것이 밝혀졌다. 왜냐하면 이렇게 되면 작품은 작가를 찾아내는 숨은 그림 찾기로밖에 보여지지 않기 때문이다. 토마스 만 자신에 의하여 거듭 인용된 것처럼(H. Wysling, 1982) 신화적인 모방을 해석에 적용하는 방법은 대단히 유익하다. 펠릭스 크룰의 인물에서 나타나고 있는 나르시스의 유형이 그것인데, 이 유형과 더불어 동시에 토마스 만이 가지고 있었던 자기 이해의 원상이 발견되어진 셈이다. 소설의 작가와 마찬가지로 소설 주인공이 지닌 나르시스적인 성격에서 또한 이 소설에 가미된 쇼펜하우어적 특성이 이해될 수 있다. 스스로 모든 사물의 중간에 위치해 있다고 보는 자에게 세계는 분명 표상으로서, 웅장한 세계 연극으로서 비쳐지며, 이 세계 연극에서 사회 비판은 사회적 역할들에 대한 통찰로서 나타난다. 다른 측면에서 이러한 비판의 이면에 유토피아적 성격이 가시화되는 것 또한 강조되어왔다(B. von Wiese, 1977). 동화의 세계와 자신의 동화적인 삶을 꿈꾸는 과거의 상상들 간에 연결이 형성되는데, 물론 이때 소설은 어떠한 해탈론도 갖고 있지 않으며, 이 점에서 쇼펜하우어의 『의지와 표상으로서의 세계』와 확연히 구분됨을 강조할 수 있다. 세계의 무상함이 긍정되고, 주인공과 작가가 맺고 있는 세계와의 연관에서 에로틱한 기본 관계는 의심되거나 문제시되지 않는다. 끝으로 세계의 극복은 세계에 대한 꿈을 통해 이루어지며, 이 가운데 세계가 자신의 표상에 따라 보여지고 체험될 수 있다고 확신하는 것이다. 바로 이것이 오로지 언어를 수단으로 하여, 언어를 통하여만 가능하다는 사실은 『펠릭스 크룰』의 숨은 전제이다. 세계의 다시점성에도 불구하고 올바른 고찰을 허용하는 지배적인 시점은 단 하나, 즉 세계로 인해 고통받으면서 동시에 세계를 극복하려는 나르시스의 시선에서 본 시점이라는 것은 작가와 그리고 작품 주인공이 수행하는 전기 작가로서의 역할에 의해 충분히 설명되고 있다. 의심할 바 없이 소설은 세계의 인식을 목표로 하고 있다. 그러나 그 배후에는 비슬링이 확신 있게 보여준 것처럼 글쓰기의 결정적인 원동력이 되는 자기 인식이 숨겨져 있다. 그리하여 소설은 무엇보다 방대한 자기 묘사가 되고, 펠릭스 크룰과 쿡쿡 교수와의 대화는(이에 대해 H. Wysling, 1976을 참조 바람) 종국엔 작가가 자기 자신과 나누는 독백으로 된다. 물론 주어진 역할들 속에서 말이다. 이때 아버지와 아들간의 나르시스적인 독백이 문제시될 수 있을지는 불분명하다. 여기서 작가는 쿡쿡 교수의 입을 통하여 쿡쿡 교수의 이야기를 귀담아듣는 크룰과 그리고 소설의 독자에게 비단 세계의 흐름뿐 아니라, 자신의 성장 체험에 관한 중요한 해명을 하고 있음을 비슬링이 입증한 바 있다. 현상들의 궁극적인 동질성을 확신하게 되면 그러면 이 대화는 분명 자기 독백으로서 이해될 수 있다. 흔적의 추적. 토마스 만의 신화적인 자의식이 이를 대변해준다. 다른 측면에서 이 대화의 유희적인 구성 또한 간과해선 안 될 것이다. 여기서는 성장 과정의 대화가 패러디되어 연극 세계로 변형되어 있으며, 이것은 실로 노년에 접어든 토마스 만의 삶과 자기 자신에 대한 인식이었다.

지금까지의 『펠릭스 크룰』에 대한 해석에서는 정신분석학적-신화적인 견해들이 지배적이다. 그러나 이 소설에서 토마스 만이 겪었던 시대 경험들이 좀더 강도 높게 작용하고 있다고 보아야 하지 않을까, 어쩌면 그보다도 글쓰기의 원동력이 되었던 신화적 인물들에 마치 무시간적으로 집착하고 있는 것은 아닐까 하는 의문이 남는다. 토마스 만의 삶의 체험들은 성장 체험들일 뿐 아니라 실존 경험들이기도 하며, 망명 경험은 이 실존 경험들 중 하나일 것이다. 여기에서 토마스 만 연구에 새로운 퍼스펙티브들이 생겨날 수 있을 것이다.

제7장

유머와 아이러니

토마스 만은 유머러스한 서술자(K. Hamburger, 1965)이며, 뿐만 아니라 또한 그만큼 아이러니컬한 작가(R. Baumgart, 1964)로도 통한다. 이로써 그의 산문 작품의 개별적 특성들이 언뜻 매우 모순적으로 절대화된 것처럼 보이겠지만, 그러나 이 두 가지 규정에 있어서 토마스 만이 현실을 전적으로 리얼하게만 묘사한 작가는 아니라는 평가가 공통적이다. 왜냐하면 유머러스하거나 혹은 또 아이러니컬한 서술 속에는 때때로 언어적인 농담으로 기우는 성향보다 현실을 있는 그대로 받아들이고 싶지 않은 특수한 세계 관계가 표현되기 때문이다.

유머나 아이러니에 대해 토마스 만이 내린 이론적 정의나 분석은 없다. 토마스 만은 다소 우연적인 몇몇 진술에서 유머와 아이러니를 서로 분명하게 경계짓는 대신, 유동적으로 변화하는 개념으로서 파악하였다. 1911년 그는, 유머가 언제나 "원대한 것이 되려는 경향이 있으며"(Ess I, 254) "보편적인 인간성의 작품들"을 창출해내었다고 말하였다. 토마스 만에게 있어서 유머가 게르만적-북구적인 문학의 한 현상을 다루고 있음은, 유머가 "로만계 민족들에게선 그렇듯 풍성한 꽃을 피우지 못하였고" 오히려 프랑스에서 "아이러니로

변화"되었다고 한 견해에서 유추해낼 수 있다. 그가 한 아래의 진술
에서 유머와 아이러니의 경계는 완전히 사라져버린다.

> 현대의 유머는 형식에서 자제력을 잃은 것과는 동떨어진, 단지 낙
> 관적이고 혜안적인 아이러니의 한 종류가 될 수밖에 없기 때문에 프
> 랑스적 정신이 미래에 보다 심화된 유머의 발전에 큰 몫을 하게 될
> 것으로 나는 생각한다(Ess I, 254).

특히 유머와 아이러니는 서로 구분할 수 없을 정도로 중첩될 수
있음이 예시되기 때문에 토마스 만의 이러한 단언에서 개념적인 선
명함은 완전히 결여되어 있다. 유머와 아이러니가 본질에 맞게 토
포스적으로 결합된 표현 형식들과 서술 방식들이라는 암시 또한 그
관계를 해명해주지 못한다. 물론 토마스 만은 근본적으로 유머에
대한 그의 특별한 관심을 숨기지는 않았다.

1953년 토마스 만은 다시 한번 라디오 토론에서 유머와 아이러니
에 대한 입장을 밝힌 바 있다. 1911년의 언표에서 유머가 결과적으
로 아이러니보다 높은 위치를 차지하는, 두 현상에 대한 그의 평가
는 노년에 이르러서도 본질적으로 바뀌지 않고 있다. 토마스 만의
생각으로는, 아이러니가 "보다 높은 원칙"(XI, 801)으로서 "가치와
정신에 있어서 유머를 훨씬 능가하는" 것으로 간주될 수 있다고 하
였다. 그러나 그는 이 토론이 계속되는 동안, "사람들이 나를 아이
러니의 작가보다 유머 작가로서 받아들이면 언제나 기분이 좋다"
(XI, 803)고 분명하게 말하였다. 그 당시 그는 덧붙여서, "나의 작품
에서 유머의 요소를 증명하는 것은 어렵지 않은 일"이라고 했다.

어쨌든 토마스 만이 말하였던 것은 무엇보다도 그의 유머 정신에
대해서였으며(XI, 804), 그의 유머 정신은 개념을 둘러싼 그 이후의

논쟁에서 아이러니보다 훨씬 높이 평가되었다. 물론 토마스 만은 그의 서술의 유머러스한 점에 대한 실례들을 들었을 뿐 개념에 대한 정의를 제시하지는 않았다. 그러나 어쩌면 애매모호한 형식을 띤 이러한 개념이 바로 아이러니를 말하는 게 아닐까 생각된다. 아이러니는 "아폴로적인 것의 예술 원칙"이며, 먼 곳, 거리, 객관성, 그리고 그런 가운데 "서사적 예술 정신"과의 일치를 말한다. 이는 유머가 오히려 그 자신의 세계 이해와 관련된 문제이고, 따라서 말하자면 실존적인 무엇을 표현하는 것이라면, 아이러니는 분석을 위한 지적 능력과 관계됨을 추측케 한다. 그래도 토마스 만의 규정은 불명료한 채 남게 된다. 그가 제시한 실례를 변명의 구실로 삼는 것은 이유가 없지 않다.

1. 유머의 의미

라디오 토론에서 유머와 아이러니에 대하여 토마스 만이 직접 제시한 실례들은 유머가 결코 언어 유희의 영역에 속하지는 않지만, 그래도 자주 문맥과 연관지어져 있고 상황적으로 설정된 것임을 입증하여준다.

토마스 만은 『펠릭스 크룰』에서 명백한 유머의 특징이라 할 한 장면에 주의를 환기시켰다.

여기 고등 사기꾼 펠릭스 크룰의 회상록에서 새로운 장들 가운데 한 장에 자연과학 교수가 젊은 가짜 후작에게, 아름답고 통통한 여인의 팔은, 만약 그런 행운이 있다면 가끔씩 자기 팔을 감아볼 기회가 있을 테지만, 다름아니라 시조새의 발톱 부분 날개였고 물고기의 가

슴팍 지느러미였다고 가르치자, 소위 후작이라는 자가 '예, 교수님,
감사합니다, 앞으로는 그 점을 염두에 두겠습니다.' 하고 대답하는
장면이 있습니다. 보십시오, 이 부분에 오면 언제나 청중들 속에서
큰 웃음소리가 납니다. 이것은 작품에서 효과적인 한 부분인데, 이러
한 부분들이 지닌 효과에 나는 만족을 느낍니다. 청중의 기분이 쾌활
해질 때 유머 작가가 갖는 느낌입니다(XI, 803f.).

이 실례는 유머가 얼마나 수용과 밀접하게 연관된 것인가를 보여
줄 뿐 아니라, 또한 유머러스한 서술 구조에 대한 것까지도 알아볼
수 있게 한다. 여기서 서로 유머러스하게 작용하는 관계에 있는 것
은 비교 불가능하다. 원칙적으로 비교될 수 없는 것이 그럼에도 서
로 비교되는데, 이 실례에서 비교는 이중적인 의미에서 이루어진
다. 이중적인 의미란 시조새의 발톱 부분 날개와 아름답고 통통한
여인의 팔은 기껏해야 계통학적인 공통성들을 증명해줄 수 있다는
점과, 또한 시조새 시대와 곧 닥쳐올 후작의 미래간의 상위성에서
이다. 이 상위성은 모든 친숙한 차원들을 무너뜨리며 더욱이 이를
통하여 명랑해지는 작용을 일으킨다. 그러나 유머는 비단 상황적으
로 연루된 모순성에 의해 유지되는 것은 아니다. 유머의 과제는 명
랑하게 하는 것이며, 이는 악령적인 것과 비극적인 것이 격증하는
곳에서 필수적으로 요구된다. 토마스 만이 그의 유머러스한 의도를
해명하기 위해 보여준 두번째 실례는 장면이 아니라 한 인물과 그
인물의 역할로서, 『파우스트 박사』에서 차이트블롬의 등장을 들고
있다. 그는 "악령적인 것이 분명 비악령적인 매개체를 거치게 하는
발상부터가 벌써" 유머러스하다고 설명하였다(XI, 804). "유머러스
한 의도를 띤 대단히 유머러스한 발상." 이는 물론 반드시 유머가
명랑함과 동일하다는 뜻이 아니다. 그러나 사람들이 후기의 이 입

장을 늘 평가하여온 것처럼, 유머 작가는 여기서 아이러니의 작가
보다 더 높은 위치에 있는 것이다.

토마스 만이 그의 작품에서 유머의 역할에 대하여 산발적으로 말
한 개별적인 견해들은 유사한 한 방향을 지향하고 있다. 이 모든 견
해들은 한 사건이나 혹은 한 인물의 유머러스한 묘사에서 언뜻 보
기엔 어울리지 않는 두 분야가 보다 높은 층위에서는 서로 화해되
고 있음에 그 출발점을 둔다. 그리하여 그는 『요셉』 소설에 대하여
"유머러스한 방식으로 신화적이 될 수 있다"(XI, 625)고 주석을 붙
였다. 이제는 매우 부정확하게 전래되어온 것을 가능한 한 정확하
게 표현하고 그 본질에 따라 유머러스한 방식에서가 아니면 바로
오직 이 방식에서만 가능한 서술이 요구된다. 여기서 벌써 소재와
소재의 묘사간에 불균형이, 혹은 바로 정확하게 서술될 수 없는 것
이 가능한 정확하게 서술되어야 하는 허구에서 모순성이 대두된다.
또한 토마스 만은 언젠가 "유머러스한 성서 비평"에 대해 말한 적이
있는데(XI, 627), 이로써 추측컨대 화자의 기술적 수단을 넘어선 그
의 묘사 기법을 의미하는 것 같다. 그의 묘사 기법은 성서에서 보고
의 개연성을 높이는 것을 목표로 한다. 이것은 오직 유머러스한 방
식에서만 가능한 것이었다. 이로써 물론 토마스 만이 그 진실성을
증명할 필요는 없다. 왜냐하면 유머는 이러한 것으로부터 그를 해
방시켜주며, 그가 서술하였던 것은 보다 차원 높은 방식에서, 또한
오로지 그런 방식에서 "정당"하기 때문이다.

이 모든 것에도 불구하고 토마스 만이 『요셉』 소설에 대한 해설에
서 확인하였던 그 자신의 노년의 경험은 중요치 않다. 그에게 있어
서 서술은 오직 유머러스한 서술로서 가능했고, 이러한 서술은 외
견상으론 실패한 것처럼 보이지만 그러나 결과적으로는 언제나 의
문스럽게 체험된 현실을 극복하게 하는 이 현실 접근의 측면에서

오로지 정당화될 수 있다. 그리하여 그는 『파리의 해명』에서, "나의 일생 동안 서사적인 것 그 자체는 유머러스한 것과 거의 정확하게 일치한다"(XI, 65)고 밝힌 적이 있다. 이미 『부덴브로크 일가』가 근본적으로 유머러스한 소설임에도 불구하고 후기 작품인 『마의 산』이 "전적으로 유머러스한 작품"으로서 일컬어지기도 하였다(H. Meyer, 1961). 유머러스한 요소는 염세주의가 소설의 기본 충위를 결정하고 있음을 배제하지 않는다. 토마스 만은 『부덴브로크 일가』 자체를 "염세적인 유머의 책"이라 명명하여(XI, 803), 유머가 회의, 유보, 염세주의, 그리고 심지어 삶의 부정과 삶의 비판에 가깝다는 것을 부인할 수 없음을 암시한다. 서술된 인물들이 보여주는 몰락의 멜랑콜리와 유머러스한 자기 폭로간의 이 모순성에서 족히 유머러스한 긴장이 형성된다. 그리하여 토마스 만은 『부덴브로크 일가』의 "유머러스한 우울함"에 대해 말하였고(XI, 553), 또한 이 작품은 "몰락의 생각으로 그늘진 문화 그림"이며, 이 그림의 "비판 철학은 유머러스한 형식에서 유지되고 있다"(XI, 554f.)고 말한 바 있다. 토마스 만은 종종 이 몰락의 역사가 지닌 유머러스한 외양에 대하여 주의를 환기시켰고, 그로 인하여 다분히 산발적으로 한 말이긴 하나 그가 한 모든 진술들은 수십 년간 강연해왔던 자기 해석의 특성을 지니게 된다. 자기 해석은 동시에 소설에서 결정적인 것을 명백히 드러내어주는 것이기도 하다. 그는 또한 『정신적 삶의 형식인 뤼벡』에서도 "부분적으로는 암울하고, 부분적으로는 희극적인 삶의 방식"을 지적하고 있고(XI, 379), 여기서 "염세주의적 형이상학을 풍자적인 특성과" 혼합시키고 있음을 주지시켰다. 무엇보다 언어가 이에 기여하는 바는 적지 않을 것이다. 토마스 만은 "아주 은밀한 음절 탈락이 유머러스한 저지독어의 어조로써 정해지는"(XI, 309) 그런 대화를 할 수 있을 때면 언제나 문학적으로 가장 기분이 좋다

고 고백하였다. 그러나 유머러스한 것은 이미 『부덴브로크 일가』에
서도 단지 언어에 의해서만 좌우되지는 않았다.

방대한 서사 문학의 유머러스한 것에 대한 토마스 만의 감각은
세월이 지남에 따라 더욱 여물어간다. 『'돈키호테'와의 항해』에서
"작품의 대규모적인 유머러스한 문체"는(IX, 434) 그로 하여금 "또
다시" "유머러스한 것을 서사적인 것의 본질 요소로서 간주하고, 객
관적으로 타당한 동일화가 아님에도 불구하고 유머러스한 것을 서
사적인 것의 본질 요소와 동질적으로 받아들이게"끔 유인하고 있
다. 이는 서사적인 것을 매우 유머러스한 묘사 형식으로서 일반적
으로 특징짓는 데서 그치지 않는다. 토마스 만은 개개의 "낭만적-유
머러스한 문체상의 수단들"을 열거하며 장의 표제들을 "대단히 유
머러스한"(IX, 435)이라 명명한 후, 마지막으로 "인간적으로 다층적
인 것과 두 주인공의 생기에 찬 상반된 감정의 병존을 매우 심오한
의미에서" 유머러스하다고 일컬었다. 이 또한 상반된 감정의 병존,
존재와 현상, 요구와 성취, 과거와 현재, 내부 시계와 외부 시계간
의 불일치와 그리고 이 불일치의 극복이 유머의 결정적인 것을 좌
우함을 인식하도록 한다. 유머러스한 서술은 이에 따라 흡사 대비
적인 서술과 같고, 화자가 어느 곳에서도 그 자체가 모순투성이인 현
실을 베껴놓듯 정확히 묘사하는 것에 만족하지 않음을 의미한다.
그리하여 반복하여 『돈키호테』에서 "주인공들의 다층성"에 대하여
언급된다(IX, 437). 바로 『돈키호테』의 이 특성에서 유머는 불쾌한
것이나 염세적인 것을 명랑하게 표현하려는 한 수단일 뿐 아니라,
무엇보다 실재적인 것을 이런 방식으로 극복하기 위한 기층을 설정
하는 데 기여한다.

역사는 야비한 현실이다. 이 현실을 위하여 인간은 태어나고 유용

해야만 하며, 이 현실 속에 어우러지지 못하는 돈키호테의 고결함이
좌절한다. 돈키호테의 이야기는 매력적이며 그리고 우스꽝스럽다.
그러나 이제 와서 반이상적이고 암울하고 염세적이고 폭력을 신봉하
는 돈키호테, 난폭함의 돈키호테가 무슨 의미가 있겠는가, 그럼에도
이 돈키호테는 돈키호테로 남을 수 있을까? 세르반테스의 유머와 멜
랑콜리는 여기까지 이르진 못하고 있다(IX, 438f.).

그러나 유머는 멜랑콜리한 것에 반한 해독제 이상의 것이다. 유
머는 "야비한 현실"에 대한 승리를 가능케 하고, 그리고 이 야비한
현실은 이를 본래적인 의미에서 유머러스하게 만드는 비현실적인
것, 서로 다른 것, 부적절한 것의 요소를 또한 리얼한 묘사로 이끄
는 것이기도 하다.

물론 유머러스한 인물들도 있다. 예를 들어 토니 부덴브로크나
『바이마르에서의 로테』에서 고문관 부인 케스트너가 여기에 해당한
다(K. Hamburger, 1965). 이들은 『마의 산』에서 요양소 원장 베에렌
이나 『바이마르의 로테』에서 급사인 마거처럼 희극적인 특성을 지
닌다. 유머러스한 것은 어투와 행동, 태도와 의상에서도 찾아볼 수
있다. 그러나 이것이 유머러스한 서술의 본질을 좌우하는 것은 아
니다. 토마스 만의 유머는 보다 깊은 의미를 지니는데, 바로 유머의
과제가 현실을 그 기교로써 제압하는, 다시 말해 현실을 파악할 수
있게 하고 동시에 현실로부터 거리를 취하는 것이기 때문이다. 유
머러스한 서술은 언제나 독립적으로 리얼리티와 관계하며, 이 리얼
리티에 반대하여 자유로운 해방의 무엇을, 즉 그의 소설 기법의 소
재인 그토록 비참한 현실에 저항하는 화자의 자유를 제시하려는 시
도이다.

이 모든 것에서 문제되는 것은 개인적 모순들이 아니라 현상과

현실간의 일회적인 불균형의 난관을 유머러스하게 제거하는 일이다. 유머러스한 서술에서 개별적인 것은 개성에 얽매이지 않고 자유롭게 일반적인 것에 관여하는데, 이는 유머가 특별한 것의 의미를 상대화하고 과도한 것을 완화시키며 삶의 기괴함을 슬쩍 잘 넘기기 때문이다. 이로써 토마스 만은 그의 이야기를 태고의 그 어떤 사건보다 더 가까이 당대의 독자에게 부각시킬 수 있었다. 이런 방식으로 유머러스하게 접근한 성서 이야기는 아주 드물게 박애주의적 성격을 띠게 되는 현실 극복을 위한 실례가 된다. 그는 『요셉』 소설의 경우 심지어 "인간적-개인적인 것을 넘어선 인류에 대한 관심"을 요구하였으며(XI, 658), 그의 소설을 "유머러스하게 조색되고 아이러니컬하게 완화된, 그리고 부끄러움까지 들게 한다고 내가 말할 수 있는 인류의 시"라고 이름하였다. 여기서도 유머는 현실의 한 극복이다. 유머는 현실적 현상의 특수성들을 보편적인 것으로 환원시키면서 리얼리티의 잔인성을 없애준다. 현실을 강요하기 위하여 전력을 다하였던 것과 마찬가지로 토마스 만은 이제 현실의 날카로움을 완화시키기 위하여 전력을 다하게 된다. 그리고 이 배후 앞에서는 매우 희극적인 인물들조차도 그들이 지닌 기이한 실존 형식의 일시성을 아주 절박하게 보여주는 형상들로 된다.

삶의 특이성과 부조리성을 견딜 수 있게 하는 것은 오직 유머뿐이다. 이 세계의 비정상적 상태들은 부족한 재능을 타고난 인물들이 근본적으로 그들의 실존에 고통받고 있음을 잊게 만드는 서술 문맥 속에 유화적으로 삽입된다. 토마스 만의 소설에서 비정상적인 것과 일그러진 것만큼 더 자주 표현되는 것도 없다. 세계는 『부덴브로크 일가』에서부터 『펠릭스 크룰』에 이르기까지 가볍게 일그러져 있다. 현실은 거의 언제나 그 잔인성을 드러내며, 사치나 빈곤의 영역은 배제된다. 『부덴브로크 일가』에서 배가 나와서 "식탁에서 멀찌감치 떨어져" 앉아야 하는, 물개 모양의 머리에다 눈에 띄게 몸놀림이 둔한 페르만더처럼 그렇게 강하지는 않다 하더라도, 토마스 만의 거의 모든 인물들은 약간씩 이런 점을 가지고 있다. 인물들이 모두 『대공전하』에서 백작 부인 레벤요울처럼 광기가 있는 것은 아니지만 그러나 병들고 실패한 인물들이며, 불이익을 당하거나 혹은 학대받고, 경멸당하거나 고립되고, 성공하지 못하였거나 비정상적으로 비뚤어진 인물들의 수는 헤아릴 수 없이 많다. 그렇지만 서술된 세계 속에서 이런 인물들은 그들의 인물 묘사에 사용된 유머러스한 서술 어조에 의하여 완화되고 유화적으로 나타난다. 이는 다시금 근본적으로 잔인하고 추악하며 위험스럽고 우울하게 만드는 현실이 유머를 통하여, 즉 환상적이고 미소짓는 해설을 통하여 비로소 참을 수 있는 것이 된다는 뜻에 다름아니다. 케테 함부르거는 토마스 만에게 있어서 유머의 이 구조를 가장 분명하게 인식하고 다음과 같은 주장을 하였다.

유머는 비본래적인 것과 본래적인 것간의 관계, 비본래적인 현상 형식에서 본래적이고 그리고 이러한 것으로서 어떤 방식으로든 가치를 지니고 있는 의미의 미소짓는 반영간의 관계이며, 이를 담고 있는 작품만이 진정한 유머 작품이라 할 것이다(K. Hamburger, 1965, S. 47).

2. 전거들 1

유머를 이처럼 파악하는 근거들은 쉽게 찾아낼 수 없다. 토마스 만에 의해 분명하게 명시한 것이 아무것도 없기 때문이다. 그는 프리츠 로이터 작품의 저지독어 억양에 주의를 환기시키며, 이 저지독어 억양이 벌써 이전부터 오랫동안 그에게 깊은 인상을 주었다고 말한 적이 있다. 그러나 이 진술은 기껏해야 주변적인 것을 설명하고 있을 뿐 유머러스한 언어 표현의 이해에 도움되는 아무런 근거도 주지 않는다. 폰타네의 서술 기법 역시 마찬가지로 전범의 기능을 갖고 있다 할 수 있을진 모르나, 그러나 여기서 중요한 것은 유머러스한 서술 방식에 관련된 것이지 이 방식을 근거짓는 일이 아니다. 토마스 만 식의 유머러스한 서술에 대한 정의에 가장 가깝기로는 쇼펜하우어의 『웃음에 관한 고찰』을 꼽을 수 있겠는데, 이는 특히 진술의 특수한 다의성이 유머러스한 것의 전제로서 적용될 때 그러하다. 쇼펜하우어의 정의는 다음과 같다.

웃음은 매번 다름아닌 불현듯 감지된 한 개념과 이 개념을 통하여 어떤 관계에서든 생각되어져온 실제적인 대상들간의 불일치에서 생겨나며, 웃음 그 자체가 바로 이 불일치의 표현일 따름이다. 불일치는 종종 두 가지 혹은 여러 실제적 대상들이 한 개념을 통하여 생각되고 이 개념의 동질성이 실제적 대상들에 전용되기 때문에 나타난다. 〔……〕 한편 이러한 현실들이 한 특정 개념에 포함된 것이 정당하면 할수록, 다른 한편 개념에 대한 현실들의 부적절함이 크면 클수록 이 대립에서 비롯되는 우스꽝스러움의 작용은 더욱더 강화된다. 따라서 모든 웃음은 말을 통해서건 아니면 행위를 통해 표현되건 상관없이 역설적이며 따라서 예기치 않은 개념에 포함되는 것을 계기로 생겨난다(『의지와 표상으로서의 세계』 I, § 13).

이것은 정확히 현실과 유머의 원천인 현실 묘사간에 두었던 토마스 만의 차별성에 적중되는 말이다. 쇼펜하우어는 『의지와 표상으로서의 세계』 둘째 권, 「우스꽝스러운 것의 이론에 대하여」라는 장에서 같은 생각을 다시 한번 피력하면서, 우스꽝스러운 것의 원천은 "분명 역설적이고 따라서 예기치 않게 한 대상을 이에 상이한 개념에 포함시키는 것"이다. 따라서 웃음은,

이러한 한 개념과 같은 개념을 통하여 사고되어진 실제적인 대상 간의, 즉 추상적인 것과 명료한 것간의 불일치를 불현듯 감지하는 것이다. 이 불일치가 웃는 사람의 생각에 크면 클수록 그리고 예기치 못한 것일수록 웃음은 격해질 것이다(II, 8장).

이 모든 것으로 미루어 토마스 만이 쇼펜하우어의 우스꽝스러운 것에 대한 이론을 무제한적으로 받아들였다고 해석할 수는 없다. 그러나 다른 한편으로 토마스 만은 쇼펜하우어의 철학을 바탕으로 논증하고 글을 쓰며 언제나 인식하는 주체와 자연 그대로의 재료라는 쇼펜하우어 식 이분법을 원칙적으로 따랐다(『의지와 표상으로서의 세계』, 2권 1장). 현상과 현상을 서술적으로 묘사하는 것간의 차별성은 쇼펜하우어의 세계 관계에서 그 비교를 발견하게 되는데, 어쩌면 이것으로 인하여 토마스 만이 유머에 대한 쇼펜하우어의 정의에 공감하게 된 것인지도 모른다. 유머와 아이러니의 구분 역시 쇼펜하우어에게로 환원시켜볼 수 있을 것이다. 그 까닭은 쇼펜하우어가 유머를 주관적 기분과 결부시키고, 아이러니는 "객관적"인 것으로서, "즉 타인을 염두에 둔 것"으로 규정짓고 있기 때문이다. 유머러스한 서술은 토마스 만에게 있어서는 언제나 주관적 서술이며 화자를 통한 사건의 전개이다. 화자는 그의 세계를 자신에게 적절하게 나타나는 대로 묘사하지만 그러나 항상 묘사와 세계간의 모순을 의식하고 있다. 따라서 유머는 결코 희극적인 것의 무의식적 표

출이 아니다. 유머러스한 세계 묘사는 의식을 통하여 중개되고 성찰되어진 묘사이며, 유머 속에서 바로 이것이, 즉 의식적이고 숙고된 세계와의 관계가 가시화된다. 이렇게 보았을 때, 유머는 심지어 실존적인 성과라 하겠으며 처음 보았을 때와 같이 세계를 묘사하고 받아들이는 성찰력의 표현이다. 작품의 전거에는 또한 (간접적이든 직접적이든) 장 파울의 『미학 입문』과 마찬가지로 하랄드 회프딩의 『위대한 유머』(1916, 이에 대해서는 K. 함부르거, 1965)가 속한다.

3. 아이러니의 의미

토마스 만에게 있어서 유머와 아이러니간의 명확한 경계선은 아이러니의 측면에서 보더라도 존재하지 않는다. 이는 단지 희극적인 것의 다른 형식들이 ―예컨대 패러디(M. 제라, 1969)와 그로테스크(W. 카이저, 1957) ―유머와 아이러니 사이에 개입되어 있기 때문만은 아니다. 토마스 만은 이전에 『한 비정치인의 고찰』에서 보여준 것처럼, 아이러니가 그의 전 세계 관계에 보다 큰 영향을 미치고 있음을 인정하였다. 그러나 그로부터 얼마 지나지 않은 1926년, 그는 다음과 같이 쓰고 있다: "희극적인 것은 생기를 주는 것이며, 유머리스트는 인류의 진정한 자선가이다. 나이가 들면 들수록 나는 더욱 절실하게 그렇게 느끼고 있고, 아주 일찍부터 그렇게 느껴왔다"(XI, 64). 유머와 아이러니에 대한 그의 진술들에서 경계 구분은 때때로 명확하지 못하여 한 용어가 다른 용어의 동의어처럼 들린다. 『대공전하』를 계기로 "민주적인 것으로의 전환"은 이 작품에서 "엄밀하게 오직 유머러스한 방식으로, 오직 아이러니컬하게 완성된다"(XII, 98)고 하였다. 케테 함부르거는 토마스 만에게 있어서 종종 아이러니의 개념을 동반하는 한정적 형용사들 역시 아이러니컬한 것보다는 오히려 유머러스한 것에 해당한다고 지적한 바 있다. 예컨대 아이러니가 "순수성이 없지는 않지만 노회하고 구속력 없이 대립들 사이에서" 유희한다고(IX, 170) 할 때나, 혹은 아이러니는 "진심의 아이러니," "애정 깊은 아이러니이며, 그것은 사소한 것에 대한 애정이 가득 찬 위대함이다"(X, 353)라고 말할 때 그러하다.

토마스 만은 1934년 유머러스한 것을 서사적인 것과 같은 것이라 일컬으며(IX, 435), 유머러스한 것과 서사적인 것이 그 정도로 서로 일치한다고 보았다. 그러나 『유머와 아이러니』에 관한 라디오 토론에서 아이러니의 정신은 서사적인 것과 동일하고, 『'돈키호테'와의 항해』에서 서사적인 것은 동시에 유머러스한 것이 된다 하였다. 이것으로는 개념을 규정할 수 없다. 어떤 경우에도 서술적 유머는 서사적인 아이러니의 진술 형식이 못 된다. 토마스 만 자신은 노년에 스스로 유머리스트라 자칭하며 아이러니의 개념을 확정짓길 꺼렸지만, 그럼에도 아이러니의 본질에 관련하여 말한 비교적 많은 진술은 그의 생애에서 특정 시기들을 아이러니컬한 근본 자세에서 파악하고 있음을 보여준다. 그런 가운데에 또한 역점이 바뀐다. 토마스 만이 『유머와 아이러니』에 관한 라디오 토론에서 서사적인 예술 정신을 "아이러니의 정신"과 동일함을 단언하고 있긴 하지만, 이전에 내린 아이러니컬한 것의 규정들은 토마스 만 자신을 때때로 "아이러니컬한 독일인"(E. Heller, 1959)이라 불렀을 만큼 서사적인 것의 영역을 훨씬 넘어서 있다.

지금은 이목을 끄는 상황이나 정상 상태에서 벗어난 것, 희극적인 상황, 묘사상에 있어서 예상치 못한 일을 아이러니로서 해석하기를 매우 주저할 것이며, 마찬가지로 가령 "아이러니컬한 문장론"(R. Baumgart, 1964)에 대하여 말하기도 주저할 것이다. 성격 희극과 상황 희극은 당연히 아이러니컬한 것이 아니라 오히려 유머러스한 서술 표현에 속한다. 한 인물, 한 상황과 한 사건에 대한 서술적 거리 역시 반드시 아이러니컬한 것만은 아니며, 모든 서술적인 대비가 아이러니컬한 과정인 것도 아니다. 경우에 따라선 아이러니의 개념이 심지어 토마스 만이 한 표현과 반대적인 의미에서 이해되어야 할 때도 있다. 그가 언젠가 피상적인 객관성의 "시적 아이러니"를 거론하였던 것은(X, 228) 이후에 그에 의해 명확하게 유머러스한 서술로서 규정되었던 현상이다. 이와 같은 진술들은 다시금 아이러니를 정확하게 해명해주기보다는 오히려 개념의 정의를 혼동시킨다.

토마스 만은 마치 처음부터, 그러니까 쇼펜하우어와 키에르케고르의 영향을 입고서 거리를 유지하며 삶의 비판을 숙고하는 화자와 같았다. 아이러니에 대한 실제적인 고백은 그의 경우 비교적 나중에『한 비정치인의 고찰』에서 비로소 찾아보게 된다. 이 에세이의 마지막 장은 "아이러니와 극단주의"에 관한 글이다. 전에 없던 방식으로 자기 비판적이며 자기 스스로를 정당화하고 있는 이 책은 변화의 기록으로서 잘못 이해되어선 안 된다. 이보다는 시대적 사건들의 요구에 따라 자신이 있어야 할 위치를 탐색하기 위한 오랫동안의 시도로서 보아야 옳을 것이다.『한 비정치인의 고찰』마지막 장은 이러한 자기 동일화 과정의 결과로서 읽을 수 있으며, 그리고 이 장에서 아이러니에 대해 이야기될 때 아이러니는 처음부터 웃음, 우스꽝스러운 것 혹은 희극적인 것의 현상과는 아무런 관련이 없는, 토마스 만이 여기서 특징지으려 시도하였던 것처럼, 삶을 대하는 한 태도와 관련해 있음을 내포하고 있다.

『한 비정치인의 고찰』에서 아이러니는 부정적으로는 반극단주의, 긍정적으로는 중간적 입장으로서 규정될 수 있다. 아이러니는 극단적인 것들 사이에 위치하면서 그때그때의 다른 측면에서 대립들을 비판하며, 이로써 아이러니는 극단적인 것들의 우열성에 대한 요구를 상대화할 수 있는 능력이며 필연성이 된다. 아이러니는 무견해의 입장을 취하는데, 이것을 불성실함이나 무특성과 혼동해선 안된다. 그 이유는 아이러니가 오히려 서로 결합될 수 없는 힘들간의 균형을 이루게 하는 힘이 되기 때문이다. 따라서 아이러니는 가령 "정신과 삶 사이를"(XII, 572f.) 중개할 수 있고 그리고 이것이 동시에 예술의 과제이기도 하기 때문에, 아이러니와 예술은 토마스 만에게 있어서 궁극적으로 동질적인 중대성을 지닌다. 토마스 만 역시 말하기로, 아이러니는 "언제나 두 측면을 향해 있는 아이러니이다. 이 아이러니는 삶과 마찬가지로 정신에 반한 것이며, 이것이 아이러니에 거창한 표현 대신 멜랑콜리와 겸손을 부여한다"(XII, 573)고 하였다. 그러나 토마스 만은 아이러니를 극단주의들에 대한 비판일 뿐 아니라 또한 에로틱으로서 긍정적으로 규정짓고 있으며, 『고찰』에서는 분명하게 "에로스는 언제나 아이러니컬한 인물이었다. 아이러니는 에로틱이다"(XII, 568)라고 단언하고 있다. 토마스 만은 예술을 위한 예술, 예술의 불모성과 냉기를 거부하는 입장에서 이와 같은 확신에 도달한다. 그래서 아이러니와 에로틱, 중간적 입장에 대한 고백은 세기 전환기 예술가들의 태도에 대한 비판인 동시에 다분히 자기 자신에 대한 비판이기도 하며, 다른 한편으로는 "일상적인 것들의 기쁨"을 위한 토니오 크뢰거의 선택을 진전시키거나 아니면 적어도 서술하면서 그 기초를 구축하려는 노력이기도 하다. 토마스 만은 다음과 같이 확신한다:

동경은 말하자면 정신과 삶 사이를 왕래한다. 삶 역시 정신을 갈망한다. 성(性)의 양극성이 분명하지 않은 두 세계는 한 세계가 남성적인 원칙을, 다른 세계는 여성적인 원칙을 묘사하지는 않지만 서로 에로틱한 관계에 놓여 있다. 이것이 삶과 정신이다. 이 때문에 삶과 정신간에 합일이 없고, 다만 합일과 타협의 짧고 도취적인 환영과 해소되지 않는 영원한 긴장이 있을 따름이다. 〔……〕 정신이 삶을, 삶이 정신을 '아름다움'으로서 느끼는 것은 미의 문제이다. 〔……〕 사랑에 빠진 정신은 광적이지 않고, 정신은 풍부하고, 정신은 정치적이고, 정신은 구애하며, 그리고 정신의 구애는 에로틱한 아이러니이다 (XII, 569).

이 진술 역시 분명 명확한 정의와는 거리가 멀다. 그러나 토마스 만의 말은 오직 아이러니만이, 오직 예술만이 정신과 삶간의 화해를 이룰 수 있음을 알려준다. 여기에서 20년대 초반의 큰 에세이 작품들과 『마의 산』에서 해명하였던 『한 비정치인의 고찰』의 문제를 다루고 있긴 하지만, 정작 중요한 것은 그가 오랫동안 의미를 두어왔던 아이러니에 대한 개념 규정이다. 왜냐하면 여기서는 동시에 토마스 만이 그 후 이십 년 동안, 특히 그가 극단주의들에 반대하여 싸웠을 때와 편향적인 것들이 격증하면서 단호하게 반대 방향으로의 전환을 요구하였을 당시 취해야 했던 그의 입장이 말로써 표현되고 있기 때문이다.

이렇게 특징지어진 아이러니에서 동시에 세계에 대한 회의가 표출된다. 회의주의는 토마스 만에게 있어서 극단주의의 반대 개념이다. 뿐만 아니라 이 입장에서 아이러니와 유머는 가능한 한 서로 가까이 접촉한다. 유머가 소재와 묘사간의 불일치를 통하여 규정되어진다면, 적어도 형식상으로 유사한 다의성이 예술가의 아이러니컬한 세계 관계 속에서 형성된다. 또한 예술가는 유머리스트가 하는 것처럼 아무것도 말 그대로 받아들이지 않으며 그때그때 비판적인 상대화가 가능한 점을 외부에서 구하고자 노력한다. 그리하여 삶이 정신에 의하여, 정신이 삶에 의하여 비판되고 질책되며 곧바로 수정될 때 아이러니가 개입한다. 아이러니는 언제나 그럴 소지를 갖고 있는 가치들의 절대화에 대한, 즉 절대성의 요구에 대한 전면적인 공격이다.

이 모든 것은 1920년경 토마스 만에게 있어서 예술가의 입장을 새롭게 정의하게 만든다. 보다 중요한 점은 여기에서 토마스 만이 오랫동안 고수하여온 정치적인 세계 관계가 말해지고 있다는 사실이다. 『한 비정치인의 고찰』 마지막에서 그는 "정치와 예술에 있어서 상황의 유사성을 확신"한다(XII, 578). 확고한 정치는 "중간과 중간자 위치"를 의미하고, 정치적 아이러니의 적은 극단주의, "파괴적인 무조건성"이다. 이것은 테러리즘과 허무주의에 반한 것이며, 정치적인 선전 구호를 통한 유혹과 마찬가지로 순전히 정치적인 행동형의 인간에 반한 것이다. 제1차 세계 대전 말, 이 모든 점은 너무도 잘 이해되었다. 토마스 만은 극단주의의 반대 입장을 "보수주의"로서 규정지었지만, 그렇다고 이로써 그 자신을 보수적인 정치가로 설명한 것은 아니다. 그 배경에는 아마도 토마스 만이 제1차 세계 대전 동안 취하였던 자신의 정치적 입장을 변호하고, 혹은 적어도 이를 이해시키려 한 노력이 숨겨져 있는지 모른다. 『한 비정치인의 고찰』 이후 토마스 만은 이 중간의 철학을 곧바로 정치적인 것으로 이역하고, 마찬가지로 독일적인 것을 중간자적인 것으로서 규정하기까지 하였다. 심각하게 훼손된 이 개념을 변호하려는 입장에서 말이다. 그 후 토마스 만은 또 시민적인 것을 중간자적인 것으로서 명명하게 된다. 그가 "독일적인 중간"(XI, 831)에 대하여 말할 때면, 그것은 독일적인 것을 넘어선 시민적인 것과 인간적인 것을 포함한 의미였으며, 마침내 민주주의 개념까지 부가된다. 중간의 철학은 동시에 응용된 아이러니의 한 철학이기도 하며 망명 시기와 더불어 비로소 종식된다. 독일의 만행 앞에서 중간자적 입장은 더 이상 생각될 수 없는 것이어서 토마스 만은 이러한 입장을 취하거나 아직 가능한 것으로서 변론하지도 않았다. 『한 비정치인의 고찰』에서 지성인의 과제로서 여겼던(XII, 579) "정치적인 중개"에 대해서는 더 이상 거론될 수가 없었던 것이다.

4. 전거들 2

중간으로서의 아이러니로부터 극단적인 것이 비판되어질 수 있다는 토마스 만의 이론이 어디에 근거하는지 그 출처를 알아내는 일은 어렵지 않다. 토마스 만의 이론에는 니체의 영향이, 특히 매우 중요한 "이중적 시각"에 대한 니체의 생각이 작용하고 있다. 이중적 시각에서 보면 현상들은 이제 그 일면성에서가 아니라 처음으로 객관성을 띠고 나타난다. 한 입장의 반대적 견지가 함께 고려되어질 때 아이러니는 유희 속에 포함되고 진실성에 이를 수 있게 된다. 아이러니의 이 개념이 니체의 철학에서 확실한 말로써 표현되어 있진 않지만, 니체는 예컨대 그의 『비시대적 관찰』 제2부에서 아이러니컬하게 규정될 수 있는 그의 당시대에 대하여 다음과 같이 상세하게 의견을 표시하였다:

내가 이 시대에, 역사적인 변화 형성에 대하여 그처럼 소리 내어 악취미적으로 드러내놓고 환성을 터뜨리길 잘하는 이 시대에 일종의 아이러니컬한 자의식과, 환성을 터뜨릴 만한 것은 아무것도 없다는 어렴풋한 예감, 어쩌면 멀지 않아 역사적인 인식이 주는 모든 기쁨도

끝장나고 말 것이라는 어떤 두려움이 내재되어 있다고 생각하는 것
은 생소하게 들릴지는 모르나, 전혀 모순된 말은 아니다(제8장).

니체는 역사적인 변화 형성의 실례에서 이것이 당대의 "우월적인
판단 의식"과 쌍을 이루고 있음을 분명하게 보여주고자 하였다. 그
러나 그 자신은 역사적인 사고의 절대화를 근본적으로 문제삼았다.
토마스 만 역시 때때로 아이러니컬한 유보에 대하여, 즉 분명하고
규정된 모든 것에 대한 회의에 대하여 말한다. 이 회의는 물론 니체
제자로서 갖는 회의일 뿐 아니라, 표현과 정의는 각기 달라도 쇼펜
하우어에게도 그 근거를 두고 있다. 영향은 쇠렌 키에르케고르의
『소크라테스를 고려한 아이러니의 개념』과 장 파울의 『미학 입문』
에서도 받았을 것으로 추측된다. 키에르케고르는 우선 아이러니를
시인이 자신의 시에 대하여 취할 수 있는 유일한 입장으로서 이해
하였다. 그의 견해는 『한 비정치인의 고찰』에서 토마스 만의 진술에
직접적으로 영향을 준 것 같다. 키에르케고르는 다음과 같이 쓰고
있다:

아이러니는 이제 동시에 지금 이 순간 어디에나 있고, 아이러니는
각각의 개별적 특성을 산출하여 지나치게 많거나 지나치게 적게 됨
이 없게 하고, 모든 것에 그 권리가 미치게 하며, 시가 그 자체 속에
서 중점을 얻을 수 있도록 참된 균형이 소우주적인 문학의 영역 속에
서 이루어지게 한다. 〔……〕 아이러니는 부정적인 것으로서 하나의
방법이다. 진실이 아니라 방법인 것이다. 결과를 결과 그 자체로서
소유하는 자는 결과를 소유하고 있지 않다. 왜냐하면 그는 방법을 갖
고 있지 않기 때문이다(제2부. 통제된 계기로서의 아이러니. 아이러
니의 진실).

특정한 견지의 부재는 같은 방식으로 토마스 만의 아이러니 개념을 특징짓고 있으며, 이는 특히 1920년대와 30년대 초반의 토마스 만을 특징짓는 유보적 입장이기도 하다.

5. 아이러니컬하고 유머러스한 서술
——개념 구분 시도

아이러니는 긍정적인 가치로서의 모호성이며, 이렇게 볼 때 고도로 발달된 토마스 만의 세분화 기법은 아이러니컬한 세계 관계의 한 표현이 된다. 그렇다고 모든 소설에서 서술적인 아이러니 작가를 찾는다는 것은(R. Baumgart, 1964) 분명 잘못된 것이며, 마찬가지로 작품 도처에서 단지 유머 작가를 찾아보는 것 역시 잘못된 것이다. 그러나 모호성이 유익하고 긍정적인 서술 자세로서 실현되는 곳과, 화자가 리얼리티에 만족하지 않고 확고부동하게 보이는 것의 반대가 함께 생각되고 표현되어지는 곳, 긴 토론이 확정된 결과 없이 끝나는 곳에서는 언제나 아이러니컬하게 서술된다. 특히 『마의 산』은 이러한 아이러니컬한 묘사 기법의 한 견본적 실례이며 또한 과격성과 편파성을 가장 두려워하는 아이러니컬한 삶의 느낌에 대한 기록이기도 하다.

나치를 경험하고 난 후 토마스 만이 자신의 아이러니컬한 관점이 지닌 이러한 무제한성에서부터 조심스럽게 거리를 두며, 그가 뜻한 의미에서 다시 강화시켜 유머러스하게 글을 썼던 것은 어떤 의미에서 이해될 수 있는 일이다. 필연적으로 받아들인 세계 화해라는 이유에서가 아니라, 필시 자기 자신의 무입장 표명 역시 지양되고 극복되어져야만 한다는 통찰에서 나온 것으로 생각된다. 아이러니가 제시하였던 것과는 다른 상대화의 메커니즘을 띤 세계 묘사를 위해서 말이다. 상대화 대신『펠릭스 크룰』에서는 교환성의 이념이 등장하며, 이로써 세계는 다른 방식으로 문제시되면서도 아이러니가 훨씬 더 깊이 각인된『마의 산』에서처럼 그렇게 강하게 부정되지는 않았다. 그래서 아이러니컬한 서술은 마침내 보다 유머러스한 서술과 분리되는 것처럼 보이며, 이는 토마스 만이 죽기 이 년 전에 가졌던 확신과 전적으로 상응되는 것이다.

아이러니컬하고 그리고 유머러스한 글쓰기를 토마스 만의 개별적인 삶의 시기들과 결부시켜본다면, 유머러스한 서술에 대해서는『마의 산』이전의 시기와『파우스트 박사』이후의 시기가 가장 먼저 고려될 수 있겠다. 물론『요셉』소설 역시 의심할 바 없이 유머러스한 산문 작품이다. 그러나『마의 산』과『파우스트 박사』에서는 아이러니컬한 세계 관계들이 더욱 강하게 부각된다. 뿐만 아니라 여기에는 예컨대『토니오 크뢰거』와 같은 초기 단편작의 일부가 속한다. 아이러니의 개념이 토마스 만에게 있어서 다소 불가분적으로 중간의 의미와 결부되고 이 중간과 중간자에 대한 생각을 넘어서 종국에는 독일적인 것의 개념과도 연관된다는 것에 출발점을 둔다면, 토마스 만의 아이러니 속에는 오히려 정치적인 것이 표현되고 있음을 알 수 있다. 아니 이보다는 토마스 만이 취하였던 중간의 위치가, 리얼리티에 대한 이미 일찍부터 복잡하게 되어버린 그의 관계에서 빠져나올 출구였던 이 중간의 위치가 본질적으로 오직 아이러니컬한 방식에서, 아이러니컬한 제한적 조건에서 표현될 수 있었다는 결론에 이르게 된다. 파괴된 현실 관계는 유머와 아이러니, 이 두 가지를 모두 특징짓는다. 유머와 아이러니를 연결하는 것은 현실을 보이는 그대로 받아들이지 않는 자세의 원칙성이다. 이때 아이러니는 어떤 의미에서 보다 지적인 세계 관계의 서열에 놓이게 되며, 유머는 쇼펜하우어의 철학에서 깊은 영향을 받고 있긴 하지만 오히려 순수한 입장을 띠게 된다. 두 가지의 경우 모두 명확한 것은 유보된 채 남아 있다. 그러나 아이러니는 오히려 정신적 유보에 가까운 것이고 입장과 당파, 고백에 있어서 자기 스스로 받아들이지 않으려는, 철학적으로 더욱 세분화되어 근거지어진 요구이다. 그래서 『마의 산』은 유머러스한 작품이기보다는 아이러니컬한 소설이라 일컬을 수 있겠고, 『파우스트 박사』의 경우 암울한 소재가 화자 차이트블롬을 통하여 필연적인 명랑성을 띠게 되고 눈에 띄지 않게 유머러스한 것 또한 표현되고 있음이 예시되고 있음에도 불구하고 같은 것이 적용되는 듯하다. 아이러니컬한 것을 어떤 의미에서 유머러스한 세계 관계가 정치화된 한 형식이라고 하는 것은 너무 지나친 주장이다. 심지어 『마의 산』에서도 종종 유머러스한 장면들이 나타나는데, 이 장면들은 중간자적인 것, 아이러니, 극단적인 것들 사이의 중간점이란 개념만으로는 이해될 수 없다. 유머러스한 것은 리얼리티의 대립 영역으로서 리얼리티의 혹독함과 불화를 중화하고 이 리얼리티의 어려움을 잘 넘겨서 극복하려는 시도로서 파악한다면, 가장 그럴듯하게 유머러스한 것을 특징짓고 있다 하겠다. 유머러스한 것은 대립자로서 리얼리티와, 그리고 토마스 만에게 있어서 언제나 존재하는 리얼리티의 그늘진 면들과 거친 표현들을 지니고 있다. 유머는 거리를 취하고 리얼리티의 극복을 지향하는 어떤 것을 정립한다. 이에 반하여 아이러니는, 『한 비정치인의 고찰』에서의 진술에 따르면, 본래 그 자체에서 벗어나 스스로 정의되는 것이 아니라 언제나 오로지 중간 위치로서 특징지어지는 행동 형식이다. 제템브리니와 나프타 사이에 있는 한스 카스토르프의 태도, 여기서 아이러니가 표현되며, 카스토르프가 끝에 가서 그 두 사람에게 의견을 개진하였던 많은 유보들이 여기에 포함된다. 아이러니의 개념은 거의 실체화될 수 없는 것이다. 이 개념은 유머러스한 것의 개념보다 훨씬 부정적인, 극단주의로부터의 전향과 확정에 대한 망설임으로서 정의된다. 그러면서 아이러니의 개념은 오랫동안 시민적인 것의 개념과 결부하여 이해되어왔다. 이와 반대로 유머의 개념은 토마스 만에게 있어서 세계 시민성에 대한 생각과 연관되어 있다. 아이러니의 관점에는 언제나 제한된 무엇이 수반되어 있으며, 아이러니는 일종의 방어책으로 남아 있다. 아이러니에는 모든 지적인 탁월함과 우월성에도 불구하고 고유성과 자유가 결여되어 있다. 자유를 창출하는 것은 토마스 만에게 있어서 궁극적으로 유머만이 할 수 있는 것이다.

이러한 원칙성에 비추어보면 유머는 서사 문학에 편입되고, 아이러니는 그다지 중요하지 않은 특정하고 특수한 서술 형식들에 편입되는 것처럼 보인다. 유머와 아이러니가 토마스 만에게 있어서 단순히 시학적인 범주로서 사용된 적은 한번도 없다. 유머와 아이러니는 실존적인 세계 관계의 표현이다. 어쨌든 유머는 알레고리적인 표현에 가까우며, 서술적인 알레고리들 속에서 유머러스한 세계 관계가 표현된다. 반면, 아이러니는 『마의 산』에서처럼 종종 대화체로 표현된다. 따라서 사람들은 토마스 만의 "인도 전설"과 『뒤바뀐 머리』를 유머러스한 이야기로서 받아들이기를 주저하지 않을 것이며 아이러니컬한 이야기라고는 생각하지 않을 것이다. 그러나 이에 반한 예로서 『토니오 크뢰거』의 많은 부분들이 아이러니컬하게 구성된 것을 찾아볼 수 있다.

물론 여기서도 역시 분명한 구분은 불가능하다. 그리하여 토마스 만의 말년에는 유머와 아이러니에 대한 그의 개념 규정에 관련된 불명료성이 정당하게 나타난다. 그렇게 밀접하게 서로 연관된 두 세계 관계는 조심스럽게 설명될 수 있겠지만, 그러나 서로 구분하여 정의될 수가 없는 것이라고 한다. 이는 또한 유머와 아이러니에 관한 유일하고 보다 중요한 진술이다. 이 아이러니컬한 독일인은 전체적으로 보자면——1900년 무렵과 1920년대 시기는 예외적이지만——사실 유머리스트에 더 가깝다. 그리하여 마침내 토마스 만으로 하여금 더욱더 유머러스하게, 어쨌든 전처럼 전적으로 아이러니컬하지만은 않은 방식에서 세계를 관찰하게 만든 것은 노년의 경험 외에도 망명자로서 겪은 그의 경험이었다. 그 까닭은 토마스 만의 견해에 의하면 유머러스한 세계 이해에는 지적인 것이 항상 함께 주어져 있지만, 세계에 대한 아이러니컬한 태도에 있어서는 정신이 유머의 경우에서 인생 경험과 세계 관계로서 함께 내포된 것을 수행해야 하는데 이것이 항상 이루어지지는 않기 때문이다.

참고 문헌

제2장 『부덴브로크 일가』

THOMAS MANN, Gesammelte Werke in 13 Bänden, Frankfurt / M., 1974, Taschenbuchausgabe, 1990, Bd. I: Buddenbrooks(전집의 권수〔로마 숫자〕와 쪽수〔아라비아 숫자〕로만 약호 표시, 이하 약호는 괄호 안에 표기됨).

Dichter über ihre Dichtungen, Thomas Mann, Teil I: 1889~1917, Hrsg. von Hans Wysling unter Mitwirkung von Marianne Fischer, München o. J. (DüD)

THOMAS MANN, Notizbücher 1~6, Hrsg. von Hans Wysling und Yvonne Schmidlin, Frankfurt / M., 1991. (Notizbücher 1~6)

THOMAS MANN, Notizbücher 7~14, Hrsg. von Hans Wysling und Yvonne Schmidlin, Frankfurt / M., 1992. (Notizbücher 7~14)

THOMAS MANN, Briefe, hrsg. von Erika Mann, I~III, Frankfurt / M., 1962, 1963, 1965. (Briefe)

Thomas Mann-Heinrich Mann-Briefwechsel 1900~1949, hrsg. von Hans Wysling, erw. Neuausgabe, Frankfurt / M., 1984. (Briefwechsel Thomas Mann-Heinrich Mann)

THOMAS MANN, Briefe an Otto Grautoff 1894~1901, hrsg. von Peter de Mendelssohn, Frankfurt / M., 1975. (Briefe an Grautoff)

Bild und Text bei Thomas Mann, Eine Dokumentation, hrsg. von Hans Wysling unter Mitarbeit von Yvonne Schmidlin, Bern, 1975. (Bild und Text)

HELMUT KOOPMANN(hrsg.), Thomas-Mann-Handbuch, Stuttgart 1990(darin S. 941~76: Forschungsgeschichte). (Handbuch)

UWE EBEL, Rezeption und Integration skandinavischer Literatur in Thomas Manns *Buddenbrooks*, Neumünster 1974. (Ebel)

PETER DE MENDELSSOHN, Der Zauberer. Das Leben des deutschen Schriftstellers Thomas Mann, 1. Teil: 1875~1918, Frankfurt / M., 1975. (Mendelssohn)

제4장 『파우스트 박사』/ 제5장 『선택된 인간』/ 제6장 『고등 사기꾼 펠릭스 크룰의 고백』/ 제7장 유머와 아이러니에 공통된 토마스 만의 저서와 약호 목록

THOMAS MANN, *Gesammelte Werke in 13 Bänden*, Frankfurt am Main, 1974.

Tb, Datum Thomas Mann, *Tagebücher*, 1918~1921 / 1933~1934 / 1935~1936 / 1937~1939 / 1940~1943 / 1944~1. 4. 1946 / 25. 5. 1946~31. 12. 1948, hg. von P. de Mendelssohn, ab 1986 von I. Jens, Frankfurt am Main, 1977~1980, 1982, 1986, 1989.

Ess I Thomas Mann, *Aufsätze, Reden, Essays*, hg. v. H. Matter, Bd. I: 1893~1913, Berlin / Weimar, 1983.

Ess II Thomas Mann, *Aufsätze, Reden, Essays*, hg. v. H. Matter, Bd. 2: 1914~1918, Berlin / Weimar, 1983.

Ess III   Thomas Mann, *Aufsätze, Reden, Essays*, hg. v. H. Matter, Bd.
            3: 1919~1925, Berlin / Weimar, 1986.

Br I   Thomas Mann, *Briefe 1889~1936*, hg. von E. Mann,
            Frankfurt am Main, 1962.

Br II   Thomas Mann, *Briefe 1937~1947*, hg. von E. Mann,
            Frankfurt am Main, 1963.

Br III   Thomas Mann, *Briefe 1948~1955 und Nachlese*, hg. von E.
            Mann, Frankfurt am Main, 1961~1965.

DüD I-III   *Dichter über ihre Dichtungen*, Bd. 14 I-III: Thomas Mann, hg.
            v. H. Wysling unter Mitwirkung v. M. Fischer, München,
            Frankfurt am Main, 1975 bis 1981.

제4장 『파우스트 박사』

M. COLLEVILLE, Nietzsche et le "Doktor Faustus" de Thomas Mann, in: *Études Germaniques 3* (1948), SS. 343~54; E. KAHLER, Säkularisierung des Teufels. Thomas Manns Faust, in: *Die Neue Rundschau 59* (1948), SS. 185~202 (auch in E. KAHLER, Die Verantwortung des Geistes, *Gesammelte Aufsätze*, Frankfurt am Main, 1952, SS. 143~62); L. MARCUSE, Der unerlöste Faust, in: *Aufbau 14*, New York, 16. 1. 1948, S. 11~12; H. E. HOLTHUSEN, Die Welt ohne Transzendenz. Eine Studie zu Thomas Manns *Doktor Faustus* und seinen Nebenschriften, Hamburg, 1949; H. PETRICONI, "*Verfall einer Familie* und Höllensturz eines Reichs," in: H. Petriconi, Das Reich des Untergangs, Bemerkungen über ein mythologisches Thema, Hamburg, 1958, SS. 151~84; H. MAYER, Thomas Manns *Doktor Faustus*: Roman einer Endzeit und Endzeit des Romans, in: H. Mayer, Von Lessing bis Thomas Mann. Wandlungen der

bürgerlichen Literatur in Deutschland, Pfullingen, 1959, SS. 383~404;
G. BERGSTEN, Thomas Manns Doktor Faustus. Untersuchungen zu den
Quellen und zur Struktur des Romans, Stockholm, 1963, Tübingen,
²1974; H. P. PÜTZ, Die teuflische Kunst des Doktor Faustus bei Thomas
Mann, in: Zeitschrift für deutsche Philologie 82 (1963), SS. 500~15; J.
ELEMA, Thomas Mann, Dürer und Doktor Faustus, in: Euphorion 59
(1965), SS. 97~117 (auch in: Thomas Mann, hg. von H. Koopmann,
Darmstadt, 1975, SS. 320~50); H. WYSLING, Thomas Manns
Tagebücher. Aus den Notizen zur "Entstehung des 'Faustus'," in: Blätter
der Thomas Mann Gesellschaft 5 (1965), SS. 44~47; H. LEHNERT, Zur
Theologie in Thomas Manns "Doktor Faustus." Zwei gestrichene Stellen
aus der Handschrift, in: Deutsche Vierteljahrsschrift für
Literaturwissenschaft und Geistesgeschichte 40 (1966), SS. 248~56; K.
HAMBURGER, Anachronistische Symbolik: Fragen an Thomas Manns
Faustus-Roman, in: Gestaltungsgeschichte und Gesellschaftsgeschichte.
Literatur-, kunst- und musikwissenschaftliche Studien. In
Zusammenarbeit mit K. Hamburger hg. v. H. Kreuzer, Stuttgart, 1969, SS.
529~53 (auch in: H. Koopmann, Thomas Mann, Darmstadt 1975, SS.
384~413); H. ORLOWSKI, Prädestination des Dämonischen. Zur Frage
des bürgerlichen Humanismus in Thomas Manns "Doktor Faustus,"
Poznań, 1969; H. DÖRR, Thomas Mann und Adorno. Ein Beitrag zur
Entstehung des "Doktor Faustus," in: Literaturwissenschaftliches Jahrbuch,
N. F., 11 (1970), SS. 285~322; F. TROMMLER, Epische Rhetorik in
Thomas Manns Doktor Faustus, in: Zeitschrift für deutsche Philologie 89
(1970), SS. 240~58; J. ALBRECHT, Leverkühn oder die Musik als
Schicksal, in: Deutsche Vierteljahrsschrift für Literaturwissenschaft und

Geistesgeschichte 45 (1971), SS. 375~88; H. MEIXNER, Thomas Mann Doktor Faustus. Zum Selbstverständnis des deutschen Spätbärgertums, in: Jahrbuch der Deutschen Schillergesellschaft 16 (1972), SS. 610~22; S.-H. AHN, Exilliterarische Aspekte in Thomas Manns Roman "Doktor Faustus," Bonn, 1975; L. VOSS, Die Entstehung von Thomas Manns Roman "Doktor Faustus." Dargestellt anhand von unveröffentlichten Vorarbeiten, Tübingen, 1975; D. ASSMANN, Thomas Manns Roman Doktor Faustus und seine Beziehungen zur Faust-Tradition, Helsinki, 1975 (=Annales academiae scientiarum fennicae. Dissertatines humanarum litterarum 3); O. SEIDLIN, The Open Wound: Notes on Thomas Mann's "Doktor Faustus," in: Michigan Germanic Studies I (1976), SS. 301~15; E. HEFTRICH, "Doktor Faustus": Die radikale Autobiographie, in: Thomas Mann 1875~1975. Vorträge in München-Zürich-Lübeck, hg. von B. Bludau, E. Heftrich, H. Koopmann, Frankfurt am Main, 1977, SS. 135~54; D. STERNBERGER, Deutschland im Doktor Faustus und Doktor Faustus in Deutschland, in: Thomas Mann 1875~1975. Vorträge in München-Zürich-Lübeck, hg. von B. Bludau, E. Heftrich, H. Koopmann, Frankfurt am Main, 1977, SS. 155~72; E. HELLER, Doktor Faustus und die Zurücknahme der Neunten Symphonie, in: Thomas Mann 1875~1975. Vorträge in München-Zürich-Lübeck, hg. von B. Bludau, E. Heftrich, H. Koopmann, Frankfurt am Main, 1977, SS. 173~88; V. LANGE, Thomas Mann: Tradition und Experiment, in: Thomas Mann 1875~1975. Vorträge in München-Zürich-Lübeck, hg. von B. Bludau, E. Heftrich, H. Koopmann, Frankfurt am Main, 1977, SS. 566~85; H. R. VAGET, Kaisersaschern als geistige Lebensform. Zur Konzeption der deutschen Geschichte in Thomas

Manns "Doktor Faustus," in: Der deutsche Roman und seine historischen und politischen Bedingungen, hg. von Wolfgang Paulsen, Bern / München, 1977, SS. 200~35; B. BÖSCHENSTEIN, Ernst Bertrams, Nietzsche — eine Quelle für Thomas Manns "Doktor Faustus," in: Euphorion 72 (1978), SS. 68~83; P. G. KLUSSMANN, Thomas Manns Doktor Faustus als Zeitroman, in: Thomas-Mann-Symposion Bochum 1975. Vorträge und Diskussionsberichte, hg. von P. G. Klussmann u. J.-U. Fechner, Kastellaun, 1978, SS. 82~100; H.-J. SANDBERG, Der Kierkegaard-Komplex in Thomas Manns Roman "Doktor Faustus." Zur Adaption einer beziehungsreichen Thematik, in: Text & Kontext 6. 1 / 6. 2 (1978), SS. 257~74; M. FRANK, "Kaum das Urthema wechselnd." Die alte und die neue Mythologie im "Doktor Faustus," in: Fugen, 1980, SS. 9~42; H. GOCKEL, Thomas Manns Faustus und Kierkegaards Don Juan, in: Akten des VI. Internationalen Germanisten-Kongresses Basel 1980, hg. von H. Rupp und H. -G. Roloff, Bern u. a., 1980, T. 3, SS. 68~75; O. SEIDLIN, Die offene Wunde. Notizen zu Thomas Manns "Doktor Faustus," in: Zur Geschichtlichkeit der Moderne. Der Begriff der literarischen Moderne in Theorie und Deutung, U. Fülleborn zum 60. Geburtstag, hg. von Th. Elm und G. Hemmerich, München, 1982, SS. 291~306; E. HEFTRICH, Vom Verfall zur Apokalypse. Über Thomas Mann. Bd. II, Frankfurt am Main, 1982, SS. 173~288; H. WIEGAND, Thomas Manns Doktor Faustus als zeitgeschichtlicher Roman. Eine Studie über die historischen Dimensionen in Thomas Manns Spätwerk, Frankfurt am Main, 1982; H. KOOPMANN, Doktor Faustus und sein Biograph. Zu einer Exilerfahrung sui generis, in: Thomas Manns Dr. Faustus und die Wirkung, hg. von R. Wolff, T. 2, Bonn, 1983, SS. 8~26;

O. SEIDLIN, Doktor Faustus reist nach Ungarn. Notizen zu Thomas Manns Altersroman, in: Heinrich Mann-Jahrbuch I (1983), SS. 187~204; H. LEHNERT, The Luther-Erasmus-Constellation in Thomas Mann's "Doktor Faustus," in: Michigan Germanic Studies 10 (1984), SS. 142~58; H. LEHNERT, Die Dialektik der Kultur. Mythos, Katastrophe und die Kontinuität der deutschen Literatur in Thomas Manns "Doktor Faustus," in: Schreiben im Exil. Zur Ästhetik der deutschen Exilliteratur 1933~1945, hg. von A. Stephan und H. Wagener, Bonn, 1985, SS. 95~108; R. G. RENNER, Lebens-Werk. Zum inneren Zusammenhang der Texte von Thomas Mann, München, 1985; E. FRENZEL, Der doppelgesichtige Leverkühn. Motivverschränkungen in Thomas Manns "Doktor Faustus," in: Gelebte Literatur in der Literatur. Studien zu Erscheinungsformen und Geschichte eines literarischen Motivs, hg. von Th. Wolpers, Göttingen, 1986 (=Abhandlungen der Akademie der Wissenschaften in Göttingen 152), SS. 311~20; M. W. ROCHE, Laughter and Truth in "Doktor Faustus." Nietzschean Structures in Mann's Novel of Self-cancellations, in: Deutsche Vierteljahrsschrift für Literaturwissenschaft und Geistesgeschichte 60 (1986), SS. 309~32; H. WISSKIRCHEN, Zeitgeschichte im Roman. Zu Thomas Manns Zauberberg und "Doktor Faustus," Bern, 1986 (=Thomas-Mann-Studien VI); H. KOOPMANN, Doktor Faustus als Widerlegung der Weimarer Klassik, in: Internationales Thomas-Mann-Kolloquium 1986 in Lübeck, hg. von E. Heftrich u. H. Wysling, Bern, 1987 (=Thomas-Mann-Studien VII), SS. 92~109; E. SCHWARZ, Adrian Leverkühn und Alban Berg, in: Modern Language Notes 102 (1987), SS. 663~67; H. GOCKEL, Faust im Faustus, in: Thomas Mann Jahrbuch Bd. I, hg. von E. Heftrich, H.

Wysling, Frankfurt am Main, 1988, SS. 133～48; H. KOOPMANN, Doktor Faustus — Schwierigkeiten mit dem Bösen und das Ende des "strengen Satzes," in: H. Koopmann, Der schwierige Deutsche. Studien zum Werk Thomas Manns, Tübingen, 1988, SS. 125～44; Das Thomas Mann Jahrbuch Bd. 2 (1989) enthält Beiträge eines Symposiums "Zur Modernität von Thomas Manns 'Doktor Faustus'"; H. J. KREUTZER, Fausts Weg vom Wissenschaftler zum Künstler oder Thomas Manns Deutung der deutschen Geschichte, in: Zeitschrift für deutsche Studien 8 (1989 / 90), SS. 79～95; J. F. FETZER, Music, Love, Death and Mann's "Doktor Faustus," Columbia, S. C., 1990 (=Studies in German Literature, Linguistics, and Culture, 45); H. KIESEL, Kierkegaard, Alfred Döblin, Thomas Mann und der Schluß des "Doktor Faustus," in: Literaturwissenschaftliches Jahrbuch 31 (1990), SS. 233～49; H. KIESEL, Thomas Manns "Doktor Faustus." Reklamation der Heiterkeit, in: Deutsche Vieteljahrschrift 64 (1990), SS. 726～43; S. von ROHR SCAFF, Unending Apocalypse: The Crisis of Musical Narrative in Mann's "Doktor Faustus," in: The Germanic Review 65 (1990), SS. 30～39; U. HOFSTAETTER, "Dämonische Dichter." Die literarischen Vorlagen für Adrian Leverkühns Kompositionen im Roman "Doktor Faustus," in: "Die Beleuchtung, die auf mich fällt, hat…… oft gewechselt." Neue Studien zum Werk Thomas Manns, hg. von H. Wißkirchen, Würzburg, 1991, SS. 146～88; M. TRAVERS, Thomas Mann, "Doktor Faustus" and the Historians: The Function of "Anachronistic Symbolism," in: The Modern German Historical Novel, hg. von D. Roberts und Ph. Thomson, New York u. a., 1991, SS. 145～59; W. HUDER, Doktor Faustus von Thomas Mann als Nationalroman deutscher Schuld im amerikanischen Exil konzipiert, in: Exilforschung 10 (1992), SS. 201~10; E. HILSCHER, Thomas Manns polyhistorischer Roman "Doktor Faustus," in: Der deutsche Roman nach 1945, hg. von M. Brauneck, Bamberg, 1993, SS. 7~20; D. RUNGE, Hetaera Esmeralda und die kleine Seejungfrau, in: Wagner-Nietzsche-Thomas Mann. Festschrift für E. Heftrich, hg. von H. Gockel, M. Neumann, R. Wimmer, Frankfurt am Main, 1993, SS. 391~403; V. SCHERLIESS, Adrian Leverkühn (1885~1941), ein deutscher Komponist in der Darstellung Thomas Manns — Dichtung und Wirklichkeit. Eine Ausstellung im Buddenbrookhaus, L beck: Heinrich-und-Thomas-Mann-Zentrum, 1993; R. WIMMER, "Ah, ça c'est bien allemand, par exemple!" Richard Wagner in Thomas Manns "Doktor Faustus," in: Wagner-Nietzsche-Thomas Mann. Festschrift für E. Heftrich, hg. von H. Gockel, M. Neumann, R. Wimmer, Frankfurt am Main, 1993, SS. 49~68; V. C. DÖRR, "Apocalipsis cum figuris." Dürer, Nietzsche, Doktor Faustus und Thomas Manns "Welt des 'Magischen Quadrats,'" in: Zeitschrift für Deutsche Philologie 112 (1993), SS. 251~70.

제5장 『선택된 인간』

H. J. WEIGAND, Thomas Mann's "Gregorius," in: The Germanic Review 27 (1952), SS. 10~30, 83~95; P. SZONDI, Versuch über Thomas Mann, in: Neue Rundschau 67 (1956), SS. 557~63; G. C. SCHOOLFIELD, Thomas Mann and the Honest Pagans, in: Philological Quarterly 36 (1957), SS. 280~85; H. KUHN, Der gute Sünder — Der Erwählte? in: Hüter der Sprache. Perspektiven der deutschen Literatur, hg. von K. Rüdinger, München, 1959, SS. 63~73; K. STACKMANN, Der Erwählte. Thomas Manns Mittelalter-Parodie, in: Euphorion 53 (1959),

SS. 61~74 (auch in: Thomas Mann, hg. von H. Koopmann, Darmstadt 1975, SS. 227~46); E. HILSCHER, Die Geschichte vom Guten Sünder, in: Vollendung und Größe Thomas Manns. Beiträge zu Werk und Persönlichkeit des Dichters, hg. von G. Wenzel, Halle, 1962, SS. 220~32; S. EHRENTREICH, Erzählhaltung und Erzählerrolle Hartmanns von Aue und Thomas Manns. Dargestellt an ihren beiden Gregoriusdichtungen, Diss. Frankfurt am Main, 1963; H. WYSLING, Die Technik der Montage. Zu Thomas Manns "Erwähltem," in: Euphorion 57 (1963), SS. 156~99 (auch in: Thomas Mann, hg. von H. Koopmann, Darmstadt, 1975, SS. 257~319, erweitert unter dem Titel: Thomas Manns Verhältnis zu den Quellen. Beobachtungen am "Erwählten," in: P. Scherrer, H. Wysling, Quellenkritische Studien zum Werk Thomas Manns, Bern / München, 1967, SS. 258~324 (=Thomas-Mann-Studien I); H. WYSLING, Mythus und Psychologie bei Thomas Mann, Zürich, 1969 (auch in: H. WYSLING, Dokumente und Untersuchungen. Beiträge zur Thomas-Mann-Forschung, Bern / München, 1974, SS. 167~80 [=Thomas-Mann-Studien III]); J. SCHULZE, Joseph, Gregorius und der Mythos vom Sonnenhelden. Zum psychologischen Hintergrund eines Handlungsschemas bei Thomas Mann, in: Jahrbuch der Deutschen Schillergesellschaft 15 (1971), SS. 465~96; H. KURZKE, Thomas Mann. Epoche-Werk-Wirkung, München, 1985, SS. 283~87; W. JENS, "Der Erwählte." Über Thomas Mann und seinen Roman, in: Thomas Mann Jahrbuch 4 (1991), SS. 89~98; M. REICH-RANICKI, Über den "Erwählten" von Thomas Mann, in: Thomas Mann Jahrbuch 4 (1991), SS. 99~108.

V. LANGE, Betrachtungen zur Thematik von "Felix Krull," in: The Germanic Review 31 (1956), SS. 215~24 (auch in: Thomas Mann, hg. von H. Koopmann, Darmstadt, 1975, SS. 126~39); H. WYSLING, Archivalisches Gewühle. Zur Entstehungsgeschichte der "Bekenntnisse des Hochstaplers Felix Krull," in: P. Scherrer / H. Wysling, Quellenkritische Studien zum Werk Thomas Manns, Bern, 1967, SS. 234~57 (=Thomas-Mann-Studien I); W. van der WILL, Thomas Mann: "Bekenntnisse des Hochstaplers Felix Krull," in: W. van der Will, Pikaro heute. Metamorphosen des Schelms bei Thomas Mann, Döblin, Brecht, Grass, Stuttgart, 1967, SS. 38~41; H. WYSLING, Thomas Manns Pläne zur Fortsetzung des "Krull," in: Almanach. Das einundachtzigste Jahr, Frankfurt am Main, 1967, SS. 21~46 (auch in: H. Wysling, Dokumente und Untersuchungen. Beiträge zur Thomas-Mann-Forschung, Bern / München, 1974, SS. 149~66 (=Thomas-Mann-Studien III); J. SCHARFSCHWERDT, Thomas Mann und der deutsche Bildungsroman. Eine Untersuchung zu den Problemen einer literarischen Tradition, Stuttgart, 1967; K. HERMSDORF, Thomas Manns Schelme. Figuren und Strukturen des Komischen, Berlin / DDR, 1968; M. NERLICH, Kunst, Politik und Schelmerei. Die Rückkehr des Künstlers und des Intellektuellen in die Gesellschaft des zwanzigsten Jahrhunderts, dargestellt an Werken von Charles de Coster, Romain Rolland, André Gide, Heinrich Mann und Thomas Mann, Frankfurt am Main, 1969; P. DETTMERING, Suizid und Inzest im Werk Thomas Manns, in: P. Dettmering, Dichtung und Psychoanalyse, Thomas Mann-Rainer Maria Rilke-Richard Wagner, München, 1969, SS. 9~79; K. L. SCHNEIDER,

Thomas Manns "Felix Krull." Schelmenroman und Bildungsroman, in: Untersuchungen zur Literatur als Geschichte. Festschrift für Benno von Wiese, hg. von V. J. Günther u. a., Berlin, 1973, SS. 545~58; K. L. SCHNEIDER, Der Künstler als Schelm. Zum Verhältnis von Bildungsroman und Schelmroman in Thomas Manns "Felix Krull," in: Philobiblon 20 (1976), SS. 2~18; H. WYSLING, Wer ist Professor Kuckuck? Zu einer der letzten "großen Gespräche" Thomas Manns, in: H. Wysling, Thomas Mann heute, Sieben Vorträge, Bern / München, 1976, SS. 44~63; B. von WIESE, Die "Bekenntnisse des Hochstaplers Felix Krull" als utopischer Roman, in: Thomas Mann 1875~1975. Vorträge in München-Zürich-Lübeck, hg. von B. Bludau, E. Heftrich, H. Koopmann, Frankfurt am Main, 1977, SS. 189~206; H. WYSLING, Krull als Narziss und Prospero, in: Text und Kontext 6. 1. / 6. 2. (1978), SS. 275~99; W. FRIZEN, Allsympathie. Zum Kuckuck-Gespräch in Thomas Manns "Krull," in: Literatur in Wissenschaft und Unterricht 14 (1981), SS. 139~55; W. FRIZEN, Die Wunschmaid. Zur Houpflé-Episode in Thomas Manns "Krull," in: Text und Kontext 9 (1981), SS. 56~74; H. WYSLING, Narzißmus und illusionäre Existenzform. Zu den Bekenntnissen des Hochstaplers Felix Krull, Bern / München, 1982 (Thomas-Mann-Studien V); H. KOOPMANN, Narziß im Exil. Zu Thomas Manns "Felix Krull," in: Zeit der Moderne. Zur deutschen Literatur von der Jahrhundertwende bis zur Gegenwart, hg. von H.-H. Krummacher u. a., Stuttgart, 1984, SS. 401~22 (auch in: H. KOOPMANN, Der schwierige Deutsche. Studien zum Werk Thomas Manns, Tübingen, 1988, SS. 145~64); Th. SPRECHER, Felix Krull und Goethe. Thomas Manns Bekenntnisse als Parodie auf "Dichtung und Wahrheit,"

Bern / Frankfurt am Main, 1985; H. ANTON, "Hermeneutisches Doppelgängertum" in den "Bekenntnissen des Hochstaplers Felix Krull," in: Thomas Mann. Romane und Erzählungen, hg. von V. Hansen, Stuttgart, 1993, SS. 325~48.

제7장 유머와 아이러니

W. KAYSER, Das Groteske. Seine Gestaltung in Malerei und Dichtung, Hamburg, 1957; E. HELLER, Thomas Mann. Der ironische Deutsche, Frankfurt am Main, 1959; H. MEYER, Das Zitat in der Erzählkunst, Zur Geschichte und Poetik des europäischen Romans, Stuttgart, 1961; E. SCHARPER, Zwischen den Welten. Bemerkungen zu Thomas Manns Ironie, in: Literatur und Gesellschaft vom 19. ins 20. Jahrhundert. Festgabe für B. von Wiese, hg. von H.-J. Schrimpf, Bonn, 1963, SS. 330~64; R. BAUMGART, Das Ironische und die Ironie in den Werken Thomas Manns, München, 1964; K. HAMBURGER, Der Homor bei Thomas Mann. Zum Joseph-Roman, München, 1965; P. BÖCKMANN, Der Widerstreit von Geist und Leben und seine ironische Vermittlung in den Romanen Thomas Manns, in: Wissenschaft als Dialog, Studien zur Literatur und Kunst seit der Jahrhundertwende. W. Rasch zum 65. Geburtstag, hg. von R. v. Heydebrand und K. G. Just, Stuttgart, 1969, SS. 194~215; M. SERA, Utopie und Parodie. Bei Musil, Broch und Thomas Mann. "Der Mann ohne Eigenschaften" — "Die Schlafwandler" — "Der Zauberberg," Bonn, 1969; H. WYSLING, Schwierigkeiten mit Thomas Mann, in: H. Wysling, Thomas Mann heute. Sieben Vorträge, Bern / München, 1976, bes. SS. 95f. -P.-A. ALT, Ironie und Krise. Ironisches Erzählen als Form ästhetischer Wahrnehmung in Thomas Manns "Der

Zauberberg" und Robert Musils "Der Mann ohne Eigenschaften," Frankfurt am Main / Bern / New York, 1985; B. DEDNER, Satire prohibited. Laughter, satire, and irony in Thomas Mann's oeuvre, in: Laughter unlimited. Essays on humor, satire, and the comic, hg. von R. Grimm und J. Hermand, Madison, 1991, SS. 27~40; H. BRUNTRÄGER, Der Ironiker und der Ideologe. Die Beziehungen zwischen Thomas Mann und Alfred Baeumler, Würzburg, 1993.

글의 출전

제1장 우리 형제의 비극을 종결짓자

Helmut Koopmann: "Laß die Tragödie unserer Brüderlichkeit sich vollenden." Zum Verhältnis zwischen Thomas und Heinrich Mann, 1997 의 강연록, 미발표.

제2장 『부덴브로크 일가』

Helmut Koopmann: Zur Entstehung der *Buddenbrooks*, Vorbilder, Schopenhauer-Einflüsse, Nietzsche-Einflüsse, Wagner-Einflüsse, in: Thomas Mann. Buddenbrooks, Frankfurt / Main: Diesterweg, 1995, SS. 14~43.

제3장 『마의 산』

Helmut Koopmann: Die Lehren des *Zauberbergs*, in: Das "Zauberberg" — Symposium 1994 in Davos, hg. von Thomas Sprecher (=Thomas-Mann-Studien Bd. 11), Frankfurt am Main, 1995, SS. 59~80.

제4장 『파우스트 박사』

Helmut Koopmann: *Doktor Faustus*, Die Wiederaufnahme des alten Künstler-Themas, Thomas Manns Quellen und Zitierweise, Mythisches

Erzählen, Der Erzähler Zeitblom, Vorbilder, Das Teufelsgespräch
(Kapitel XXV), Thomas Manns Kommentare, Doktor Faustus und
Goethes Faust, Deutungen, in: Thomas-Mann-Handbuch, hg. von
Helmut Koopmann, 2. Auflage, Stuttgart: Kröner, 1995, SS. 475~97.

제5장 『선택된 인간』

Helmut Koopmann: *Der Erwählte*, Der Roman im Geflecht des
Romanwerks Thomas Manns, Stoff und Quellen, Der Roman als
Gegenroman zu Doktor Faustus, Das Auserwähltheitsmotiv, Der Roman
als Exilroman, Das Montageprinzip, Deutungen, in: Thomas-Mann-
Handbuch, SS. 498~515.

제6장 『고등 사기꾼 펠릭스 크룰의 고백』

Helmut Koopmann: *Bekenntnisse des Hochstaplers Felix Krull*, Das
Künstlermotiv und die Idee der Vertauschbarkeit, Entstehungsphasen
und Umakzentuierungen, Schopenhauer-Einflüsse, Der Roman als
Exilromans, Der Triumph des Narziß, in: Thomas-Mann-Handbuch, SS.
516~33.

제7장 유머와 아이러니

Helmut Koopmann: *Humor und Ironie*, Zur Bedeutung des Humors,
Die Quellen, Zur Bedeutung der Ironie, Die Quellen, Ironisches und
humoristisches Erzählen: Versuch einer Abgrenzung, in: Thomas-Mann-
Handbuch, SS. 836~53.

편역자의 말

아욱스부르크에서 코프만 교수의 토마스 만 강연이 있을 때면 언제나 대강당은 청중들로 넘쳐났다. 토마스 만 전문가들에서부터 가정 주부, 할아버지, 할머니, 청강생에 이르기까지 그의 강연이 그토록 인기를 누린 것은, 그가 토마스 만 연구 분야에서 가장 많은 논문을 발표한 정평 있는 해석자라는 그의 명성뿐 아니라 어쩌면 그보다도 약간의 독설과 유머를 섞은 그의 능변이 작품을 직접 읽을 때보다 더 원작에 충실하고 독창적으로 토마스 만을 연출하기 때문일 것이다. 이 책은 이런 그의 강연록과 논문, 저서에서 발췌한 부분들을 한국에 이미 소개된 작품들을 중심으로 편집한 것이다. 코프만의 연구는 출처에 대한 광범위한 조사와 작품의 생성 과정에 관련한 시대적 상황 및 전기적인 사실에 밀착된 매우 생동감 있는 해석을 보여준다. 그의 오랜 경험에 축적된 토마스 만 관련 자료에 대한 지식은 실로 방대할 정도이며, 이를 바탕으로 한 치밀한 작품 분석은 언제나 사실적인 연관성의 탐구에 주력하며 복합적이고 난해한 의미층을 풀어나간다.

개인적으로는 토마스 만의 소설을 재미있게 읽고 무엇보다 작품의 이야기성에 경탄해 마지않지만 막상 그의 작품을 깊이 있게 이해해보려 하면 너무도 복잡한 해석 층위에 압도되어 옳은 진전을 볼 수 없었다. 아욱스부르크 대학에서 수년 동안 코프만 교수의 세

미나와 강연을 찾아 들으면서 번번이 어떤 체념적인 순간을 맛보았던 것도 이런 이유에서일 것이며, 토마스 만에 관한 코프만의 글들을 이렇게 번역하게 된 동기 역시 이런 경험과 결코 무관하지 않다. 뒤늦게나마 그때 들었던 강의 내용들을 정리하며 20세기 독일 문학의 거목과도 같은 토마스 만의 문학과 정신 세계에 다시 한번 입문을 시도해본다. 같은 입장에 있는 문학도들에게도 유달리 까다롭고 곡예적인 이 작가 세계 속을 헤매고 있을 때 친절한 안내자와 같은 책이 되었으면 하는 소박한 바람으로 덤벼든 작업이다. 그러다 보니 역자로서 가지는 양심에 대한 갈등도 적지 않았고, 오역을 피하기 위하여 가능한 많은 시간 동안 고민하며 원문과 씨름했다. 오역에 대해서는 여러 선생님들의 질정이 있기를 바란다.

미흡한 역자에게 아직 미발표된 최근의 원고까지 선뜻 내어주신 코프만 선생님께 이 자리를 빌려 깊은 감사를 드린다. 인문학을 하는 사람에겐 언제 끝날지도 모를 이 위기 상황에서 이런 책을 번역하고 출판할 수 있다는 것 자체가 커다란 격려가 된다. 그 감사의 마음을 문학과지성사에 전한다.

끝으로 이 글은 출처가 여러 곳이어서 형식상의 통일성이 없으므로, 역자의 임의대로 각주나 일차 참고 문헌에 대한 지시가 난외에 없는 경우에는 책의 뒤쪽 부록에 따로 수록하였음을 밝혀둔다.

1999년 12월

류은희